Ethan et la prophétie de la louve

Tome 2

LES ÉPHÉMÈRES OU LA DÉCHIRURE

Roman

Sydney MARCHAND

Féévrier 2019

RÉSUMÉ DU TOME PRÉCÉDENT

Les Aurochs n'ont pas triomphé. Ils ont été terrassés par les peuples coalisés : Les Alden, les Anastasiens et le Petit Peuple de l'Ombre.

Ethan a réussi à délivrer Jonathan : les deux frères savourent pleinement leur bonheur, car la dynastie des Anastasiens est renforcée.

Tous deux ont retrouvé leur mère Isabeau de la Villardière, qui errait sous l'apparence d'une louve, Alaska.

Thor, ancien Anastasien, est mort, brûlé dans l'incendie. Les peuples alliés pensent qu'ils ont définitivement éradiqué les Aurochs.

Lisa, qui avait été grièvement blessée alors qu'elle s'était sacrifiée pour récupérer la pierre de vie, a recouvré ses forces.

Lisa et Ethan s'aiment passionnément. Tout semble pour le mieux, mais pourtant...

CH.1 LA RÉSURGENCE DU PASSÉ

Jonathan était heureux et réapprenait lentement les gestes anodins du quotidien, les petits actes simples que les lourdes chaînes avaient entravés durant ses longues années de captivité : Porter un verre de vin à sa bouche et en apprécier les saveurs capiteuses, goûter la douceur suave d'un mets, saisir une cuillère et la tremper dans un bol de soupe, lui qui mangeait à même le sol dans une écuelle. Quitter les oripeaux de la peur et apprendre à se redresser au lieu de courber l'échine sous les coups qui pleuvaient.

Jonathan s'était enivré de sa liberté recouvrée avec frénésie, se réappropriant chaque jour un espace qui lui avait été interdit de fouler durant si longtemps. L'immensité qui s'offrait à lui l'avait effrayé, tel un vide sidéral, lui dont l'horizon avait été limité aux seuls barreaux de sa cage. Au départ, il n'avait osé s'aventurer que dans les pièces du château, puis peu à peu s'était hasardé au dehors : Il avait aimé ressentir la fraîcheur du soir, se galvaniser de l'ondée reçue sur son visage, en lécher chaque gouttelette comme une offrande des dieux. Il s'était promené nu sous la pluie pour sentir la caresse de l'eau sur sa peau. Chaque pas en avant avait signifié une conquête sur sa peur. Il lui avait fallu du temps avant de courir, engloutissant l'air dans ses poumons tel un nouveau-né. Le mot « liberté » : Il égrenait dans sa tête ce vocable nouveau pour lui, en goûtait et en appréciait chaque jour un peu plus le nectar, en déclinait la scansion merveilleuse sous toutes ses formes, jour après jour, heure après heure, comme un trésor.

Jonathan fut réveillé par l'agitation qui régnait au petit matin dans le château. Il lui suffisait d'écouter le bruit rassurant des voix familières à la place des coups sourds et des cris des agonisants, qui résonnaient encore trop souvent dans sa tête, pour se sentir aussitôt apaisé. Le simple fait de pouvoir s'étirer sur sa paillasse lui semblait un luxe. Il regarda les rayons timides du soleil filtrer au travers des carreaux opaques et tenta de deviner l'annonce d'un jour radieux ou pluvieux. Il quitta sa couche, emprunta l'escalier étroit en colimaçon et se dirigea vers la table en bois massif qui trônait au milieu de la grande salle.

Isabeau était déjà assise sur son tabouret et brodait. Elle leva la tête à la vue de son fils et un large sourire se dessina sur son visage. De légères rides plissaient le coin de ses yeux. Le visage de sa mère : combien de fois avait–il essayé de se le remémorer pendant sa captivité ? Mais les souvenirs remontaient trop loin, dans sa toute petite enfance, alors qu'il avait été brutalement capturé par les Aurochs. Aujourd'hui, elle se tenait là, devant lui. Arriverait-il à dépasser la distance que toutes ces années d'absence avaient instaurée entre eux ? Une bonne odeur de fumet lui parvint aux narines : une soupe aux lards trônait sur la table, ainsi que d'autres victuailles. Il effleura le bois de la table, en caressa les aspérités en s'approchant lentement. Puis, la faim le tenaillant, il préféra au potage une tranche de pain de froment qu'il agrémenta d'un morceau de fromage.

— Bonjour mère, dit Jonathan gravement.

— Mon fils ! Quel bonheur de t'avoir de nouveau à mes côtés, annonça-t-elle, les bras tendus vers lui.

— Mère, vous me le répétez chaque jour maintenant...

— Oui, et je te le répéterai jusqu'à mon dernier souffle, mon enfant, sois-en certain. J'ai trop souffert de notre séparation, ajouta-t-elle en effleurant sa joue, comme pour s'assurer qu'il était bien là. Un grand jeune homme en tout point égal à Jonathan fit soudain irruption dans la pièce. Il s'inclina devant Isabeau et donna l'accolade à son frère jumeau. Son impétuosité faillit le renverser. Ethan faisait partie des êtres qui avaient reçu la beauté en don, et dès qu'il entrait quelque part, l'espace alentour s'en trouvait sublimé. Sa fougue, sa haute stature, tout en lui attirait le regard et forçait l'admiration.

— Hé, doucement Ethan !

— As-tu bien dormi cette nuit ?

— Oui, je ne me suis pas réveillé une seule fois !

Jonathan saisit l'aiguière et tendit un gobelet de vin à son frère.

Les deux jumeaux se tenaient face à face : Bien que le jeune homme ait récupéré ses facultés physiques assez rapidement, aidé par le soutien sans faille et l'amour des siens, son âme en revanche restait meurtrie par les années de détention et de maltraitance subies. Isabeau et Ethan le trouvaient encore trop souvent prostré sur lui-même, le regard perdu, lointain, comme inaccessible. Ethan le secouait alors en lui donnant de petites tapes amicales, mais en vérité il s'inquiétait pour son frère. Lorsqu'il s'en ouvrait à sa mère, celle-ci se voulait rassurante :

— Il lui faudra beaucoup de temps pour oublier tout cela et reprendre confiance en la vie... et en lui...disait-elle dans un soupir. Vingt ans de sévices laissent des traces indélébiles. Je sais que c'est très dur, mais j'ai confiance. Et nous l'aiderons à dépasser tout ce qu'il a vécu...

— Que vas-tu faire aujourd'hui ? Veux-tu venir avec moi ? demanda Ethan à son jumeau d'un ton enjoué.

— Où cela ?

— Je vais voir l'avancée des récoltes sur les Terres de Miraval...

Jonathan réfléchit quelques secondes, puis déclina l'invitation.

— Non, je te remercie mon frère. Je vais aller faire une promenade à cheval. Je manque encore d'expérience, et je préfère m'entraîner.

— Bien, comme tu voudras ! Tu m'accompagneras un autre jour alors ? J'y compte bien !

— Oui, ne t'inquiète pas…

Ethan posa son gobelet sur la table, saisit son heaume, son épée et tourna les talons.

Jonathan fit de même, salua sa mère, et se dirigea vers l'écurie. Il avait choisi un cheval de couleur noire : vigoureux, au poitrail puissant, l'étalon se dressait fièrement et agitait sa magnifique crinière. L'animal, bien que jeune, était docile, ce qui lui convenait bien pour le moment, car il manquait encore d'assurance en équitation. Le jeune homme sella sa monture et partit au trot dans la lande. Puis il accéléra, goûtant le sentiment grisant du vent qui lui cinglait le visage. Il galopa à bride abattue pendant une demi-heure, puis ralentit son allure pour ne pas fatiguer son cheval. Il décida alors de faire une halte. Il s'était éloigné du château de la Renardière plus qu'il ne l'aurait voulu. A la lisière de la forêt, il se retourna pour essayer d'apercevoir au loin les contours rassurants des remparts de la forteresse. D'habitude, où qu'il allât, il parvenait toujours à distinguer le donjon qui se dressait fièrement derrière lui, ainsi que les quatre tours d'angle crénelées, et cela suffisait à le sécuriser. Les meurtrières au loin formaient de petits aplats de taches sombres. La distance avait effacé les douves remplies d'eau saumâtre dont la couleur sombre s'était noyée dans le vert des arbres. Le château protégeait ses habitants de ses enceintes. Il abritait toute une agitation diurne constituée des incessants va et vient de chacun à laquelle il avait dû s'habituer. En cela, il regorgeait de vie. Mais cette fois-ci, il était allé trop loin. Autour de lui, tout était silencieux, pas une feuille ne bougeait. Le calme lui plut tout d'abord. Il s'assit sur l'herbe et contempla la pureté du ciel sans nuages. Le bruissement réconfortant d'un petit cours d'eau qui dévalait un flanc de colline, troua le silence.

Il plongea son regard dans les buissons de la forêt dont Il ne parvint pas à distinguer nettement les contours. Cela l'inquiéta.

Les Aurochs avaient été vaincus par les peuples coalisés, les Anastasiens, les Aldens et le Petit Peuple de l'Ombre, au terme d'un affrontement meurtrier, et la paix régnait désormais sur la contrée. Mais il ne contrôlait pourtant pas la peur qui l'envahissait encore et l'accompagnerait sans doute toute sa vie. D'ordinaire, il allait vérifier par lui-même « qu'il n'y avait rien » en se rapprochant très près de ces bosquets noirs. Mais aujourd'hui, il ne s'en sentit pas le courage, parce qu'il s'était aventuré trop loin. La frayeur commença à le gagner. Tout à coup, il remarqua un frémissement dans les frondaisons. Il crut que son imagination lui jouait des tours. Il regarda à nouveau. Le froissement n'était pas une divagation. Cela s'amplifia même.

Un sentiment irraisonné s'infiltra en lui, le figeant sur place au lieu de l'inciter à prendre les rênes de son cheval et à s'enfuir. Quelque chose bougeait devant lui.

« Ils sont morts ! se répétait Jonathan inlassablement dans la tête. Ce ne peut être qu'une bête ! »

Le doute le saisit alors : « Cela bouge beaucoup pour un simple animal... »

La panique commença à s'emparer de lui. Il songea : « Et s'ils n'étaient pas tous morts ?Nous les avons pourtant vaincus après une lutte acharnée et nous avons ensuite inspecté toute la contrée pour être sûrs qu'il n'y ait plus un seul survivant ! Nous avons cherché pendant des jours entiers, il n'y en avait plus, c'est sûr ! »

L'envol lourd d'un faisan troua les frondaisons.

« Qu'est-ce qui a bien pu déranger cet oiseau ? »

Des tremblements secouaient tout son corps. Il chercha son cheval des yeux. Celui-ci paissait tranquillement non loin de là. Il esquissa un pas en direction de l'animal. C'est alors qu'une forme gigantesque fit un saut juste devant lui. Il se plaqua au sol, terrifié, lâchant un cri de détresse. Un long frisson lui parcourut l'échine.

L'évidence lui sauta aux yeux :

« Ils ne sont donc pas tous morts ! Il en reste, encore ! »

Il se redressa et se dirigea vers son cheval, se hissa du plus vite qu'il put. Il l'éperonna pour le faire détaler le plus rapidement possible. L'animal se cabra et partit au galop, en hennissant de frayeur. Jonathan lâcha les rênes et talonna sa monture. Tout son corps était agité de sanglots et de soubresauts. Dans sa hâte, il n'avait pas vu la biche qui s'était enfoncée dans les bois. Il arriva comme un fou au château et ne se calma que lorsqu'il franchit l'intérieur de l'enceinte. Il tendit les brides de son cheval à l'écuyer et espéra ne rencontrer personne sur son chemin. Il passa devant le pigeonnier, longea le potager, puis pénétra dans la basse-cour. C'est là qu'il croisa pourtant Erin qui arrivait en même temps que lui.

Jovial et enjoué, Erin était aussi brun que Jonathan était blond. Ami de longue date d'Ethan, plus petit de taille que le second, plus trapu également, le jeune homme donnait une impression de robustesse. Il avait juste un an de moins que son compagnon, qui venait avec son jumeau de fêter leurs vingt ans. Les aventures et les épreuves que les deux jeunes gens avaient endurées ensemble durant la lutte contre les Aurochs avaient encore renforcé leur amitié. Ethan pouvait à juste titre l'appeler « son deuxième frère ».

— Eh ! Bonjour Jonathan !

Voyant que le jeune homme ne répondait pas et esquivait plutôt la rencontre, l'air hagard et renfrogné, il lui demanda :
— Tout va bien ?
Jonathan garda son mutisme, se précipita dans la grande salle et se servit un verre de vin. Il s'assit sur le banc de bois. Le dos voûté et toujours en proie à ses frayeurs, il laissa éclater son chagrin.
Erin, qui l'avait suivi non loin derrière lui, le questionna :
— Jonathan, que se passe-t-il ? Veux-tu me le dire ?
Sa mère se précipita vers lui également. Inquiète, elle se pencha au-dessus de lui et lui toucha l'épaule en signe de réconfort.
« Pourquoi me posent-ils toujours toutes ces questions ? », se demanda-t-il agacé. Assurer une conversation avait fait partie des difficultés qu'il avait rencontrées à son retour parmi les siens. Même s'il n'avait pas oublié sa langue maternelle, il ne l'avait utilisée le plus souvent que dans sa tête, ou à haute voix, seul dans sa cellule. Maintenir le dialogue avec lui-même l'avait tout simplement préservé de la folie. Il avait bien réalisé aussi que comprendre le langage des Aurochs était devenu une autre nécessité vitale pour lui. Mais ce dernier le dégoûtait, il était synonyme de mauvais souvenirs et d'oppression. Aussi il ferait tout pour l'oublier au plus vite. Mais aujourd'hui, voilà que les stigmates de la peur avaient soudain refait surface. Il se renferma sur lui-même comme une huître et secoua la tête, le visage plongé dans ses mains.
« Laissez-moi tranquille !» avait-il envie de hurler. Le jeune homme ne l'obligea pas à lui répondre. Il savait ce qui hantait encore l'esprit de son ami. En guise de réconfort, il lui donna une tape amicale sur l'épaule :
— Calme-toi, Jonathan, tout va bien…
Erin soupira : Le chemin vers la guérison était encore long.

CH.2 LE FILIGRANE DE LA PEUR

Urg ne dormait pas cette nuit-là. Il mit cela sur le compte de la pleine lune, qui enveloppait le paysage et l'espace alentour de son grand manteau d'argent. Autour de lui, il entendait les ronflements des habitants de la petite pièce souterraine. Sa famille dormait profondément. Le petit être se tourna et se retourna sur sa couche, chassa les pensées qui l'envahissaient puis essaya de se détendre, mais le sommeil ne vint pas. Agacé, il sortit pour humer l'air apaisant du dehors. En face de lui se dressaient fièrement les montagnes d'Ormond, entourant la forêt d'Elveran, berceau du Petit Peuple des Ombres. Des odeurs de mousse et de lichens lui emplirent les narines. Cela lui donna envie de se mettre à la recherche de faînes, dont il raffolait. Celles-ci ne se trouvaient qu'aux pieds des hêtres gigantesques, il le savait. Il se mit doucement en marche. L'heure tardive lui intima de ne pas trop s'éloigner de son habitat souterrain. De plus, il était seul, mieux valait être prudent, la nuit abritait beaucoup de prédateurs, tels que les loups. Et comme tout être du Petit Peuple des Ombres, sa vue était mauvaise. Il foula le sol, faisant crisser les feuilles mortes. Fasciné par le calme qui régnait, il s'enhardit à s'enfoncer plus loin dans la nuit, la lune faisant office de lanterne. Tout absorbé dans sa recherche, il ne se rendit pas compte qu'il s'était éloigné. Soudain, il entendit comme un écho à ses foulées. Il s'arrêta, mais crut que la réplication venait des montagnes lui renvoyant ses propres bruits. N'étant tout de même pas rassuré, il décida de faire demi-tour et se hâta. Ses doutes devinrent une certitude, lorsqu'il distingua nettement un pas lourd. Il y avait un prédateur. Mais peut-être n'était-il pas visé ? Pourquoi le serait-il, lui en particulier ? Il n'était pas bien grand, et sa chair était vieille, se disait-il pour se rassurer. Il s'arrêta. Les pas derrière lui ralentirent également. Il entendit une respiration forte et haletante.

Tout à coup, la nuit fut trouée par une ombre massive qui fondit sur lui et lui effleura le visage. Il recula d'un bond, surpris, mais eut letemps de distinguer une chouette. Il fut soudainement soulagé et rit intérieurement de sa frayeur irraisonnée : « La nuit est pleine de surprises, pensa-t-il. Cet oiseau m'a confondu avec un mulot ! »

Il décida de reprendre sa recherche de faînes. Soudain, il entendit des craquements très nets, accompagnés de grognements, juste derrière lui. Son sang se figea dans ses veines.

« Oh ! Il ne s'agit pas d'un…oiseau ! ».

Pendant une fraction de seconde, ses yeux balayèrent l'espace alentour de droite et de gauche.

Il se mit alors à courir, du plus vite qu'il pût. Le chemin lui parut interminable. Mais pourquoi donc était-il allé aussi loin ? Et seul dans la nuit. Quelle folie l'avait piqué ? Il se prit les pieds dans une racine et chuta. Ses lunettes furent projetées loin devant lui. Il tâtonna pour les retrouver, mais en vain. Il se redressa du plus vite qu'il pût et repartit aussitôt. Il avait cependant perdu du terrain. Il sentait que « cela » se rapprochait. Il pouvait percevoir derrière lui un souffle rauque d'animal. Dans la panique, il se cogna contre un tronc et tituba. Il savait que sa fin était proche. « La chose » le laissa pourtant repartir. Manifestement, « elle » prenait du plaisir à la traque de sa proie. « Le pas est trop lourd pour un loup, se dit-il intérieurement. « Il faut absolument que j'arrive à le distancer !»

Il le crut lorsqu'il vit l'ouverture de sa tanière se profiler devant lui. Il se mit à courir de toutes ses forces. Au moment où il allait pouvoir se glisser dans son abri, il fut happé. Un cri de détresse résonna au loin dans la nuit et s'amplifia, celui d'un lapin auquel on venait de briser le cou. La lune émit un rictus de dégoût et se détourna de la scène qui se jouait à l'instant sous ses yeux. Elle s'enveloppa dans son châle et vomit une gangue de peur sur la plaine alentour. Le sang gicla et fut vite absorbé par la terre. Puis ce furent des bruits de succion qui emplirent l'espace, puis plus rien que le silence ouaté des instants suivant le drame. Quelques heures plus tard, l'aube avait lentement gommé le sacrifice de la victime expiatoire, un de plus dans la longue liste qui se produisait chaque nuit.

Au petit matin, la femme d'Urg, sortie de son sommeil, appela son mari. Elle le chercha pendant des heures, mais en vain. Il ne lui répondrait plus jamais. Elle courut chez Egmüll. Celui-ci la vit débouler en robe de chambre chez lui.

— Egmüll ! Egmüll ! Il est arrivé quelque chose de grave !

— Que se passe-t-il ? Qu'est-il arrivé ?

— Urg a disparu !

— Disparu ? Mais depuis quand ?

— J'ai attendu toute la nuit, mais il n'est pas rentré. Cela ne lui arrive jamais. Je suis vraiment inquiète !

La poitrine d'Urya se soulevait sous l'effet de l'émotion.

— Allons, calme-toi Urya ! Il va rentrer. Il a peut-être eu une bonne raison de s'absenter. Tu te fais sans doute du souci pour rien ?

— Non, reprit-elle. J'ai retrouvé ses lunettes brisées pas loin de chez nous, mais pas trace d'Urg. Je t'assure Egmüll, je ne suis vraiment pas rassurée. Je pense qu'il lui est arrivé quelque chose de fâcheux, dit-elle, le visage grave.

Egmüll paraissait préoccupé.

— Je vais envoyer des soldats partir à sa recherche. Va te reposer. Nous reviendrons vers toi dès que nous saurons quelque chose !

— Merci Egmüll, dit-elle en lui prenant les mains.

Les soldats partirent à la recherche d'Urg dans la forêt. Ils fouillèrent largement l'aire indiquée par Urya. Ce qu'ils remarquèrent les inquiéta vivement : de larges empreintes étaient enfoncées dans lesol. En fouillant les buissons, ils retrouvèrent un morceau déchiré du pyjama d'Urg ainsi que ses lunettes. Les touffes d'herbes écrasées sur plusieurs coudées témoignaient d'une lutte. En revanche, nulle trace d'Urg, ni même de sa dépouille. Sa disparition restait mystérieuse. En fin d'après-midi, ils regagnèrent les galeries souterraines pour rendre compte à Egmüll de leurs recherches :

— Alors ? Avez-vous trouvé un indice ? questionna vivement celui-ci.

— Non, rien hélas, répondit le soldat. Pas de trace d'Urg. C'est comme s'il s'était volatilisé dans la nature.

Une deuxième recrue reprit :

— Mais ce que nous avons remarqué dans la forêt est très curieux…

— Quoi donc ? La curiosité d'Egmüll était piquée au vif.

— Les arbres…

— Oui, vas-y, précise !

Le soldat expliqua :

— Beaucoup de branches étaient cassées. Mais ce n'était pas une cassure nette. On aurait dit que quelqu'un ou quelque chose s'était acharné sur eux.

— Es-tu sûr ? Les branches ont peut-être été brisées par le vent, par la tempête ?

— Non, reprit le soldat. Ce n'est pas l'œuvre d'un orage. Les branches étaient toutes arrachées, ou plutôt déchiquetées, à la même hauteur, sur plusieurs mètres. On dirait qu'une créature a passé sa colère sur les arbres ! Les brisures sont très fraîches, c'est vraiment très récent !

Le deuxième soldat ajouta :

— De plus, nous avons trouvé des traces récentes dans l'humus.

— Des traces de quoi, de qui ?

Le ton d'Egmüll montait et trahissait son inquiétude.

— Nous ne savons pas exactement. Elles sont très larges. On pourrait penser à celles d'un ours.

— Effectivement, seul un tel animal aurait pu faire ça. Sauf que : nous n'en avons pas dans la région. Je te remercie. Veux-tu bien aller annoncer à Urya que malheureusement, Urg n'a pas été retrouvé ? Mais ne lui rapporte pas tout ce que tu as constaté. Inutile d'alarmer davantage la population !

Egmüll était très inquiet. Ce que lui avait dévoilé le soldat n'augurait rien de bon.

Il décida de se rendre au château de la Renardière le plus vite possible. Il fallait qu'il rende compte de ce qui venait de se passer à Ethan sans tarder. Il emprunterait les longues galeries souterraines : savisite serait ainsi plus discrète.

CH.3 LA MENACE

Egmüll arriva tout essoufflé au Château de la Renardière. Pour un être de sa petite taille, les salles de la bâtisse lui paraissaient immenses. Il avait pourtant emprunté les souterrains. Mais il lui fallait à présent gravir les marches qui l'amenaient aux pièces situées dans le donjon, dans lesquelles résidaient Ethan et les siens. Cela lui coûtait à chaque fois de grands efforts. Elles étaient très hautes pour lui et il lui fallait se contorsionner pour les gravir. Lorsqu'enfin il y parvint, il se précipita dans la grande salle en haletant, les lunettes perchées sur son nez en déséquilibre, esquivant d'un geste l'invite du domestique, qui s'était présenté devant lui. Il trouva Ethan qui devisait avec Erin, ainsi que Lisa, Jonathan, et Isabeau, attablés. Un bon fumet de sanglier embaumait la pièce. Un jeune marmiton se tenait debout, près de la cheminée, et faisait tourner la pièce sur sa broche, les flammes léchant le gibier.

A sa vue, Ethan interrompit son repas, et se leva.

— Egmüll, mon ami ! Quelle bonne surprise ! Que me vaut cette visite ?

Ethan vit tout de suite que quelque chose n'allait pas, au visage grave d'Egmüll.

— Pardonne-moi d'interrompre ainsi ton repas familial. Mais je dois te parler céans !

— Est-ce si urgent que cela ? N'as-tu pas le temps de partager avec nous ce délicieux cuisseau de sanglier ? Nous parlerons de l'administration des terres ensuite, si tu veux ?

— Je te remercie de ton hospitalité, Ethan. Mais je n'ai pas faim. En vérité, il faut vraiment que je m'entretienne avec toi, c'est urgent !

Jonathan se leva à son tour.

— De quoi s'agit-il ? Parle !

Egmüll se sentit soudain embarrassé.

— Euh…Oui…C'est-à-dire que…Il faut vraiment que je discute avec Ethan, seul à seul, ne m'en veuillez pas.

Le jeune homme entraîna son ami vers une pièce contiguë.

— Viens ! Allons dans les offices !

Egmüll raconta la disparition d'Urg, en baissant la voix :

— Mais il n'est pas le seul. Entre-temps, d'autres ont disparu de la même manière : Argh, Roor, Sürg…Tous en l'espace de quelques jours !

— Ils n'étaient pas malades ?

— Non Ethan, je t'assure, il ne s'agit pas d'une épidémie ! Ils étaient tous en parfaite santé ! Et nous avons fouillé partout, derrière chaque buisson, chaque fougère. Nous n'avons rien trouvé !

Egmüll rapporta à Ethan ce que ses soldats avaient vu dans la forêt.

Le visage du jeune homme prit soudain un air grave. Egmüll traduisit tout haut les pensées du jeune homme :

— Ethan, crois-tu que ?

Horrifié par la pensée qui l'assaillit soudain, il ne termina pas sa phrase.

— Non, Egmüll, cela n'est pas possible !

Ni l'un ni l'autre n'osait mettre un nom sur ses craintes.

— Écoute ! Nous allons nous rendre chez les Alden, dans la Terre des Overland ! lança Ethan. Ainsi, nous pourrons en parler avec eux, et en même temps savoir si tout se passe bien chez eux, s'ils n'ont pas de pertes de leur côté ! Il doit y avoir une explication rationnelle à ces disparitions !

— Oui, c'est une bonne idée ! Quand partons-nous ?

— Dès demain matin, sans tarder !

A l'issue de l'entretien avec Egmüll, Jonathan voulut savoir de quoi il retournait.

— Je ne peux pas t'en parler pour l'instant.

— Pourquoi ? insista Jonathan.

— Parce que ce ne sont que des...suppositions, des doutes. Nous n'avons aucune certitude. Disons qu'il y a des...disparitions inexpliquées. Mais nous partons dès demain matin pour la Terre des Overland.

La réponse d'Ethan ne rassura pas pour autant Jonathan. Le fait qu'ils soient obligés de partir précipitamment le faisait supposer un danger imminent.

— Nous ? Est-ce que je fais partie du voyage ?

— Non, tu dois veiller sur Lisa et mère.

Le visage de Jonathan se rembrunit aussitôt.

— Alors là, c'est hors de question ! dit-il en regardant son frère jumeau droit dans les yeux, dans un air de défi.

— Jonathan ! Ce n'est pas que je ne te veux pas avec nous, mais tu dois veiller sur elles !

— Les domestiques veilleront sur elles deux ! Ethan, je partirai avec vous !

Le jeune homme comprit au ton de Jonathan qu'il était inutile de discuter. Même s'il voulait le protéger, Ethan dut s'incliner devant la détermination de son frère.

— Jonathan, il y a des choses que je ne voudrais pas que tu entendes...

— Si elles concernent ce royaume, alors je dois au contraire les connaître ! Au même titre que toi, Ethan !

— Bien sûr, Jonathan !

— Si nous partons aussi vite, c'est qu'il y a un danger, mais lequel ? Quelqu'un nous voudrait-il du mal ?

Ethan fut soudain agacé par son frère :

— Jonathan, s'il te plaît ! J'ai déjà consenti à ce que tu viennes avec nous. Alors, je t'en prie, ne pose pas de questions.

Jonathan obtempéra.

A Lisa qui voulut savoir aussi ce qui se passait, Ethan répondit évasivement.

— Nous partons tous les trois, Egmüll, Jonathan et moi, dès demain matin. Nous nous rendrons chez les tiens. Nous devons éclaircir certaines choses.

La jeune fille parut contrariée. Elle fronça les sourcils, fit une petite moue avec ses lèvres pleines :

— Quand seras-tu de retour ?

— Le plus vite possible, ne crains rien. Je ne peux rester éloigné longtemps de toi, tu le sais bien Lisa, répondit Ethan en ponctuant sa phrase d'un baiser sur la bouche de la jeune fille. Il caressa son visage aux pommettes hautes. Une amitié était née entre les deux jeunes gens qui s'était très vite transformée en un sentiment beaucoup plus profond. Il avait rencontré la jeune fille au cours d'une promenade, alors qu'elle se trouvait menacée par des manants. Il s'était interposé et avait mis les gueux en fuite. Lisa lui avait alors confié vouloir combattre les Aurochs, qui menaçaient également le peuple auquel elle appartenait : les Overland. Ensemble, et avec d'autres camarades, ils avaient traversé maintes aventures, avaient connu des épreuves, qui avait encore renforcé leur amour. Courageuse et combattive, elle n'avait pas hésité à mettre sa propre vie en danger pour récupérer la pierre de vie dont un Aurochs avait failli s'emparer. En dehors de sa grande beauté, toutes ses qualités avaient définitivement séduit Ethan, qui la considérait comme une compagne idéale.

Ethan se tourna vers Erin :

— Bon désolé, du coup, ça tombe sur toi ! Il faut que quelqu'un veille sur le château pendant notre absence !

Erin ouvrit la bouche pour protester, mais devant la mine contrariée de son ami, il renonça :

— Ne t'inquiète pas, tu peux compter sur moi, répondit-il à contrecœur.

Le lendemain, dès l'aube, Ethan et ses deux compagnons sellèrent leurs chevaux et prirent la direction de l'est, en direction de la Terre des Overland. La distance qui séparait les deux terres n'étaient que de quelques lieues. Ils y seraient le soir venu, si tout se passait bien.

Le voyage se déroula sans encombre. Ils franchirent des contrées à la végétation dense, où les chevaux se frayaient un passage à travers les hautes fougères. Leurs pas était amorti par la mousse qui tapissait le sol.

La Terre d'Overland était une lande riche et fertile, traversée par maints cours d'eau qu'ils longèrent dans la plaine. Au loin derrière eux, de hautes montagnes dressaient leurs statures imposantes de granit. Les événements précédents n'étant pas très rassurants, ils avaient voyagé en restant sur leurs gardes, tous leurs sens en éveil. Pour protéger leur torse, ils avaient revêtu le gambison et le haubert, l'épée au flanc. Ils restèrent groupés et ne s'éloignèrent pas les uns des autres. Les contrées n'étaient déjà pas très sûres : en temps normal, il était fréquent de rencontrer des brigands de grand chemin, qui n'hésitaient pas à détrousser les voyageurs. Ils avaient quitté la plaine pour atteindre à présent une zone plus montagneuse. Ils entendirent le roulis des cascades qui se déversaient des monts pour venir se jeter dans des vasques naturelles. La boue qui rendait les sentiers glissants, obligea les compagnons à ralentir le pas des chevaux, avançant prudemment. Puis ils virent la bâtisse dans laquelle résidait Sachiel et les siens se profiler au loin. Enchâssée au pied d'une falaise, épousant parfaitement les contours de la roche, trois bâtiments majestueux se dressaient fièrement : le premier, construit en bois, au toit pentu, était réservé aux banquets. Il était relié à une deuxième construction par une passerelle protégée par un auvent, et montée sur de lourds piliers de bois également. Un troisième édifice, composé de solides pierres de taille, se tenait en surplomb des deux autres, et devait abriter les appartements de Sachiel. Sur les toits, de petites fenêtres aux arêtes arrondies s'élevaient vers le ciel. Ethan et ses compagnons surent qu'ils étaient arrivés une fois passé le petit pont de pierres qui surplombait la rivière en contrebas. Comme prévu, ils le franchirent dans la soirée, alors que des nuages menaçants annonçaient un orage. Un homme aux grandes ailes d'ange repliées derrière son dos s'approcha d'eux. De longs cheveux bruns et raides, couleur noir de geai, encadraient un visage aux traits fins et majestueux, aux pommettes hautes. Sachiel était d'une beauté irréelle. Il appartenait à la caste des artistes du peuple de Lisa. Un large sourire aux lèvres en guise de bienvenue, il donna l'accolade aux arrivants :

— Mes amis, que je suis content de vous voir ! Avez-vous fait bon voyage ?

— Oui, assurément ! lui répondit Ethan, heureux de retrouver son ami.

Au cours de l'affrontement qui avait opposé les peuples coalisés aux Aurochs, le clan de Lisa s'était vaillamment battu, y compris la caste dont faisait partie Sachiel. Beaucoup d'entre eux avaient péri.

— Mais vous devez être affamés, et fatigués. Venez donc tout d'abord vous restaurer. Vous vous joindrez à nous. J'ai ce soir quelques convives…

Sachiel précéda ses amis dans la grande salle de banquet. Il les invita à s'asseoir à sa table.

Il claqua dans ses mains. Une sonnerie de trompette annonça l'arrivée des serviteurs, qui apportèrent du pain, des fruits, une succession de plats de viande en sauce, des perdrix et des pigeons. Un échanson servit du vin.Ethan et ses compagnons de route, qui avaient peu mangé durant la journée de voyage, avaient grand faim, et le repas servi par Sachiel les conforta largement.

— Que me vaut donc ta visite, Ethan ? s'enquit-il lorsqu'il vit que son ami fut rassasié, une pointe de curiosité dans la voix.

— J'ai des choses graves à t'annoncer, Sachiel, lui répondit Ethan, en avalant une gorgée de vin.

Le ton et l'air graves d'Ethan suggérèrent à Sachiel qu'il n'était pas venu pour une simple visite de courtoisie. Fronçant les sourcils, il écouta alors attentivement son ami, qui se rapprocha de lui, gêné par le vacarme causé par les convives échaudés par les boissons, qui élevaient la voix sans s'en rendre compte. Ethan lui rapporta les événements inquiétants des derniers jours, les disparitions qui affectaient le Petit Peuple de l'Ombre.

— Je me demande qui pourrait bien leur en vouloir ? Et pourquoi ? Ce sont des êtres pacifiques...Avez-vous eu des incidents chez vous également ?

— Non, rien à signaler de notre côté. Mais tu as raison, tout cela est très inquiétant. Nous devons mener une enquête. Tu as bien fait de venir m'avertir.

Tout en discutant avec Sachiel, son attention fut détournée par une jeune femme, assise à quelques coudées de la tablée. Il croisa plusieurs fois son regard.

— Est-ce le hasard ? pensa-t-il.

Celle-ci lorgnait effectivement dans la direction des jumeaux.

« Elle n'a jamais dû en voir, et cela l'intrigue », songea Ethan.

Il jeta un œil vers Jonathan, mais celui-ci ne semblait pas l'avoir remarquée. Pourtant, comment pouvait-on l'ignorer ? Elle était la splendeur même : grande et bien bâtie, sa chevelure abondante tombait en boucles brunes sauvages jusqu'au bas des reins. Elle darda sur les jumeaux ses yeux gris, sublimés par la pâleur de son visage au teint pâle.

— Qui est cette jeune femme ? demanda Ethan à Sachiel en désignant la jeune fille brune.

— Elle s'appelle Vania. Fais attention à elle, elle fait partie de la caste des guerrières. Derrière sa beauté se cache un tempérament de feu !

Ethan l'examina discrètement, intrigué. Celle-ci le remarqua, et au lieu de détourner son regard, elle défia effrontément le jeune homme, bombant la poitrine, l'obligeant à tourner la tête.

Sachiel offrit l'hospitalité à ses hôtes.

— Vous pourrez rester chez nous autant de jours qu'il vous plaira.

— Je te remercie Sachiel !

— Il est vrai qu'il y a chez toi de bonnes motivations à rester, confirma Jonathan en riant et en se tournant vers Vania.

C'était le premier signe d'intérêt que montrait Jonathan pour une femme, et la première fois qu'Ethan vit son frère sourire. Il en fut heureux.

Le lendemain, Ethan entendit un fracas d'épées qui résonnait dans la vallée. Il assista alors à l'entraînement de Vania. Faisant partie de la caste des guerrières, celle-ci était soumise à un exercice quotidien. Elle vainquit sans efforts son adversaire, faisant voltiger loin dans les airs son épée. Elle salua la jeune fille vaincue, puis passa devant les spectateurs, frôlant au passage les jumeaux et Sachiel.

Le soir venu, une légère brise faisait ondoyer les trembles. Ethan se promenait tranquillement, lorsqu'il perçut un petit cri non loin de lui. Il s'approcha, et découvrit Vania. Assise sur un petit tonnelet, elle tenait un couteau à la main, avec lequel elle essayait d'éplucher un fruit trop vert apparemment.

— Je me suis coupée ! lança-t-elle en fronçant les sourcils, et tenant son annulaire. Quelques gouttes de sang perlaient. Ethan s'approcha et regarda la petite entaille :

— Ma foi, ce n'est pas une grosse blessure. Vous devez certainement en connaître de plus graves dans votre exercice, si je ne me trompe ?

— Oui, mais tout de même, cela surprend lorsqu'on ne s'y attend pas. Qui êtes-vous ? demanda la jeune femme.

— Il est vrai que nous n'avons pas été présentés : Je suis Ethan. Nos terres ne sont pas trop éloignées l'une de l'autre. J'habite le Château de la Renardière, à quelques lieues d'ici. Et vous êtes Vania…

— Je vois que vous êtes bien renseigné en revanche. Mais je sais aussi qui vous êtes. D'ailleurs, comment pourrait-on ne pas vous connaître ? dit-elle d'un ton affirmé.

Ethan s'approcha et lui tendit un linge :

— Allons, ça saigne tout de même beaucoup pour une si petite blessure ! Vania fit la moue. Elle planta ses yeux en amande dans les siens, dans lesquels se noyait la lueur dansante des torchères. Ethan en ressentit la morsure et tenta de cacher son trouble en face de cette fille qui dégageait à la fois une forte sensualité teintée d'une sauvagerie animale. Il respira les effluves lourds de son parfum : un mélange de musc et de santal, et remarqua ses lèvres pleines, bombées sur une petite fossette au menton. « Quelle beauté ! » pensa-t-il.

Mais il ne pouvait pas rester auprès de la jeune fille sans porter l'attention sur eux. Il se ressaisit aussitôt :

— Gardez ce linge. Et allez voir la guérisseuse pour qu'elle vous mette des herbes. Il ne faut pas que cela s'infecte !

Vania le remercia d'un petit hochement de tête. Après l'avoir saluée ,il rejoignit les convives. La visite d'Ethan et de ses compagnons de voyage avait été le prétexte de festivités organisées par Sachiel. Ceux-ci se trouvaient depuis deux jours déjà dans la Terre d'Overland et devraient bientôt quitter les lieux. Le jeune homme aux ailes d'ange voulait que le séjour d'Ethan et de ses compagnons soit le plus confortable possible dans ses terres.

Pour cela, il avait fait installer un campement avec de grandes tentes pour se reposer et se restaurer. Au milieu du camp, trônait une grande table montée sur des tréteaux, sous un dais. Celle-ci était recouverte d'une nappe blanche, sur laquelle, parmi une quantité de victuailles trônait un agneau rôti. Des musiciens accompagnaient le repas et sonnaient les changements de service. Les convives appréciaient le repas, certains faisant force bruit de bouche et se léchant les doigts. Le vin circulait abondamment. Voulant faire honneur à ses convives, Sachiel y avait fait ajouter des épices rares, telles que la cannelle et des clous de girofle.

Il régnait une joyeuse agitation dans l'assemblée. La fête battait son plein. Les mets dégageaient une saveur poivrée qui emplissait les narines et se mêlaient aux parfums des convives. Egmüll appréciait également la bonne chère, mais tout particulièrement les prunes sèches et les noisettes apportées par le fruitier. Néanmoins, en ces temps incertains, Sachiel restait sur ses gardes et avait posté aux quatre coins du campement, des archers chargés de faire le guet.

Le petit sourire esquissé sur son visage exprimait la joie de partager la présence de ses amis pour cette dernière soirée.

— Nous resterons mobilisés Ethan. Quoiqu'il arrive, moi et les miens serons toujours à tes côtés ! Fais-moi prévenir si d'autres disparitions se produisent ! En espérant que cela s'arrête, bien évidemment !

Ethan lui fit un petit signe d'assentiment mais il ne prêtait pas vraiment attention aux propos de son ami. Ses pensées étaient accaparées par la présence de la jeune fille.

Vania portait une parure de cou à maillons plats, retenant un médaillon ouvragé qui soulignait la naissance de ses seins. Sa poitrine haute et ferme était rehaussée par la finesse de sa taille. Un surcot blanc délicatement brodé découvrait ses épaules. Se sentant observée, Vania le regarda à son tour. Ethan tourna rapidement la tête du côté opposé.

Tard dans la soirée, Vania se leva et porta un gobelet de vin en direction des jumeaux. Elle défia la bienséance et les usages en venant s'asseoir auprès d'eux. Ethan avala d'un trait la chope qu'elle lui tendit et s'essuya la bouche d'un revers de main. Il sentit aussitôt une douce torpeur l'envahir. Éméché, il releva le visage d'ange de son index et plongea ses yeux dans les siens. Effrontée, la fille s'assit sur ses genoux et lui passa le bras autour des épaules. Il y lut une invite évidente. Il ne put éviter de remarquer son décolleté : sa poitrine ferme et généreuse se soulevait et se rabaissait sous son nez. Il eut une envie soudaine d'y porter la main, et sentit son désir grandir. Vania le remarqua. De nouveau, la sensualité de cette fille le percuta et ébranla ses certitudes : son cœur jusque-là ne battait que pour sa Lisa, si magnifique et vaillante, qui effaçait toutes les autres. Les lèvres pleines lui sourirent, découvrant une rangée de dents blanches et fortes. Les flammes des torchères dansaient dans ses yeux gris dans lesquels il se perdit. Grisé par l'alcool, il lui prit la main et l'entraîna à l'écart des convives. La jeune fille ne lui opposa aucune résistance. Alors il s'enhardit et la conduisit vers sa tente. Il l'entraîna vers sa couche, plaqua sa main sur sa nuque et l'attira à lui, l'embrassant fougueusement. La nuit étouffa le souffle du désir et les halètements. Sachiel avait vu Ethan et Vania s'éclipser discrètement. Il haussa les sourcils d'étonnement. Mais lui aussi avait trop bu et il était trop fatigué en cette heure tardive pour porter un jugement. Il s'étendit à son tour et dormit profondément.

CH.4 LES MOTS QUI FONT MAL

Le lendemain matin, quelle ne fut pas la surprise pour Ethan de voir un cavalier débouler au campement. Celui-ci ôta son heaume et Ethan poussa un cri de surprise :

—Lisa ! Mais que fais-tu ici ?

— Je n'ai pas résisté à l'envie de venir te rejoindre, et ainsi nous pourrons faire le chemin du retour ensemble, dit la jeune femme avec un sourire charmeur.

Elle descendit de cheval et se précipita vers Ethan pour l'embrasser. Contre toute attente, celui-ci resta de marbre.

— Lisa, tu as fait tout ce chemin toute seule, ce n'est vraiment pas prudent, rétorqua Ethan plutôt contrarié. Tu aurais pu te faire attaquer ! C'est une pure folie !

— Eh bien, tu vois bien que ça n'a pas été le cas ! Vois, je suis entière ! Mais je ne m'attendais pas à un tel accueil !

Ce fut Sachiel qui s'avança vers la jeune femme, et la prit dans ses bras :

— Lisa, que je suis content de te voir !

Puis, la considérant :

— Tu es toujours aussi belle, tu n'as pas changé !

Le compliment arracha un rire de contentement à la jeune fille.

— Toi au moins, tu es content de me voir, ça me fait plaisir ! dit-elle à l'adresse de Sachiel.

Le jeune homme la contempla. Chaque fois qu'il se trouvait en présence de Lisa, tout son être s'en trouvait ébranlé. Il éprouvait pour elle un attachement qui allait bien au-delà de la simple amitié. Il aimait tout d'elle : son visage, son corps, sa gestuelle. Il n'avait jamais cessé de penser à elle, mais il connaissait son attachement pour Ethan. Il savait que la place était déjà prise dans son cœur, aussi se contentait-il de l'admirer en secret et tentait de refouler ses sentiments au plus profond de lui-même. Lisa planta ses yeux bleu turquoise dans ceux de Sachiel. Comme à l'accoutumée, elle les avait ourlés d'un trait de crayon noir, qui lui donnait l'allure sublime d'un félin. Il en fut déstabilisé, et ses émotions reprirent le dessus. Il aurait fait n'importe quoi pour Lisa. Elle balaya d'un geste une grande mèche blonde qui lui barrait la joue.

Sachiel ne supporterait pas qu'on fasse du mal à Lisa, qui que ce soit. Et quelque chose le tracassait.

— Alors, que me racontes-tu de beau ? lui demanda la jeune fille.

Le jeune homme chassa ses pensées et se ressaisit aussitôt. Il la prit par le bras et l'emmena promener dans le campement. Un paon déploya ses plumes aux couleurs chatoyantes et aux dessins finement ciselés en éventail devant eux. Lisa, fascinée par l'oiseau, ne cessait de le regarder passer en faisant la roue. Elle avait revêtu ses habits de guerrière et était tout de cuir vêtue. Elle rajusta machinalement les lacets qui maintenaient son bustier.

Vania passa devant eux, d'une démarche assurée, la tête haute. Sa tunique échancrée dévoilait ses cuisses fuselées.

— Qui est cette jeune femme ? demanda Lisa. Il ne me semble pas la connaître.

— C'est Vania ! C'est aussi une guerrière, tout comme toi.

Vania, entendant prononcer son nom se retourna. Lisa croisa la haute silhouette longiligne, dont la longue et soyeuse chevelure ondoyait jusqu'aux reins.

— Ce qu'elle est belle ! s'exclama Lisa. Instinctivement, elle sut que la jeune femme à la beauté arrogante représenterait un danger pour elle.

Sachiel, ignorant ce qui se jouait à l'instant, tout en étant loyal, se prenait à espérer qu'un jour, peut-être l'amour qu'il éprouvait pour Lisa serait partagé. De fait, aujourd'hui, il détenait un moyen facile de la détourner de sa passion pour Ethan. Or, la présence de la jeune fille le poussa à faire ce qu'il n'aurait jamais osé faire dans d'autres circonstances. Il s'entendit prononcer ces paroles comme si elles lui avaient été dictées par quelqu'un d'autre :

— Ah oui, justement, j'ai bien l'impression qu'Ethan n'a pas été insensible aux charmes de Vania, durant son séjour ici !

Le choc de ces mots fut d'une violence extrême pour Lisa. Elle les reçut en pleine figure et vacilla sous leur effet. Son visage devint blême, sa bouche se mit à trembler. Elle resta interdite. Devant son silence, Sachiel continua :

— D'ailleurs, quel homme digne de ce nom résisterait à Vania ?

C'en fut trop pour Lisa. Elle s'excusa et tourna les talons. Sachiel la retint par le bras : mais au lieu de la rassurer, il ne put s'empêcher de poursuivre en donnant de plus amples détails :

— Écoute, je suis désolé, mais je…je les ai surpris ensemble hier soir, au cours du banquet. Ils sont partis tous les deux s'isoler dans une tente. Je ne voulais pas te le dire, mais c'est toi qui as soulevé le sujet…

— Ah oui, je comprends mieux pourquoi il ne voulait pas me voir ici ! Tout s'éclaire à présent ! s'exclama Lisa au bord des larmes.

— En même temps, si Ethan se comporte mal envers toi, je ne le supporterais pas. Et je préfère que tu le saches ! Il vaut mieux que tu l'apprennes tout de suite plutôt que de vivre dans l'illusion !

— Je te remercie de ta sollicitude ! lui répondit Lisa, sans enthousiasme aucun.

« Il aurait pu garder cela pour lui, pensa la jeune fille. On dirait que ça lui fait plaisir ! Il s'est empressé de me l'annoncer ! »

Elle partit en courant. Le reste de la journée fut une torture pour Lisa. Elle craignait à tout moment de rencontrer cette Vania. Sans le vouloir, elle se prenait à espionner Ethan du coin de l'œil. Il lui sembla que ce dernier recherchait la compagnie de la jeune femme, et les regards appuyés qu'ils échangèrent tous les deux furent une confirmation des dires de Sachiel.

« Il la regarde avec insistance ! Pire : il la dévore des yeux ! Ce qu'a dit Sachiel est donc vrai ! »

Elle avait hâte de se retrouver seule avec Ethan pour aborder le sujet et en avoir le cœur net. Lorsque le soir arriva, n'y tenant plus, elle évoqua ce qui la tracassait directement :

— Alors, as-tu été bien accueilli ici chez Sachiel, lui demanda-t-elle, d'un ton légèrement autoritaire.

Ethan, sentant poindre une crise de jalousie de la part de Lisa, lui répondit d'un ton très neutre :

— Oui, absolument, tout s'est très bien passé.

— Et comment trouves-tu cette... Vania ?

« Nous y voilà ! Ça n'a pas traîné ! » songea Ethan.

— Vania est une très belle femme, très attirante. Je te mentirais si je te disais le contraire.

— Précise ce que tu veux dire exactement. Que s'est-il passé avec Vania ? le pressa-t-elle, l'air faussement détaché.

— Je ne comprends pas ce que tu insinues ? rétorqua Ethan en se tournant vers la jeune fille, avec une expression de défi dans le regard.

— Je n'insinue rien. Je voudrais savoir, c'est tout. Quelqu'un vous a vus, Vania et toi. Vous aviez l'air très proches, à ce qui m'a été rapporté.

Le ton de Lisa se fit soudain insistant et inquisiteur.

— Rapporté ? Mais par qui ? Et quoi ?

— Quelqu'un t'a vu Ethan, t'introduire dans une tente avec Vania, puisque tu n'as pas le courage de me l'avouer, alors je dis les choses à ta place !

Le ton d'Ethan se fit dur :

— Cela suffit Lisa. Je n'ai rien à dire à cela ! Je n'ai pas à supporter ce genre de scène, c'est grotesque de ta part ! Si tu es venue ici pour me faire ces remarques stupides, alors tu aurais pu t'épargner le chemin ! Bonsoir !

Lisa ne fut pas satisfaite :

— Mais, pourrons-nous en reparler demain matin ?

— Non vraiment, Lisa, je suis désolé...

— Mais pourquoi ? insista-t-elle désespérée.

— Mais parce qu'il n'y a rien à dire, et rien à savoir ! lui répondit Ethan sur un ton ferme. J'ai bien plus important que ces balivernes à traiter !

— Ethan, pour moi, c'est très important au contraire, j'ai besoin que tu m'expliques, insista Lisa.

Le jeune homme ne lui répondit plus. Il lui tourna le dos et s'endormit. Lisa n'avait pas eu sa réponse.

Elle ne réussit pas de son côté à trouver le sommeil. Des pensées sombres la traversèrent toute la nuit.

Sachiel l'avait vu avec la jeune fille, il ne pouvait pas avoir menti, cela ne lui ressemblait pas.

« Comment peut-il dormir tranquillement alors que je suis en proie à des doutes pareils ? Il n'a donc pas de cœur ? »

Elle eût envie de le réveiller pour le forcer à s'expliquer, au lieu d'esquiver la conversation.

Elle regarda la carrure et la silhouette musclée du jeune homme étendu à côté d'elle, ses cheveux mi-longs qui lui tombaient derrière la nuque et dans lesquels elle avait tant de fois passé la main.

« Se peut-il qu'on veuille me le prendre ? Me ravir ce qui désormais m'appartient ?

Il m'a largement prouvé son amour ! Quand j'ai failli mourir, il était comme fou ! Il m'a fait le serment de ne jamais me quitter ! Non, décidément, ce n'est pas possible ! »

Des pensées contradictoires l'assaillirent :

« Mais elle est si belle ! Sachiel l'a dit : aucun homme ne lui résisterait ! Non, elle ne peut pas me le prendre, j'en mourrai ! Je préférerais qu'il me mente, au moins ça prouverait qu'il tient à moi, au lieu de m'opposer sa sinistre froideur ! Le fait qu'il ne dise rien, ça prouve bien que Sachiel n'a pas menti ! »

Le petit matin la trouva hagarde, sans avoir fermé l'œil de la nuit. Lisa était en proie aux doutes et aux affres de la jalousie. Elle avait hâte de repartir chez elle, au château, pour pouvoir se confier à Isabeau. Peut-être celle-ci parviendrait-elle à faire parler son fils. Elle serait en tous cas de bon conseil.

Ethan et ses compagnons prirent congé de leurs hôtes. Le visage de la jeune fille restait fermé. Ethan prit la tête du cortège et ne souffla mot de la journée à Lisa. Il avait remarqué son air pincé et contrarié, et attendait patiemment que cela lui passe. Il devisait calmement de choses et d'autres avec Egmüll et Jonathan. Comment pouvait-il, alors que son cœur à elle était dévasté ? Elle attendait une explication qu'apparemment Ethan avait décidé de ne pas lui fournir. Il semblait sur ses gardes, scrutant sans cesse l'horizon. L'ennemi qu'il craignait était sans doute une horde de gueux en guenilles, des voleurs de grand chemin, alors qu'elle se battait avec un ennemi intérieur et qui avait pour nom : le doute. Cet ennemi-là était encore plus terrifiant car il s'infiltrait sournoisement dans son esprit, pervertissant et sabrant toutes ses certitudes, tous ses projets, toute la confiance qu'elle avait établie en Ethan. Lui ne voyait que légèreté, qu'un sentiment sans importance, alors qu'autour d'elle tout s'effondrait. Elle était vaillante et guerrière, mais contre cet ennemi là que pouvait-elle ? De plus, il ne voulait pas la rassurer, la conforter, alors qu'un tout petit mot aurait suffi à lever ce fameux doute. Mais il ne voulait pas le faire. C'est bien qu'il y avait une bonne raison. Le soleil, pourquoi tapait-il aussi fort tout d'un coup ? Elle avait chaud, des gouttes de sueur dégoulinèrent dans son dos, trempant son justaucorps. Sa langue était desséchée. Les contours du paysage devinrent tous blancs. La tête lui tourna, elle vacilla, et s'effondra au sol.

Le malaise de Lisa les obligea à retourner chez Sachiel.

En voyant revenir ses amis, celui-ci s'avança, l'air inquiet :

— Mais que se passe-t-il ?

— C'est Lisa, elle a eu un malaise, expliqua Jonathan.

La jeune fille en effet était livide. Elle était inconsciente, et il était évident qu'elle ne pouvait pas voyager ainsi, à cheval de surcroît. Sachiel la fit étendre, et lui épongea le front d'un linge humide. Lisa geignait. Lorsqu' Ethan s'approcha d'elle, elle lui tourna le dos, lui opposant un dédain manifeste. Elle n'accepta que la présence de Sachiel auprès d'elle. Lorsqu'il entra dans la tente où elle se reposait, Lisa lui prit les mains.

— Si tu savais comme il a été odieux hier soir avec moi ! bougonna-t-elle. Je lui ai demandé de s'expliquer sur ce qui s'était passé avec cette fille ! Il a fait comme s'il n'entendait pas, et j'ai eu beau insister, il n'a pas desserré les dents !

— Pas très gentil de sa part, en effet.

— Le pire, c'est le ton sur lequel il m'a parlé ! Il était d'une froideur ! Il me regardait comme si j'étais une étrangère pour lui, ni plus, ni moins !

— Je crois qu'il a d'autres soucis en tête en ce moment !

— Sachiel, je suis sa compagne ! Je suis tout aussi importante que ses…préoccupations, tu ne crois pas ? Et pourquoi n'avoue-t-il pas tout simplement que cette fille lui plaît, et qu'il…est allé avec elle…dans cette tente ? Je l'admettrais…

— Tsssst, tssssst ! En es-tu sûre Lisa ! En tous cas, si tu étais ma compagne, moi je te placerais au-dessus de toutes mes préoccupations, dit Sachiel en caressant le front de Lisa. Ça, c'est sûr et certain ! dit-il avec un petit sourire en coin. Son charme opérait.

— Merci ! Il n'y a que toi qui saches me réconforter. Oh, je suis si malheureuse ! dit-elle en tournant soudain son visage vers celui du jeune homme, penché au-dessus d'elle. Ses beaux yeux bleu-vert plongèrent dans ceux de son ami. Il déposa un baiser doux sur les lèvres de Lisa. En d'autres circonstances, elle se serait débattue, aurait refusé son audace. Mais en ce jour où elle nageait dans la confusion et le doute, elle ne le repoussa pas.

— Mon cher Sachiel, que ne ferai-je sans toi, dit la jeune fille dans un murmure et soudain rassérénée.

Cette proximité agaça Ethan. Lorsqu'il sortit de la tente, celui-ci prit le bras de Sachiel, et lui demanda ouvertement :

— Qu'as-tu dit à Lisa ?

— Moi ? Qu'aurais-je bien pu lui dire ? Je ne vois pas…

Le beau visage de Sachiel fulminait, ses traits s'étaient durcis.

— Ne fais pas l'imbécile ! Elle m'a fait une scène hier à propos de cette…Vania. Et aujourd'hui, elle a un malaise !

— Ecoute Ethan. Ne me fais pas porter la responsabilité de TES actes !

— Mais qu'est-ce que tu insinues ? Explique-toi clairement à la fin !

— Je n'ai rien à justifier Ethan ! Lâche mon bras s'il te plaît ! Ce serait plutôt à toi de t'expliquer auprès de Lisa.

La jeune fille entre-temps s'était levée de sa couche, et bien que faible encore, sentant les événements dégénérer, elle souhaitait mettre fin à cet épisode désagréable et rentrer au plus vite au château.

— Lisa ? Ça va mieux ? Tu te sens de repartir ? la questionna Ethan en s'avançant vers elle, l'air inquiet.

Celle-ci lui fit un petit signe de tête, en évitant son regard. Ethan salua froidement Sachiel, demanda qu'on leur amène les chevaux, et ils prirent le chemin du retour.

CH.5 LA DISCORDE

De retour au château, voyant son frère perdu dans ses pensées, le regard au loin, Jonathan sentit que ce dernier était perturbé. Il s'approcha de lui et le questionna :

— Ça va Ethan ? Tu m'as l'air soucieux ?

— Oh, rien de grave !

Ethan gardait les yeux rivés au sol, perdu dans ses pensées, triturant nerveusement un bout de tissu. Son frère avait tout de suite compris ce qui le perturbait :

— C'est au sujet de Lisa n'est-ce pas ?

— Je ne peux rien te cacher, en effet. Je ne sais pas ce que lui a raconté Sachiel, mais il la monte contre moi. Je ne comprends pas son attitude !

— Sachiel adore Lisa, tout le monde le sait !

— Tout le monde le sait, en effet, mais il y a des limites ! De là à manigancer je ne sais quoi, à lui raconter tout et n'importe quoi sur mon compte !

Ethan avait minimisé sa propre attitude, portant la faute sur Sachiel, mais Jonathan se garda bien de le lui rappeler, ne voulant pas envenimer les choses.

— Allons, ce ne sont que des enfantillages, tu es bien plus fort que ces petites brouilles sans importance ! Il sait très bien par ailleurs que c'est toi que Lisa aime, et crois-moi, il ne franchirait pas certaines limites.

— Puisses-tu dire vrai, Jonathan ! Mais je n'en suis pas aussi sûr que toi !

— Arrête donc d'en vouloir à Sachiel ! Il ne le mérite pas en plus !

— N'empêche qu'il est allé un peu trop loin ! J'ai envie de le défier ! Si nous organisions une joute ? Cela fait longtemps qu'il n'y en a pas eu au château !

— Si tu veux. Mais renonce à défier Sachiel, mesure-toi à quelqu'un d'autre. Il pourrait mal le prendre !

— Non, ce sera lui ! affirma Ethan.

Il fit envoyer un messager pour convier Sachiel au Château de La Renardière.

Celui-ci se fit annoncer quelques jours plus tard. Mais il n'y avait pas que des cavaliers qui approchèrent. En effet, un lourd chariot tiré par deux juments, et surmonté d'un large dais faisait partie de l'équipage. Un garçon d'écurie tenait les chevaux par la bride. Une ravissante jeune femme brune alanguie par le balancement régulier de l'attelage, en descendit lentement.

Ethan s'avança, et quelle ne fut pas sa surprise de reconnaître Vania.

— Je ne me souviens pas l'avoir invitée, fit-il remarquer en aparté à l'adresse de Sachiel.

— Elle mourrait d'envie de te revoir, je n'ai pas pu refuser…

Lisa s'avança à son tour, et se raidit à la vue de Vania. Elle eut un petit mouvement de recul, puis se reprit. Elle lui adressa un salut rapide et à peine poli, et embrassa Sachiel.

Elle attendit d'être au niveau d'Ethan pour lui glisser à l'oreille :

— Que fait cette fille ici, chez nous ? Est-ce toi qui l'as conviée ?

Lisa était visiblement contrariée.

— Non, évidemment que ce n'est pas moi ! que vas-tu donc chercher ? lui répondit-il, agacé à son tour.

Ethan s'avança à son tour vers le jeune homme aux ailes d'ange.

— J'ai organisé en ton honneur des festivités ! Nous avons songé à une joute, qui aura lieu demain ! lui lança-t-il enthousiaste.

— Je t'en remercie, Ethan. Mais, dis-moi, quels sont les gentilshommes qui vont se mesurer ?

— Toi et moi ! lui répondit Ethan, guettant sa réaction avec un petit sourire de satisfaction.

Son ami accusa le coup, mais son beau visage ne trahit pas son émotion. Il se tourna vers Ethan, un petit sourire en coin :

— Comme tu voudras !

Sachiel avait bien compris les enjeux qui allaient se jouer. La joute n'était pas un simple exercice de force.

Le lendemain, il faisait un temps clair…

Les deux adversaires se tenaient prêts, se faisant face sur une grande distance, de chaque côté de la lice. Ils avaient choisi l'un et l'autre deux magnifiques destriers, qui raclaient le sol de leurs sabots et piaffaient d'impatience.

— Nous devons d'abord choisir nos dames, avant de commencer ! cria Sachiel. C'est la coutume ! A toi l'honneur Ethan !

Lisa retint sa respiration. Elle regarda dans la direction de l'homme qu'elle aimait, sûre qu'il viendrait vers elle. Mais qu'elle ne fut pas sa surprise de le voir diriger ses pas vers Vania. Celle-ci lui noua autour du cou un mouchoir bleu. Ils se regardèrent intensément.

« Le bleu, c'est ma couleur, » pensa Lisa, mortifiée.

Elle sentit les larmes lui brouiller la vue. Elle se reprit lorsque Sachiel se dirigea à son tour vers elle.

— Ethan ne m'a pas choisie ! lui dit-elle désespérée.

— Mais tu es ma Reine ! la consola-t-il.

La jeune fille lui noua à son tour un mouchoir blanc. Puis les cavaliers se dirigèrent lourdement harnachés et gênés par leurs armures vers leurs destriers. Le combat commença. Les chevaux s'élancèrent. Les deux adversaires se croisèrent à deux reprises. Ils se jaugèrent tout d'abord, chacun faisant des tentatives, mais aucun d'entre eux ne parvenant à déstabiliser l'autre. Ils chargèrent alors une troisième fois. On entendit soudain le choc de la lance qui heurta le bouclier de Sachiel. Celui-ci chuta lourdement au sol. Ethan était vainqueur. Il laissa toutefois une chance au jeune homme :

— Apportez-nous des épées !

La plaine retentit alors des coups échangés. Les deux jeunes gens se défièrent, parant, puis frappant avec rage. Ethan avait plus de force que Sachiel, ses muscles saillaient de son armure. Mais le jeune homme mi ange, mi humain, esquivait les coups avec grâce et agilité. Il n'hésitait pas non plus à frapper son adversaire, et à le faire reculer sous ses assauts. Au moment où il allait riposter, Ethan bloqua le bras de son ami dans son élan, et envoya son épée voltiger au loin. Il voulut le plaquer au sol dans un signe de soumission, pour marquer sa défaite. Mais dans sa maladresse, en essayant de le faire tomber, l'arme frôla la pommette de Sachiel, et y traça une estafilade rouge. Du sang perla. Sachiel porta la main à sa joue.

— Ceci est un avertissement !

— Tu délaisses Lisa, parce que tu es aveuglé par cette Vania ! lui lança rageusement Sachiel à la figure.

— Tu dis n'importe quoi ! Crois-tu que je ne voie pas clair en ton petit jeu ? Ne te mêle pas à l'avenir de ce qui ne te regarde pas !

Ethan tourna les talons et s'éloigna.

Lisa s'avança au-devant de lui :

— Qu'as-tu fait Ethan ? Tu l'as blessé ! Excuse-toi !

— C'est un combat ! Il n'en mourra pas ton Sachiel ! Qu'il se relève donc tout seul !

Lisa, outrée, aida Sachiel à se redresser. Celui-ci, étonné de la conduite d'Ethan, ne prolongea pas son séjour au château, et repartit dès le lendemain. Il se sentit humilié. La brouille était consommée.

A Isabeau qui s'étonna du départ précipité de Sachiel, Lisa expliqua les petites tensions qui existaient au sein de leur union.

— Bah, ce n'est pas grave ! C'est passager, cela s'arrangera certainement. La vie d'un couple est loin d'être un fleuve tranquille, et au fil du temps les petites querelles seront fréquentes. Mais elles sont parfois salutaires, et peuvent au contraire resserrer les liens.

— Je l'espère Isabeau. Je vais attendre qu'il se calme, et il faudra qu'il s'excuse tôt ou tard de son attitude incorrecte, dit la jeune fille en soupirant. Sachiel n'a rien fait, Ethan l'a blessé...presque volontairement. Le pauvre !

Puis elle se tourna vers Isabeau, qui tout en parlant avec Lisa, continuait son ouvrage :

— Je me sens fatiguée en ce moment. De plus, j'ai des vertiges et des nausées...J'ai peur d'être malade. Je ne me sens vraiment pas bien.

— Ah ? Mais...as-tu des maux de ventre, ou des maux de tête ?

— Non...rien de tel.

— Et au niveau de ton cycle ?

— Je n'ai pas vraiment fait attention. Mais...oui, il me semble que j'ai du retard.

— De combien exactement ?

— Je pense d'au moins...peut-être...quinze jours !

Isabeau se releva soudain, et prit les mains de Lisa :

— Alors, tu n'es pas malade, ma fille ! Je pense qu'à mon avis, tu portes un petit être, qui verra le jour dans...neuf mois !

Lisa écarquilla de grands yeux. Elle vacilla sous l'effet de la présomption d'Isabeau.

« Est-ce possible ? » songea Lisa. Elle nia pourtant cette éventualité :

— Non, ce n'est pas possible, Isabeau. Pas ce à quoi vous songez, cela m'est déjà arrivé, le retard dans mon cycle, je veux dire, mais au bout de quelques jours, les menstrues sont arrivées. Je pense simplement qu'il s'agit d'une fatigue passagère, tout va rentrer dans l'ordre.

Mais au fond d'elle-même, le doute l'assaillit. Elle ne savait pas trop si elle devait se réjouir ou au contraire, déplorer la nouvelle.

« Et si c'était cela ? Ça tomberait bien mal, au moment où notre couple connait des difficultés ! songea-t-elle. Cette perspective m'effraie ! Je ne m'y attendais pas ! Je ne connais rien à ces choses. Que va-t-il m'arriver à présent ? » Elle se mordit les lèvres.

Sentant le trouble de Lisa, Isabeau lui vint en aide :

— Allons, allons, tu ne seras pas toute seule, je t'aiderai à traverser cette période, qui est lourde pour une femme.

Lisa était abasourdie, et inquiète à la fois.

— Tu devrais l'annoncer à Ethan. Il en sera très heureux, conseilla Isabeau.

— Oui, j'y vais de ce pas !

Lisa s'élança dans le château à la recherche d'Ethan. Elle le chercha dans la salle du conseil, puis dans la salle d'armes.

« Où peut-il donc bien être ? Sans doute avec Jonathan, ou Erin. »

Elle demanda aux domestiques s'ils avaient aperçu le jeune homme. Ceux-ci lui répondirent par la négative. Elle ne trouva nulle trace d'Ethan. Elle se dirigea alors vers les écuries, pour vérifier la présence de son cheval. Elle surprit une conversation, reconnut la voix d'Ethan. Mais il n'était pas seul. Une voix féminine résonnait. Elle se rapprocha alors. Ethan était en présence de Vania. Le cœur de Lisa bondit dans sa poitrine.

« Encore avec cette fille ! » pensa-t-elle, dépitée.

Mais au lieu de faire demi-tour, elle s'enhardit au contraire :

— Ethan ! J'ai quelque chose d'important à t'annoncer, dit-elle d'une voix haute et claire.

Le ton employé par Lisa lui fit comprendre qu'il y avait urgence et qu'elle ne souffrirait aucune excuse, quelle qu'elle soit, mais surtout que Vania n'était pas un obstacle pour elle.

Mais Ethan se retourna à peine.

— Est-ce si important que cela ne puisse attendre ?

Devant sa mauvaise volonté, et le fait qu'elle le dérangeait apparemment, Lisa renonça.

— Non, en effet, ce n'est pas si important que cela, au fond. Il n'y a aucune urgence. Je te laisse, à tes grandes… occupations !

Lisa tourna les talons, et s'éloigna, mortifiée.

Vania se retourna vers elle et la toisa d'un regard arrogant et dédaigneux. Elle émit un petit ricanement.

« Elle est très heureuse de cette situation. Elle obtient bien vite ce qu'elle veut ! En plus, elle me nargue ouvertement ! » pensa Lisa, désespérée, et de plus en plus persuadée qu'Ethan s'éloignait d'elle.

Elle alla se réfugier seule dans un coin.

Lorsqu'Isabeau la croisa, elle lui demanda :

— Alors, l'as-tu annoncé à Ethan ? Est-il heureux ?

— Non, c'est inutile je crois ! Il a mieux à faire en ce moment ! répondit Lisa un peu sèchement.

— Que se passe-t-il Lisa ? Quelque chose ne va pas ? questionna Isabeau d'une voix douce. Je le lui annoncerai moi-même, veux-tu ?

— Non ! Tout va très bien au contraire, répondit Lisa en faisant un effort surhumain pour masquer son chagrin. N'en faites rien surtout ! Je tiens à le lui dire personnellement, répondit Lisa, en essayant de refouler ses larmes au fond d'elle.

Lorsque sa belle-mère disparut, elle laissa éclater sa peine : elle courut se jeter sur le grand lit carré à courtines, enfouit son beau visage dans la courtepointe à fourrure qui le recouvrait et sanglota.

CH.6 LES ORIPEAUX DE LA PEUR

Pendant ce temps, sur les terres de Valensol...

Il faisait une belle journée de printemps. Un soleil radieux illuminait la campagne environnante d'un éclat translucide. Une petite bise faisait ondoyer les feuilles vert-tendre des trembles dans lesquels vrombissaient les insectes. Quelques mètres plus loin, le château dupliquait la masse de ses remparts et de ses tours imposants en ombres chinoises sur les environs. La quiétude semblait régner partout. On entendait parfois au loin les cris du paysan qui conduisait le cheval de trait dans les champs.

Fine était fatiguée de sa journée. Comme chaque matin, elle s'était levée à l'aube, avait nourri les bêtes, s'était occupée de ses jeunes enfants. A présent le soleil déclinait lentement sur les coteaux. Elle s'apprêtait à préparer le repas du soir : elle ferait une bonne soupe, dans laquelle elle mettrait des pommes de terre, des poireaux, et des pois. Fine épluchait les légumes. Tout en travaillant, elle songeait que la journée avait été bonne. Les travaux des champs avançaient. Il faudrait un peu de pluie par la suite, mais point trop :

« Juste ce qu'il faut pour avoir de belles récoltes, » pensait-elle.

Elle releva une mèche de cheveux qui lui tombait sur la figure et qui l'agaçait. Puis elle mit les épluchures dans son tablier et se dirigea vers la porcherie. Les bêtes étaient agitées. Elle mit cela sur le compte de la faim qui devait tenailler les animaux.

— Allons, allons mes tous beaux ! Du calme ! Regardez ce que je vous apporte !

A la vue de la paysanne, les bêtes avancèrent le groin contre la balustrade en bois.

Les cochons se ruèrent sur les raclures, en poussant des cris et en se bousculant.

— Là, voilà ! Y vont être tout contents ! Et quand y seront bien gras, y feront un bon lard pour notre seigneur !

Fine les regarda bâfrer de ses petits yeux enfoncés, ses mains rugueuses sur ses larges hanches, qu'elle essuya sur son tablier sale.

Le soir déclinait doucement sur les coteaux. Aussi ne remarqua-t-elle pas le voile diffus qui s'abattit soudain sur les alentours et fit tomber le crépuscule encore plus vite que de coutume.

Fine se dirigea vers un coin de la porcherie, retroussa ses jupes pour aller satisfaire un besoin naturel. Les bêtes étaient de plus en plus agitées.

« Je ne comprends pas c'qui z'ont ! J'viens de les nourrir ! Sont jamais contents ces animaux ! En veulent toujours plus ! »

Elle s'accroupit dans la boue. C'est alors qu'elle repéra un pied, caché dans l'ombre. Ou plutôt une patte : large, à la peau épaisse, recouverte de boue et terminée par de grosses griffes. Elle n'osa pas relever la tête. Son sang se figea. Elle comprit que « *quelque chose* » était tapi dans l'obscurité : « C'est un prédateur ! » pensa-t-elle, paniquée.

Elle remonta ses culottes à toute vitesse, voulut crier pour avertir son mari :

— Henri ! Henri !

Mais ses propres appels étaient étouffés par les grognements des cochons. Elle se sentit violemment happée par la nuque, puis traînée. Elle essaya de se débattre, mais peine perdue. Elle n'eût que le temps de distinguer une silhouette massive surmontée d'une tête hideuse.

« Je suis dans les griffes du diable, pensa-t-elle. Je vais aller en enfer ! C'en est fait de moi ! »

Un coup violent l'assomma, elle sombra.

L'homme rentra des champs, le dos légèrement voûté, harassé après une dure journée de labeur. Il tenait sa houe sur l'épaule. Il se dirigea vers la petite chaumière. De l'âtre se dégageait une bonne odeur de soupe qui le ragaillardit. Il trouva les enfants seuls. Cela l'étonna. Mais il se dit que sa Fine ne devait pas être bien loin. Il la chercha des yeux : personne.

— Elle a dû aller nourrir les cochons en m'attendant.

Il se dirigea vers la porcherie, trouva les bêtes apeurées et se bousculant contre la balustrade, cherchant à s'échapper.

— Oh là, mes tout doux, oh là, du calme !

Puis il appela sa femme :

— Fine ! Fine !

Personne ne lui répondit. Il vit alors au sol de larges traces de lutte. Celles-ci s'engageaient dans la forêt. Le visage buriné du brave homme se fit soudain soucieux.

Alors Henri comprit qu'il s'était passé quelque chose de grave. On lui avait pris sa Fine. Il faisait tard. Il hésita, partagé entre l'envie immédiate de s'enfoncer dans la forêt à la recherche de sa femme, et celle d'être prudent, car il pouvait s'agir d'un piège qu'on lui tendait à lui aussi. Il ne savait pas quoi faire. S'il y avait des manants cachés dans la forêt, il était imprudent de s'y aventurer seul, surtout s'ils étaient à plusieurs. Il retourna sur ses pas et se dirigea de nouveau vers la porcherie pour essayer de calmer les bêtes. Non, il n'agirait pas seul.

« Je vais aller de ce pas avertir notre seigneur, et il va envoyer des soldats à la recherche de Fine ! Sacrebleu ! En voilà une affaire qu'elle n'est pas bonne ! » pensa Henri désemparé et inquiet.

C'est alors qu'il eût un mauvais pressentiment. Quelque chose n'allait pas. Il sentit une présence diffuse dans la grange, qu'il ne pouvait distinguer.

« Il y a une bête tapie par ici ! pensa-t-il. C'est pas normal que les cochons aient peur comme ça ! »

Il se saisit alors de sa fourche, et s'avança dans le coin obscur.

— Attends tu vas voir l'animal ! J'va te déloger de chez moi tu vas voir ! J'va te planter un coup de fourche, ça va pas traîner ! Attends un peu !

Il songea à un loup. Le souffle rauque qu'il distinguât par-dessus l'agitation des cochons le fit douter.

« Un loup, ça grogne ! C'est ptêtre autre chose ! »

Il se dirigea prudemment vers le coin de la grange, plongé dans l'obscurité, la fourche dirigée vers l'avant :

— Allons, viens la bête, montre-toi, je n'ai pas peur de toi ! C'est-t-y toi qui as mangé ma Fine et qui me l'a traînée dans la forêt pour la dévorer ? Attends, tu vas voir, j'vas te régler ton sort ! approche donc un peu !

Le paysan n'était pas rassuré pour autant. Il remonta ses braies machinalement, puis continua d'exhorter la créature. C'est alors qu'une énorme masse sortit du coin de la grange. Henri ouvrit des yeux grands comme une soucoupe. Ses cheveux se dressèrent sur son crâne, son visage se figea en un rictus grotesque, paralysé par la peur. Il voulut appeler à l'aide, mais aucun son ne sortit de sa bouche qui dévoila une rangée de dents gâtées. Sa faux voltigea, propulsée en l'air comme un fétu de paille. Il essaya de faire demi-tour, mais comme Fine, il fut happé par une lourde patte qui s'abattit sur lui comme une massue. C'en était fait du paysan et de sa femme. La soupe continuait de bouillir dans l'âtre. Le chaudron se balançait doucement sur son crochet dans un petit mouvement régulier de va et vient, les petites flammes de l'âtre dansant comme si rien ne s'était passé. Personne ne mangera le potage ce soir-là. La nuit tomba sur la forêt, recouvrant la canopée d'une lourde chape d'effroi et de menaces effrayantes, tapies dans l'ombre. Les habitants fermèrent leurs portes et se calfeutrèrent chez eux.

CH.7 L'INCERTITUDE

La discorde semblait profondément établie entre Ethan et Lisa. Ils ne se comprenaient plus, n'échangeaient plus que des paroles anodines. Il la fuyait la plupart du temps, et quand elle le croisait, elle prenait bien soin de lui opposer un regard plein d'indifférence. Du moins s'y forçait-elle, car au-dedans d'elle-même, elle n'espérait qu'une chose, qu'il lui revienne, car cette situation lui était insoutenable.

Il était tôt dans la matinée lorsqu'Erin et Valère déboulèrent ensemble en hâte au château, le visage grave. Erin s'adressa directement à Ethan :

— Ethan, il s'est passé quelque chose de grave au village ! Les Dumont ont été attaqués récemment. Ils sont disparus tous les deux !

— Disparus, comment ça ?

— Il y a des traces de lutte au sol, de grandes traces ! renchérit Valère.

— De loup, d'homme, de quoi ? Vas-y précise !

— Non, de celles que nous avons connues par le passé hélas ! lâcha Erin.

— Tu dis n'importe quoi Erin, cela ne se peut pas ! rétorqua Ethan, l'air narquois et lui tournant le dos, agacé.

Jonathan qui avait entendu les éclats de voix, s'approcha lentement à son tour. Son visage reflétait une immense inquiétude. Les dires d'Erin faisaient écho à ses propres craintes et à son pressentiment.

— Les Dumont ont été attaqués ! Mais le pire, c'est qu'on n'a pas retrouvé leurs dépouilles. C'est un voisin qui a retrouvé les enfants seuls et en pleurs.

— Où sont-ils à l'heure qu'il est ?

— Ils ont été mis en lieu sûr, ils sont sains et saufs.

— Il faut faire une battue, faire des recherches ! Cela doit avoir une explication ! s'emporta Ethan.

— Il n'y a pas d'autre justification !

Erin faisait face à Ethan, il regardait son ami droit dans les yeux.

— J'ai entendu dire qu'il y avait eu une attaque de village non loin de là, par une horde de manants déguenillés !

Ethan essayait de minimiser.

— Il ne s'agit pas de ceux-là ! Ces derniers ont été identifiés, puis capturés ! Ils détroussaient et volaient les paysans du coin. Ils croupissent dans les oubliettes du château en attendant leur jugement. Mais il s'agit d'autre chose ! Les gens ne sortent plus, ils n'osent même plus aller faire les travaux des champs, qui ont pris du retard ! La population est terrorisée !

— Ça suffit Erin !

Ethan s'emporta contre le jeune homme, pour le regretter aussitôt. Il se décontracta et soupira.

— Excuse-moi Erin. Mais ce que tu dis n'est pas possible. Nous les avons tous tués ! Ils ont brûlé, tu ne te souviens donc pas ?

— La preuve que non ! répliqua Valère en soutien à Erin.

— Tu devrais l'écouter au contraire ! Je pense qu'il a raison ! intervint Jonathan. Ils sont revenus...

Ethan le regarda, bouche bée, inclinant la tête sur le côté :

— Comment ? Que dis-tu ? Ce n'est pas possible !

Il se voûta, baissant la tête, incrédule, en proie à une grande lassitude soudaine.

Pourtant, il lui fallait bien admettre la vérité. Les rafles se multipliaient dans son royaume depuis quelque temps. Il murmura, comme se parlant à lui-même :

C'était donc « ça » ...

Il redressa la tête et réagit aussitôt, en guerrier et homme d'action, habitué à prendre des décisions rapidement, comme il l'avait déjà prouvé par le passé :

— Il faut réunir les soldats, organiser des battues, protéger la population, agir au plus vite ! lança Ethan.

Il s'était redressé, campé sur ses jambes en une posture de défi, ses yeux lançant des éclairs.

— Mais contre qui ? demanda Valère. Contre une armée invisible ?

Ethan frappa sur la lourde table en chêne et fit trembler les tréteaux qui la portaient.

— Nous les avons vaincus une première fois ! Ce ne sont pas les quelques-uns qui en ont réchappé qui vont pouvoir mettre à nouveau en péril notre royaume !

Ethan appuya ses dires d'un nouveau coup de poing volontaire sur la table.

— Même s'il n'en est resté qu'un seul ou même deux, cela suffit. Ils peuvent se reconstituer en « absorbant » des êtres normaux.

— Ils sont peut-être plus nombreux hélas que nous le pensons ! reprit Valère. En tous cas, ils sont en train de se régénérer : il y a aussi les récentes disparitions qui ont affecté le Petit Peuple de l'Ombre.

— Nous allons les écraser comme des mouches ! dit Ethan, le regard dur, son beau visage contracté par une détermination farouche.

— Tu ne connais pas leur puissance et leur force Ethan ! reprit Jonathan. Et puis, avec qui veux-tu combattre ? Le Petit Peuple de l'Ombre a déjà subi de lourdes pertes, et tu viens de te disputer avec Sachiel. Nous ne sommes pas en force !

Ethan eut un petit rictus agacé.

— Nous ne nous laisserons pas impressionner ! En tous cas moi je ne baisserai jamais les bras ! Je tuerai ces bêtes malfaisantes de mes propres mains s'il le faut !

— Dois-je te rappeler que tu n'es pas en très bons termes en ce moment également avec Lisa ? lui dit Erin.

— C'est passager tout cela, ce n'est rien, une petite brouille, ça s'arrangera !

— Petite brouille ? Vous ne vous adressez pratiquement plus la parole ! lui fit remarquer Valère.

— Cela m'étonnerait fort que les siens acceptent de nous aider, renchérit Erin.

— Et puis, ils n'ont plus rien à perdre maintenant expliqua Valère. Ils n'ont pas réussi à vous tuer Ethan et toi Jonathan. Ils savent qu'ils ne recouvreront jamais leur apparence humaine. Donc, maintenant leur seul but, ce sera…

Valère s'interrompit : il n'osa pas prononcer le mot. Ce fut Erin qui le dit :

— La vengeance ! Faire le mal pour le mal !

Un silence pesant suivit le mot prononcé par Erin. L'assemblée venait de réaliser ce qui devenait soudain une évidence à leurs yeux. L'air s'emplit de menaces tacites. La peur s'infiltra dans leurs veines.

Ethan brisa le mutisme de ses camarades, comme pour conjurer leurs craintes.

— Mais que conseillez-vous alors ? Allez-y, puisque selon vous la situation est désespérée ! Alors ? Allez-y ! je vous écoute !

— Il faut partir, fuir ! osa Erin.

Ethan ouvrit de grands yeux incrédules.

— Partir ? Il n'en croyait pas ses oreilles. Mais vous avez perdu la tête !

— Momentanément, cela s'entend !

— Mais jamais je ne quitterai mon royaume ! s'emporta Ethan.

Il caressa le tranchant de son épée effilée.

— Je les briserai ! Ils ne nous auront pas ! Je les réduirai en pièces !

Ethan fulminait, ses joues se creusèrent soudain, la douceur s'évanouit de son visage, pour adopter un air grave et vindicatif. Il respira bruyamment : l'idée que l'ennemi menaçait à nouveau son royaume lui était insoutenable.

— Il faut écouter le sage conseil d'Erin. Pour le moment, c'est la seule solution qui se présente à nous je crois ! rétorqua Jonathan.

— Partir ? Mais où donc, demanda Valère.

— Il existe une terre qui n'a pas été conquise à ce jour par les Aurochs, expliqua Erin.

Elle se situe bien au-delà de nos propres domaines, au Nord-Ouest, à des lieues du royaume des Alden : elle s'appelle : Séléna ! Le peuple qui habite cette terre s'appelle le Peuple des Éphémères !

— Pourquoi les appelle-t-on les Éphémères ? demanda Valère.

— Ils sont appelés ainsi car leur royaume change sans cesse d'apparence. Ce sont des êtres insaisissables, qui sont capables de s'introduire dans des arbres ou des éléments du paysage et de se confondre avec eux de telle sorte qu'on ne parvient absolument pas à les distinguer, expliqua Erin. De fait, ils vivent dans une parfaite tranquillité.

— Il faut leur envoyer un messager sur le champ, leur demander leur aide et leur protection ! déclara Jonathan.

— Cela m'étonnerait qu'ils nous l'accordent, affirma Erin.

— Qu'est-ce qui te fait dire cela ? demanda Valère.

— Mais parce que je viens de te l'expliquer. Ils ne sont pas concernés, ils n'ont jamais été inquiétés par les Aurochs. Quel intérêt auraient-ils à nous protéger ? continua Erin. Franchement, je n'en vois aucun.

— Il faut pourtant le leur demander. Leur situation pourrait très bien changer d'un jour à l'autre et ils pourraient également avoir besoin de nous. Il faut le leur signifier.

— Bien ! Si vous pensez que c'est ce qu'il faut faire, alors ! s'exclama Ethan qui n'était toujours pas convaincu. Je vais donc envoyer un émissaire. Nous verrons bien comment il sera accueilli.

CH.8 LES FLEURS DE LA SOUFFRANCE

Lisa nageait en plein désarroi, ne savait plus à qui se confier. Elle se sentait seule et abandonnée. Lorsqu'elle croisait Ethan, il ne lui parlait que de banalités. Elle avait pourtant bien tenté à plusieurs reprises de l'aborder, alors qu'elle l'avait croisé seul dans les couloirs du château.

— Ethan ! Il faut que je te dise quelque chose d'important !

— Pas maintenant Lisa ! Ce n'est pas le moment ! La situation est grave ! lui avait-il répondu en le croisant à toute vitesse.

— Mais…Ethan ! Écoute-moi s'il te plaît ! supplia-t-elle en lui prenant le bras.

Il lui adressa un regard agacé.

— Nous aurons bien le temps ! Il y a urgence, le royaume est en danger ! Je dois rejoindre Jonathan et les autres ! Nous devons nous réunir, il y a eu des incidents graves !

Ethan se dégagea et tourna les talons, laissant Lisa en proie à la frustration. Elle le rattrapa :

— S'il te plaît, il faut que je te parle ! Je n'en ai pas pour longtemps ! lui cria-t-elle presque, de manière péremptoire, le regard ferme et déterminé. Le jeune homme ne ralentit pourtant pas son allure et disparut. Lisa le regarda s'éloigner, fulminant. Elle eut un rictus de colère et de dépit.

« Le royaume est en danger, bougonna-t-elle, en colère. Il ne me parle que de cela ! On dirait qu'il n'y a que c'est la seule chose qui compte, quand moi ce sont mon cœur et mon corps qui sont dévastés ! Mais mes états d'âme ne l'intéressent pas le moins du monde ! Ou alors il fait comme si de rien n'était…Comment peut-il être devenu tout d'un coup aussi indifférent ? Nous ne nous comprenons plus décidément. Je ne sais plus quoi faire ! » pensait la jeune fille complètement désemparée.

« De plus, il est toujours en compagnie de cette Vania ! Qu'est-ce qu'il lui trouve franchement ? S'il se détourne autant de moi en ce moment, c'est à cause de cette fille ! Je la déteste ! »

Lisa soupira. Les jours s'étiraient à n'en plus finir. Ils étaient tristes et sans saveur. Elle qui attendait toujours le retour d'Ethan avec fébrilité, n'escomptait plus rien à présent. Il n'était même pas revenu la voir alors qu'il savait qu'elle voulait lui parler en urgence.

Les heures s'égrenaient lentement. Les mêmes pensées revenaient sans cesse la hanter, comme une litanie douloureuse. Lisa triturait nerveusement une longue mèche de cheveux. Elle n'avait plus goût à rien. Elle qui était vive et enjouée était devenue taciturne et repliée sur elle-même. Elle regardait l'horizon par l'ogive qui trouait les murailles, mais le paysage ne l'intéressait pas. Son regard se perdait dans l'infini de ses sentiments contradictoires. Seule la déception l'habitait, et le goût amer de la solitude.

« Je ne supporte plus cette situation ! songeait-t-elle. Ils sont tellement soudés dans cette famille, qu'ils tolèrent le comportement d'Ethan ! Que puis-je dire pour me faire entendre ? Quoi qu'il fasse, il aura toujours raison ! Ils lui pardonnent tout, même sa conduite envers moi ! En plus, ils ne m'ont même pas invitée à participer à leur « réunion » ! J'ai combattu moi aussi contre les monstres, j'ai été vaillante ! Non, franchement, je ne comprends pas ! »

Croiser Ethan dans les dédales des pièces du château et lui voir ce regard indifférent lui était une torture.

De plus, elle vivait ce bouleversement dans sa vie au moment même où son corps connaissait un séisme bien plus important encore : elle allait enfanter, donner naissance à un petit être. Les dires d'Isabeau s'étaient confirmés : voilà plus d'un mois qu'elle n'avait pas eu ses menstrues. Comme elle aurait voulu partager ce bonheur avec Ethan.

« Oui, cela aurait dû être un bonheur, regretta Lisa pleine d'amertume. Ce moment est un des plus importants de ma vie, et je ne peux pas le partager avec mon compagnon. »

Les larmes affluèrent. Des sentiments négatifs l'envahirent :

« Je ne veux pas de cet enfant ! Pourquoi ? Pourquoi est-ce que ça m'arrive maintenant ? Ce n'était vraiment pas le moment ! Il faut être deux pour faire un enfant certes, mais aussi et surtout pour l'accueillir ! »

Elle imagina tous les désagréments liés à son état, et cela lui fit peur :

Elle savait qu'au fil des mois son ventre allait s'arrondir, que sa silhouette si mince s'alourdirait, ses courbes allaient devenir disgracieuses, elle aurait du mal à se déplacer, sans parler des douleurs de l'enfantement même. En outre, son corps resterait à tout jamais marqué des stigmates de cette grossesse.

Elle avait vu des femmes de son peuple enceintes, elles n'étaient pas vraiment belles à voir, avec leur ventre distendu et proéminent. Au moment de la délivrance, elle avait entendu leurs hurlements de douleur effrayants qu'onpercevait très loin, quand elles avaient eu la chance d'en réchapper. Certaines racontaient leur épreuve après coup et parlaient de douleurs insupportables, d'un écartèlement…Quand ce n'était pas…la mort qui les guettait :

« Combien de femmes meurent en couches ? »

Le doute et la crainte la traversèrent. La nuit était pour elle encore pire que le jour. Ses incertitudes et ses angoisses étaient amplifiés par le silence qui régnait dans sa chambre. Elle tournait et se retournait sur sa couche, cherchant le sommeil qui ne venait pas. Les mêmes pensées se bousculaient dans sa tête, et les mots de : « trahison », « abandon », « solitude » défilaient en une sarabande grotesque. Elle essayait de les chasser de son esprit, mais en vain. Ils s'étaient emparés d'elle, et lui distillaient chaque jour un peu plus leur poison venimeux, l'empêchant d'agir, la paralysant, l'enfonçant dans la spirale des pensées négatives. Elle si combattive et courageuse ne se reconnaissait plus. Elle sentait qu'elle sombrait, qu'elle se figeait. Elle se retrouvait seule, sans personne à qui confier ses tourments, pour prendre une décision. Elle se donna des coups de poing dans l'abdomen. Une seule échappatoire se présenta à elle, qui lui apparut comme une évidence :

« Je vais partir ! Il faut que je trouve quelqu'un pour faire passer cet enfant ! Ethan n'en saura rien ! De toute façon, que lui importe, lui non plus n'en voudrait pas, son attitude me le prouve chaque jour ! Il ne se rendra même pas compte de ma disparition ! Je le ferai passer et ensuite peut-être reviendrai-je…Oui, partir, cette nuit même ! »

Elle se leva, enfila ses vêtements de cuir, serra les lanières de son corset, prit à la hâte son arc et son carquois et se faufila discrètement dans le couloir du château, sans faire de bruit. Elle descendit les nombreuses marches du donjon, traversa la salle de banquet, se coula derrière le puits et arriva au pont-levis. Par chance, la herse était légèrement soulevée. Le garde dormait profondément. Elle n'eut aucun mal à se faufiler en dessous et se retrouva à l'air libre, dans la nuit. Lisa prit son courage à deux mains et s'enfonça au cœur de la forêt. La lune guida ses pas. Elle ne ressentit aucune peur. Elle préférait s'engager dans les entrailles noires et les ombres gigantesques et fantasmagoriques plutôt que d'affronter l'indifférence à laquelle elle avait eu droit ces derniers temps au château. Le danger et l'hostilité plutôt que la froideur insupportable d'Ethan.

Elle n'avait même pas pris la peine de prendre la plume pour expliquer son départ à son compagnon, cela ne lui avait même pas effleuré l'esprit. « Je pars, un point c'est tout… il sait bien pourquoi, malgré le fait qu'il feigne une aussi grande indifférence » songea-t-elle, amère.

Mais elle avait mal, tellement mal. Elle savait qu'elle laissait ainsi la place à sa rivale, qui jubilait et arborerait un grand sourire de triomphe à l'annonce de son départ. Elle ne put retenir ses larmes qui glissèrent sur ses joues et roulèrent au sol. Mais à cet instant même, il se passa une chose très étrange : au lieu de se dissoudre dans la terre, celles-ci se densifièrent, puis se durcirent pour se transformer en de petites fleurs d'airain, fragiles et fortes à la fois, finement ciselées, qui contrastèrent avec la végétation de fougères, de lichens et de mousse de la forêt. Celles-ci s'étalèrent derrière elle comme une longue traîne, qui cristallisait sa souffrance.

CH.9 L'AVERTISSEMENT

Lisa avançait, seule dans la nuit, depuis plusieurs heures maintenant. Elle entendait l'écho de ses propres pas qui résonnaient dans l'atmosphère ouatée et silencieuse de la forêt. Elle essayait toutefois de distinguer le bruit qu'elle même produisait de ceux inconnus qui auraient pu surgir d'on ne sait où, tous ses sens en alerte. Les feuilles mortes qu'elle écrasait crépitaient et crissaient, emplissant le silence de sons rassurants.

Elle ne se sentait pas paisible pour autant. Elle avait pris la décision difficile de partir, fuyant la solitude, mais sans doute pour affronter d'autres dangers certainement plus grands encore.

« Ai-je bien fait, songea-t-elle, en proie au doute. Ai-je pris la bonne décision ? Est-ce que je ne me suis pas emballée ? N'ai-je pas exagéré tout cela au fond ? »

Elle n'avait même pas pris de torche pour ne pas se faire repérer. Qui se cachait derrière ces troncs épais, derrière ces branches ? Elle feignit d'ignorer ces menaces diffuses et se boucha les oreilles pour ne plus entendre ces murmures.

Elle discerna au-delà des froissements de feuilles, des chuintements. La futaie chuchotait. Elle eût l'impression de ressentir des frôlements, comme si quelque chose ou quelqu'un voulait la toucher.

La forêt était inquiétante. L'indifférence du départ avait fait place à la crainte. Mais elle ne souhaitait pas revenir en arrière. Sa fierté le lui interdisait.

« Non, ce qui s'est passé est trop grave pour moi ! Je ne retournerai jamais là bas ! »

Elle avança, baissant la tête pour éviter de regarder les ombres et ainsi craindre de laisser son imagination l'emporter sur sa raison.

Mais tout à coup, son sang se figea. Un autre pas faisait écho au sien. Elle s'arrêta pour écouter, l'entendit nettement, c'était une certitude. Elle fit de grandes enjambées, inquiète, et se mit à courir. La créature en fit de même.

« Ces bois sont habités ! » pensa-t-elle, en proie à l'affolement.

Tout à coup, une petite main agrippa son bras. Lisa se retourna, prête à se battre.

— Lisa ! Mais qu'est-ce que tu fais là ?

— Egmüll ! Mais que tu m'as fait peur, c'est incroyable ! Tu aurais pu m'appeler au lieu de me faire une frayeur pareille ! J'ai failli m'évanouir !

— Excuse-moi Lisa, mais je ne m'attendais pas du tout à te voir errer dans la forêt à cette heure-ci ! Tu peux m'expliquer ?

En guise de réponse, elle émit un marmonnement qu'Egmüll ne comprit pas.

— Viens, rentrons ! Il ne fait pas bon rester ici !

Egmüll emmena Lisa chez lui. Il la fit descendre dans son petit abri souterrain confortable. Il lui offrit une boisson chaude qui réconforta Lisa. Il commença par des banalités avant d'attaquer le chapitre qu'il voulait connaître. Puis n'y tenant plus, il posa directement la question qui le taraudait :

— Alors Lisa, peux-tu m'expliquer ?

— Il n'y a rien à expliquer Egmüll. Je me suis disputé avec Ethan, voilà tout !

— Et c'est pour cela que tu te retrouves dans la forêt, seule, et en pleine nuit ?

Egmüll la fixait derrière ses verres épais, l'air perplexe.

— Ce n'est pas qu'une petite querelle, c'est plus grave que cela !

Le petit être attendait patiemment que Lisa développe :

— Il y a cette…femme, cette Vania ! Ethan s'est épris d'elle, la voilà la vérité !

— Qu'est-ce qui te fait dire cela ?

— Il n'a d'yeux que pour elle, il ne me considère plus du tout, chaque fois que je veux parler à Ethan, je les retrouve ensemble. Enfin, bref, je n'existe plus pour lui, soupira Lisa.

— Mais Lisa, ce ne sont que des suppositions. Tu n'as aucune certitude ?

— J'ai un cœur pour ressentir ! Non, une femme ne se trompe pas et pressent parfaitement ces choses-là ! Il ne m'aime plus. Oh Egmüll, je suis désespérée.

— Oui, je vois…Écoute, admettons qu'Ethan ait eu…comment dire ? Un moment d'égarement pour cette fille…

Il hocha la tête :

— Je le connais très bien : il t'aime profondément Lisa, crois-moi. Il va vite se rendre compte de son erreur et revenir très vite vers toi…

Lisa l'écouta poliment, l'air dubitatif. Elle secoua négativement la tête.

— Tu es en colère contre lui en ce moment, et ça se comprend. Mais, je t'en conjure, la colère est mauvaise conseillère ! Écoute : tu vas te reposer ici en attendant que nous prenions une sage décision ensemble. Tu es partie sur un coup de tête et de manière complètement irréfléchie. Tu ne peux pas errer comme cela toute seule dans la forêt. Et encore moins en ce moment.

— Pourquoi donc ? questionna Lisa avec de grands yeux candides.

— Tu n'es donc pas au courant ?

— Au courant de quoi ?

— « Ils » sont revenus !

— Qui ça « Ils » ? De qui parles-tu Egmüll ?

— Mais enfin Lisa, dois-je te le préciser pour autant ? Tu n'as donc pas compris ? Il s'agit des…

Egmüll hésita avant de prononcer le mot abhorré :

— Aurochs ! ! !

Lisa sursauta. Elle resta muette de stupéfaction, l'air ébahi.

Egmüll ajouta :

— Je n'en reviens pas que tu ne sois pas au courant.

Il comprit à ce moment-là effectivement la brouille profonde qui s'était établie entre Lisa et Ethan.

— En attendant, on fait comme on a dit, n'est-ce pas ? Tu vas te reposer et rester tranquille ici, et ensuite nous aviserons. Es-tu d'accord ?

La jeune fille acquiesça. Le jour commençait à poindre. Lisa était lasse. Les émotions fortes des derniers jours et l'incertitude quant aux décisions à prendre l'avaient épuisée. Elle s'endormit sur une paillasse constituée d'herbes et de roseaux entremêlés sur lesquels du foin avait été ajouté pour la rendre plus confortable, le tout recouvert d'un drap de lin. Egmüll alla chercher une couverture de laine et la couvrit délicatement. Il contempla sa longue chevelure de miel qui lui couvrait les épaules, les fines arêtes de son nez, sa bouche gourmande, la naissance de ses seins qui sourdaient de son corset de cuir. Dans son sommeil, elle lui sembla forte et fragile à la fois.

« Quelle belle fille, pensa-t-il. Comment Ethan pourrait-il lui préférer quelqu'un d'autre ? Lisa s'est très certainement imaginé tout cela. »

La jeune fille sombra dans un sommeil profond. Elle dormit ainsi de longues heures. Son repos fut entrecoupé de rêves étranges. Lorsqu'elle se réveilla, elle fut étonnée de ne pas trouver Ethan à ses côtés et elle en fut mal à l'aise. Ne pas entendre le souffle régulier de sa respiration, ne pas pouvoir caresser sa carrure robuste et rassurante, lui renvoyèrent aussitôt le manque cruel de celui qu'elle aimait. Elle considéra l'espace autour d'elle : elle se retrouvait dans un lieu qui lui était étranger, une petite pièce basse et voûtée, au lieu de la vaste chambre qu'elle occupait au château, où elle se coulait dans des draps dans lesquels elle s'enivrait chaque matin de l'odeur d'Ethan. Elle se redressa pour chasser son malaise et constata quele crépuscule tombait au dehors.

« Combien de temps ai-je dormi ? se demanda-t-elle, en perte de repères. Elle fut un peu étonnée de se retrouver dans la petite maison-abri d'Egmüll, puis se remémora les événements. Le petit être lui avait offert l'hospitalité et sa protection. Néanmoins, elle savait d'avance ce qu'il allait lui conseiller :

« Il va aller de ce pas raconter à Ethan que je me suis enfuie ! Et ils vont me forcer à revenir là-bas, au château. Je n'y retournerai jamais ! »

Sa décision était prise, et sa détermination était grande. Elle le chercha dans la petite maison, fouilla les pièces aux plafonds très bas, avançant en courbant les épaules. Personne.

« Ben voyons, que disais-je ? A l'heure qu'il est, il doit déjà être au château ! »

Lisa rassembla ses affaires, prit son arc et ses flèches, et quitta à regret la quiétude de la petite maison d'Egmüll. Elle s'enfonça à nouveau dans les frondaisons obscures de la forêt.

CH.10 JE ME SUIS PERDUE

Lisa avançait sans savoir où elle allait, depuis plusieurs jours à présent mais peu lui importait. Combien au juste ? Deux, trois peut-être ? La notion de temps s'était dissoute, les journées se confondant toutes dans un seul et même but : la fuite, pour oublier.

« Je marche depuis longtemps, j'ai vu le soleil décliner et apparaître plusieurs fois dans le ciel…Je ne connais pas ma destination, ni mon avenir. Mais cela n'a aucune importance. Je quitte mon passé, c'est tout…Mon passé, tu en as fait partie Ethan, mais tu as réduit mon cœur en lambeaux… »

Des larmes coulèrent lentement sur ses joues. Elle les lécha d'un petit coup de langue. Elle renifla et avala les glaires dans son arrière-gorge. Aux grands chemins de terre, elle préférait les bois, dans lesquels elle était sûre de ne rencontrer personne.

Toutefois, Egmüll l'avait mise en garde et lui avait annoncé cette nouvelle aussi surprenante que saugrenue : les monstres seraient revenus ! Comment cela était-il possible, puisqu'ils avaient été éradiqués ?

« Il m'a dit cela uniquement pour me faire peur et me forcer à revenir en arrière ! C'est tout ! » se rassura la jeune fille.

Un petit sourire se dessina sur ses joues amaigries.

« La preuve : ça fait plusieurs jours maintenant que je suis dans la forêt et je n'ai croisé aucun de ces…Aurochs !!! »

Elle conclut :

« Ah Egmüll, mon ami, comme tu es facile à deviner ! »

Puis elle continua son monologue intérieur :

« Et quand bien même « ils » seraient revenus ! Ce que je vis en ce moment est bien pire qu'une hypothétique rencontre avec un de ces monstres ! »

Elle réalisa alors qu'elle avait faim. Elle n'avait rien avalé depuis la veille au soir. Elle trouva une carcasse d'animal sans doute dévorée par un loup. La mort devait être récente, au vu des petits lambeaux de chair qui restaient encore accrochés au squelette. Elle s'en empara et avala goulûment les restes de viande. Puis elle brisa les os pour en sucer la moelle, en jetant autour d'elle des regards circulaires. Elle s'éloigna rapidement, craignant que le prédateur ne revienne pour terminer sa proie.

Elle suivit la petite rivière qui serpentait à travers les terres basses. Elle n'en connaissait pas le nom. A sa gauche, elle distingua au-delà des haies les chaumières d'un village. Elle avait bien veillé à les contourner : elle ne souhaitait parler à quiconque. Répondre à des questions lui paraissait insurmontable. Les gens, des paysans sans doute, la questionneraient sur sa présence, seule, dans une forêt, qui appartiendrait de surcroît à leur seigneur, et qu'elle n'aurait pas le droit de fouler. Leur seigneur, qui était aussi le sien…Elle ne se sentait pas capable d'expliquer, ou du moins d'inventer une explication, un mensonge inutile. Autant les éviter. Elle marchait, le regard droit devant elle, déterminée à ne plus regarder en arrière, uniquement bercée par le frottement de son carquois sur son surcot et le bruit de ses pas sur la terre qu'elle foulait. Derrière, il y avait la déception et le souvenir amer de la trahison, scandée par cette seule phrase :

« Je t'avais fait confiance, et ma confiance, tu l'as trompée ! ».

Elle se sentait seule, terriblement seule. Une solitude terrifiante, qui lui avait fait perdre ses repères et ses certitudes. Elle avait cru sa relation avec Ethan forte et solide. Or, elle s'était rendu compte qu'il n'en était rien. Leur complicité, les petits mots qu'ils se réservaient l'un pour l'autre, les promesses qu'ils s'étaient faites, le souvenir de leurs caresses : tout avait volé en éclats pour le seul regard qu'une autre femme avait posé sur lui. Ethan : elle l'avait perdu et pourtant il ne quittait pas ses pensées. Elle avait mis seulement quelques jours entre elle et lui, mais il lui sembla que c'étaient des siècles. Cette intimité du quotidien qu'elle avait partagée avec lui se diluait à présent de plus en plus.

Pourtant, cette solitude, elle la revendiquait comme une pénitence. Cette terre qu'elle traversait était son chemin de croix. Cette déréliction qui la tenaillait et l'étreignait de son étau chaque jour un peu plus fort. Combien de fois avait-elle résisté à l'envie de faire demi-tour et regagner à la hâte les remparts protecteurs du château ?

Des sentiments contradictoires l'envahissaient :

C'était elle qui avait été trahie et c'est pourtant elle qui se sentait coupable. Coupable d'être partie.

« Aurais-je dû supporter ce manège sous mes yeux ? Je n'aurais pas pu endurer plus longtemps de les voir ensemble…Ce que j'en ai vu était déjà bien assez ! »

Elle s'était sentie humiliée, reniée, bafouée dans sa fierté de femme et d'amante.

Pourtant, Ethan était inscrit dans sa chair, elle le savait. Admettre qu'elle l'avait définitivement perdu lui était insupportable.

Elle leva les yeux et regarda le ciel. Il était sans nuages, et cependant le bleu lui sembla un lavis poisseux et fade. Le vent froid lui plaqua les cheveux dans la figure et lui cingla le visage. Elle les noua en une tresse épaisse. Elle s'adossa alors contre un tronc. Elle caressa de ses mains l'écorce lisse du grand hêtre, s'amusa à effrayer une colonie de fourmis, qui se dispersa dans tous les sens. Puis elle sortit son petit couteau de sa besace, et entreprit lentement de graver les initiales de celui qui occupait sans relâche toutes ses pensées : elle commença par graver le E...puis le T...Lentement, avec application, elle dessina le H. Elle perçut alors un faible frémissement dans les frondaisons de l'arbre, mais mit cela sur le compte de la brise. Elle continua sa petite besogne et cisela un A. C'est à ce moment-là qu'elle entendit un :

— Aïe, tu me fais mal !

Lisa se retourna effrayée, s'attendant à voir apparaître quelqu'un. Mais elle ne remarqua personne. Elle vit en revanche les branches du grand hêtre s'agiter de manière ostensible, comme si l'arbre se contorsionnait. Elle leva la tête et observa méticuleusement le haut des frondaisons. Elle recula effrayée.

« Ce n'est pas possible, il n'y a personne autour de moi, voilà que j'entends des voix maintenant ! »

Elle entreprit alors de finir sa tâche et grava le N final.

C'est alors qu'elle entendit d'une voix distincte et forte cette fois-ci :

— Arrête ça tout de suite ! Tu n'as donc pas compris ce que je t'ai dit ?

Au même moment, une branche s'abattit sur son visage et la gifla violemment. Lisa surprise et interloquée, cette fois-ci n'osa pas faire un geste.

« Quelqu'un doit y être caché ! Il va me bondir dessus ! »songea-t-elle effrayée.

Elle porta machinalement la main à sa joue, pour en calmer la brûlure, puis surprise et interloquée, prit ses jambes à son cou et détala sans attendre son reste. Lorsqu'elle fut suffisamment loin du hêtre, elle ralentit pour reprendre son souffle et calmer les battements de son cœur :

« Toutes ces pensées qui ne cessent de tourner en rond dans mon esprit vont me rendre folle ! Il y avait forcément quelqu'un de caché en haut de cet arbre, que je n'ai pas vu, ce n'est pas possible autrement. Il faut que je sois décidément plus prudente ! »

Le désespoir s'abattit alors sur elle insidieusement et la fit rester prostrée, incapable soudain de se redresser et de poursuivre son chemin. L'envie la prit de s'étendre là sur un lit de mousse et de lichen, et de s'endormir, pour ne plus se réveiller, s'abandonner au froid et aux bêtes sauvages. Elle resta ainsi allongée longtemps, immobile, regardant les feuilles des trembles osciller sous le vent, écoutant les trilles réguliers d'un oiseau. Le spectacle de la nature plénière lui sembla alors si admirable, qu'elle y trouva sa justification. Elle n'avait pas envie de perdre cela, cette perfection si aboutie. La nature lui insuffla à nouveau un peu de calme et de sérénité. Il ne fallait pas renoncer. Aucun homme n'en valait la peine, pas même Ethan. Un effort ultime la fit se hisser sur ses jambes et reprendre son chemin. Elle redressa la tête et regarda à nouveau droit devant elle, par-delà le feuillage des aulnes, mais ce fut un regard à nouveau confiant qu'elle lança.

« Avancer…oui, je vais avancer. Désormais, ce sera sans toi…Il le faut…Je ne sais pas où je vais, mais tant pis si je m'égare. Je veux me perdre dans la vie comme je me suis perdue en toi… » songea-t-elle à l'adresse d'Ethan.

CH.11 UN ÉTRANGE INDICE

Au château de La Renardière, une grande agitation régnait déjà tôt, au petit matin. Ethan était perturbé : Lisa avait soudain disparu. Il l'avait cherchée dans toutes les pièces de la bâtisse. Il avait questionné sa famille, ses amis, ainsi que les domestiques. Personne n'avait aperçu la jeune fille depuis deux jours. Il avait bien remarqué qu'elle était soucieuse et renfermée ces derniers temps, mais il était tellement préoccupé par les derniers événements survenus dans le royaume, qu'il n'avait pas vraiment eu le temps de s'intéresser à elle. Il se souvint qu'elle voulait lui parler, mais il l'avait repoussée en prétextant des affaires plus urgentes à régler.

— Apparemment ce devait être important…pensa-t-il, en proie aux regrets.

— Mais qu'est-ce qui lui est passé par la tête ? dit-il en s'adressant à ses amis.

Il faisait des allées et venues dans la grande salle nerveusement, martelant le sol nerveusement de ses chausses, le front barré par un pli soucieux. Il avait en effet déjà revêtu son armure, en attendant son frère et ses camarades.

— Où a-t-elle bien pu aller ? En as-tu une idée ? demanda Erin.

— Egmüll m'a averti qu'il l'avait trouvée errante dans la forêt. Il l'a recueillie et est aussitôt venu m'avertir. Mais connaissant Lisa, s'il l'a laissée seule en son absence, je ne parie pas cher qu'elle soit à nouveau partie.

— C'est même certain, confirma Erin. Mais, reprit-il, si je peux me permettre, ça n'avait pas l'air d'aller fort entre vous ces derniers temps.

Ethan esquiva la question :

— Une légère querelle, rien de plus.

— Pour toi peut-être, mais apparemment pas pour elle, si elle en venue à partir, c'est que tu as sous-estimé ce qu'elle a ressenti.

— Oui, bon, peu importe ! Je n'ai pas vraiment compris le jeu avec Sachiel, à vrai dire…

— En es-tu sûr Ethan ? reprit Erin. Ne serait-ce pas plutôt le tien, avec…Vania ?

Jonathan écoutait la conversation de son côté, mais sans oser intervenir.

— Erin, je t'en prie, cesse tes insinuations ! Il y a plus urgent à faire !

Isabeau fit son entrée. Elle avait entendu les paroles d'Ethan. Elle-même s'était étonnée de ne pas apercevoir la jeune fille déambuler dans les pièces du château et être absente aux repas.

— Lisa a disparu ?

— Oui, mère ! répondit Jonathan.

Le visage d'Isabeau prit soudain une expression grave.

— Mère, savez-vous quelque chose ? s'enquit Ethan.

— Il y a urgence à la retrouver ! Mais encore plus après ce qu'elle m'a confié !

Isabeau porta la main à sa poitrine, ses traits contractés trahissaient son inquiétude.Elle était oppressée et anxieuse.

— Mère, que savez-vous ? questionna Ethan soucieux. Dites-le-moi, je vous en prie !

— Une fois retrouvée, c'est elle qui te le dira, ce n'est pas à moi de le faire ! Mais partez sur le champ à sa recherche ! Il y a vraiment urgence ! C'est tout ce que je peux te dire !

Le ton ferme d'Isabeau mit Ethan et ses compagnons sur leur garde-à-vous.

Ethan annonça :

— Nous partons tout de suite ! A l'heure qu'il est, elle est peut-être en grand danger, avec tout ce qui se passe en ce moment dans le royaume !

Il se tourna vers Valère :

— Cours vite faire seller les chevaux ! Tu resteras au château pour protéger ma mère !

Valère voulut protester, mais le regard d'Ethan l'en empêcha.

Ethan partit accompagné de Jonathan et Erin.Ils ne savaient pas quelle direction avait prise Lisa. La seule information dont ils disposaient était qu'Egmüll l'avait recueillie chez lui.

Les trois cavaliers prirent la direction du Nord. Les terres riches et fertiles d'Overland s'étalaient sur des lieues à la ronde.

— Elle s'est forcément réfugiée dans ses terres ! Où aurait-elle pu aller sinon ? songea Ethan.

Ils fouillèrent tous les buissons, sondèrent chaque étang, chaque fossé, les yeux et les sens en alerte. Ils croisèrent un couple de manants qui ramassaient des baies dans les bois. Ethan leur demanda s'ils avaient croisé une jeune fille blonde dernièrement. L'homme se raidit tout d'abord à la vue des cavaliers, méfiant, puis se détendit. Il avait de tout petits yeux enfoncés qui lui donnaient l'air d'une fouine :

— Ma foi, vous savez Monseigneur, des jeunes filles blondes, il y en a beaucoup dans la contrée ! répondit-il avec un petit rire.

— Lisa est une belle jeune fille, grande et robuste. Elle devait certainement avoir son carquois et ses flèches…

L'homme réfléchit quelques secondes :

— Non, vraiment, je ne l'ai pas vue, c'est sûr…Je suis désolé Monseigneur ! dit-il en roulant les « r ».

— Parles-en autour de toi ! Si tu arrives à glaner le moindre renseignement, viens vite me trouver ! Je saurai te remercier ! lui lança Ethan.

Le manant salua :

— Je n'y manquerai pas Monseigneur ! Vous pouvez compter sur moi !

Chevauchant une journée entière, ils se rendirent alors parmi le peuple de Lisa, les Alden, et les questionnèrent. Mais les guerriers et les guerrières leur répondirent tous par la négative. Alors, ils traversèrent chaque hameau, visitèrent toutes les chaumières en posant toujours la même question. Mais les paysans secouaient la tête .Les trois cavaliers rentrèrent bredouilles au château.

Les jours passèrent sans apporter le moindre renseignement. Ethan commençait à désespérer. Pourtant, il poursuivit sa quête. Il fit annoncer par le héraut qu'une récompense serait donnée à toute personne pouvant lui redonner espoir. On assista alors au château à un défilé de manants qui prétendaient l'avoir aperçue. Le cœur d'Ethan se remplit à chaque fois d'espérance, mais pour être aussitôt déçu après vérification. Il reprit alors seul sa recherche, parcourant sans cesse la lande, fouillant l'humus au sol, à la recherche de traces ou d'un objet ayant appartenu à la jeune fille. Il eût même l'idée de questionner les prêtres dans les églises. En effet, ceux-ci détenaient les registres des paroissiens. Les épidémies étaient fréquentes à l'époque, et s'il était arrivé malheur à Lisa, son nom aurait figuré parmi ces répertoires. Son cœur battait fort dans sa poitrine, lorsqu'il attendait la réponse du prêtre qui pointait son registre avec son index. Par chance, cela ne fut pas le cas.

« J'espère qu'elle est encore en vie, songea Ethan. Qu'elle n'est pas malade au moins… »

Il demanda alors aux mêmes prêtres s'il pouvait visiter l'hospice, qui faisait également office d'hôpital. Il fut effrayé d'y trouver une foule d'hommes et de femmes étendus sur des couches, sales et dépenaillés, qui tournèrent vers lui de pauvres visages blafards et amaigris. Soudain, allongée sur une couche, il remarqua une silhouette. Il s'agissait d'une jeune femme, habillée d'un simple surcot de lin, dont le visage était tourné vers le mur du bâtiment. Ses cheveux blonds étaient tressés en une longue natte qui lui tombait dans le dos. Même taille, même corpulence : Le cœur d'Ethan bondit dans sa poitrine.

« Mon Dieu, faites que ça soit elle… » pria-t-il intérieurement. Fébrile, il s'approcha, se planta devant elle, posa la main sur son épaule. La jeune femme, surprise par l'arrivée de ce seigneur, leva vers lui de grands yeux étonnés. Bleus, comme ceux de Lisa. Mais l'espoir s'arrêta là. Il ne s'agissait pas d'elle. Elle ne ressemblait en rien à Lisa, n'avait pas son ovale parfait, son nez fin et ses pommettes hautes. Ses traits au contraire étaient forts, ses lèvres épaisses. Ethan laissa échapper un soupir de découragement :

— Pardonnez-moi ! dit-il à la jeune femme. Je vous ai confondue avec quelqu'un d'autre.

— Y'a pas de mal Monseigneur, lui répondit-elle d'une voix rauque.

Il sortit de l'hospice, en proie à une soudaine lassitude et désemparé. Toutes ses recherches étaient vaines. Il reprit les rênes de son cheval et le talonna en direction du château. Depuis son départ, les mêmes pensées le hantaient :

« Pourquoi était-elle partie ? »

Mais la vérité le percuta soudain tel un boulet pris en pleine poitrine et le fit vaciller : il réalisa soudain sa propre conduite : A cause de cette passade pour cette fille, Vania, un soir de beuverie. Il tenta de minimiser son écart de conduite :

« J'avais bu, je ne savais plus ce que je faisais…Comment a-t-elle pu en arriver à prendre cette décision lourde de conséquences ? Ce n'est pas possible, pas « seulement » pour ça. Lisa est intelligente, elle a dû comprendre, faire la part des choses. »

Mais le doute le rongeait :

« Elle s'est enfuie, loin de moi, loin des siens…Je l'ai blessée, bien plus profondément que je ne l'aurais cru. Je n'ai pensé qu'à moi, qu'à mon plaisir…J'ai été égoïste et aveugle ! Si elle est partie aussi loin, c'est qu'elle voulait tirer un trait sur son passé. Et son passé, c'est moi ! »

Alors, tout en chevauchant sur le sentier qui serpentait à travers la forêt, il se mit à l'appeler désespérément :

— Lisa ! Lisa, où es-tu ? Réponds-moi, je t'en prie !

Il s'arrêta, guettant le moindre son de voix humaine, tournant la tête de tous côtés pour sonder l'espace autour de lui, scrutant les ronciers et les troncs, les mottes de terre. Mais seul le croassement sinistre des corbeaux lui renvoya en écho la trame de ses pensées.

Les heures passèrent, qui enfermèrent Ethan dans ses remords et augmentèrent sa détresse face à la disparition de la jeune fille.

« Bon sang, mais où a-t-elle bien pu aller ? »

L'inquiétude firent place à l'énervement et au découragement :

« Je veux la retrouver pour m'excuser, et surtout lui expliquer, que cette fille n'était rien…Rien qu'une erreur que je regrette amèrement. Mais voudra-t-elle seulement me pardonner ? »

Il arriva près du château. A la vue du cavalier, la herse se leva. Ethan franchit le pont-levis, tendit les rênes de son cheval au garçon d'écurie. Il emprunta l'escalier à vis. Il ne voulait parler à personne, ne pas répondre aux questions que les siens ne manqueraient pas de lui poser. Il parvint à la grande salle, constata avec soulagement qu'elle était vide. Il saisit le pichet de vin sur le guéridon, se servit un verre. Il se prit la tête entre les mains, puis envoya voltiger d'un geste rageur le gobelet et son contenu. Il était las, malheureux et découragé. Tout lui semblait vain et insipide.

Les mois passèrent, sans nouvelles de Lisa. La jeune fille semblait s'être volatilisée.

Pourtant, Ethan ne voulut pas renoncer. Il continuerait de la chercher, toute sa vie s'il le fallait. Sa culpabilité était trop grande. Il se devait de la retrouver. Même s'il l'avait perdue à tout jamais, il lui devait au moins des excuses. Un matin, il demanda à ses compagnons de l'accompagner une nouvelle fois. La veille, il avait étudié une carte du royaume. Il avait marqué d'une croix tous les endroits qu'ils avaient déjà visités. Mais il en restait encore à parcourir. Il en pointa un du doigt : « La Sorga ». Situé au nord du royaume, la rivière, qui auparavant s'était divisée en deux grands bras, se rejoignait soudain et terminait sa course, dans une immense plaine fertile. Mais il y avait en amont, un hameau, où la jeune fille aurait pu se réfugier. Le château y était indiqué, perché sur une montagne. Une nouvelle fois, il s'adressa à Erin et Jonathan, qui conscients de son état d'esprit, acceptèrent de partir avec lui. Ils chevauchèrent longuement. Ethan était si déterminé et perdu dans ses pensées, qu'il ne s'aperçut pas de la fatigue des chevaux. Il ne s'en rendit compte que lorsqu'il vit de gros flocons d'écume blanchâtre s'échapper des mors. Ils ralentirent alors et mirent pied à terre.

Ils scrutèrent le sol de la forêt à la recherche d'un indice. Lorsqu'ils fouillèrent le limon, Jonathan subitement se pencha en avant et observa attentivement une trace fraîche.

— Regardez ! C'est une trace large ! Ce n'est pas celle d'un animal ! Elle est profondément enfoncée dans la terre.

Il cherchait une marque ou un objet qui aurait pu appartenir à Lisa, mais ce qu'il trouva ne correspondait pas à ce qu'il escomptait.

Les autres s'étaient approchés pour vérifier à leur tour. Jonathan se releva soudain, une expression de panique sur le visage :

— Ce sont des traces…

Il ne put poursuivre sa phrase, comme si rien que l'évocation de ce à quoi il songeait lui était insurmontable.

Il se mit soudain à trembler, en proie à un malaise grandissant. Il avait du mal à respirer, il porta les mains à sa gorge, oppressé et haletant. Il roulait des yeux affolés, hagard. Il recula de quelques pas, prêt à prendre la fuite.

— Jonathan ! cria Ethan. Calme-toi !

Il retint son frère. Erin vint à la rescousse d'Ethan.

— Oh là, Jonathan, contiens-toi ! Reste avec nous, où veux-tu donc aller tout seul ?

— Mais regardez ces traces ! Il n'y en a pas qu'une ! « Ils » sont donc…nombreux !

Sa bouche se tordit en un rictus de frayeur. Erin reprit la parole. Il fixa Jonathan droit dans les yeux, le maintenant par les épaules pour le retenir. Jonathan évitait de le regarder, la tête basse.

— Jonathan ! Nous sommes là pour retrouver Lisa, d'accord ? Si elle se trouve seule, elle est en grand danger ! Nous, nous sommes plusieurs, nous pourrons nous défendre en cas ! Je t'en prie ressaisis-toi !

Jonathan acquiesça.

— Allez ! Reprenons notre recherche ! exhorta Ethan. Le problème, c'est que nous ne pouvons pas nous séparer, avec ce que nous savons ! Restons groupés !

Erin foula alors le sol et remarqua un objet insolite. Une tige sourdait de terre, sur les côtés deux feuilles, ainsi qu'une corolle stylisée. Il se baissa pour la contempler :

— Comme c'est curieux…pensa-t-il. Quelle drôle de chose…Quelqu'un aurait « planté » cet objet dans la terre ?

Il l'arracha du sol, et en l'examinant de plus près, vit que cela ressemblait à une fleur.

— A moins que ce ne soit un emblème…

La fleur était en airain, finement ciselée. Elle était solide, contrairement aux autres, et sourdait de son lit de mousse.

— Ou alors c'est un artisan qui l'a sculptée…et perdue dans cet endroit…Mais qui donc ?

Il la ramassa et la montra à Ethan. Le jeune homme regarda l'objet, perplexe :

— Ou as-tu trouvé cette fleur Erin ? demanda-t-il, en écarquillant les yeux d'étonnement.

— Mais là, à mes pieds. J'ai failli marcher dessus. Mais que signifie-t-elle ?

— J'avoue que je n'en ai aucune idée…Ramasse la, nous la montrerons à Sachiel. Peut-être est-ce à lui ou à un de ses sujets. De toute façon, nous allons nous rendre chez lui. J'espère de tout cœur que c'est là que s'est réfugiée Lisa, ou sinon, qu'il saura quelque chose la concernant…

Ils firent demi-tour et se rendirent chez Sachiel. Ethan et ses compagnons arrivèrent à bride abattue. Le jeune cavalier descendit à la hâte de sa monture. En entendant du bruit dans sa cour, Sachiel sortit précipitamment pour voir ce qui se passait. Sa mine se renfrogna en voyant Ethan. Le souvenir de la dernière querelle avait laissé des traces.

— Sachiel, s'enquit le jeune homme, le visage harassé. As-tu croisé Lisa dernièrement ?

— Non ! lui répondit ce dernier assez froidement. Pourquoi serait-elle ici d'après toi ?

— Lisa a disparu ! expliqua Ethan. Nous pensions que peut-être elle serait venue se réfugier chez elle, dans ses terres, ou chez toi.

La voix d'Ethan se fit hésitante avant d'ajouter, avec un petit sous-entendu :

— Son ami…

— Cela ne m'étonne pas qu'elle soit partie, après ce que tu lui as fait ! Aurais-tu déjà oublié ta conduite ? affirma Sachiel d'un ton péremptoire.

— Tu sais tout comme moi que tu nous avais servi beaucoup de vin ce soir-là…Si je me suis mal conduit, c'est parce que je ne savais plus ce que je faisais. Oh, et puis, je ne suis pas venu là pour que tu m'accuses, mais je te demande simplement si tu sais où elle pourrait être ? Tu me le dirais si elle était chez toi ? s'emporta Ethan.

— Mais bien sûr que je te le dirai ! Mais malheureusement, ce n'est pas le cas, Lisa n'est pas ici ! Si tu ne me crois pas, tu peux fouiller chaque recoin de ce camp !

La déception s'inscrivit sur le visage d'Ethan.

Sachiel s'affola :

— Depuis quand est-elle partie ? s'enquit-il.

— Deux jours…

— Depuis deux jours et c'est seulement maintenant que tu te soucies d'elle ?

Puis il ajouta sur un ton lourd de sous-entendus :

— On se demande bien où tu avais la tête !

— Je ne suis pas venu ici pour écouter tes sarcasmes ! s'agaça Ethan. Mais je pensais sincèrement qu'elle se trouverait ici ! Cela m'inquiète vraiment !

Puis, il se souvint de la fleur curieuse qu'Erin avait trouvée dans les bois. Il la sortit de sa besace et la montra à Sachiel :

— Nous avons trouvé cela dans la mousse, en amont de la rivière. As-tu une idée de ce que représente cet objet et à qui il pourrait appartenir ?

Sachiel reconnut tout de suite l'objet :

— Oui, bien sûr ! Cette fleur appartient à Lisa…Mais…

— Mais quoi ! Parle !

— Elle appartient bien à la caste de Lisa. Simplement, elles sont significatives d'un grand chagrin…Elle signifie que Lisa souffre énormément…C'est son désespoir qui l'a fait suinter cette curieuse fleur…expliqua Sachiel d'un ton grave.

— Elle confirme donc que Lisa est bien passée par là !

— Où l'avez-vous trouvée ?

— Au Nord, à la frontière des terres d'Overland ! expliqua Erin.

— Elle serait déjà si loin ! Mais où compte-t-elle donc aller ?

Ethan enfourcha son cheval.

— Nous n'avons pas une minute à perdre ! J'espère seulement qu'elle n'est pas blessée physiquement ! lança le jeune homme en direction de ses compagnons.

— Si c'était le cas, nous aurions également trouvé des traces de sang ! le rassura Erin.

Sachiel domina sa rancune et proposa à ses amis le gîte et le couvert.

— Merci, c'est gentil de ta part ! Mais nous devons retrouver Lisa ! Le temps presse !

— Puis-je venir avec vous alors ? s'enquit le beau jeune homme aux traits fins. Attendez-moi, je ne serai pas long !

Sachiel n'obtint même pas de réponse. Ethan avait déjà cravaché son cheval. Il soupira en les regardant s'éloigner.

— Merci quand même, ça fait toujours plaisir !

Il tourna les talons rageusement.

CH.12 DANS L'ANTRE DES BOIS

Lisa voulait fuir la trahison d'Ethan. Son cœur saignait et ne trouverait l'apaisement que dans la distance qu'elle poserait entre elle et lui. Fuir, se perdre pour oublier. Elle ne savait pas où elle allait, mais peu lui importait. Elle marcherait devant elle et pour le reste elle verrait bien. Sa rupture était pour le moment trop vive, trop fraîche. La blessure morale de la perte d'un être cher pouvait être aussi intense qu'une douleur physique. Elle lui empoisonnait l'âme et le corps. De sa souffrance suintaient des fluides putrides qui l'attiraient vers les abysses du néant. Elle sombrait dans un abîme de détresse qui la déstabilisait et l'anéantissait. Elle se dissolvait dans ce questionnement sans cesse réitéré, auquel elle ne trouvait pas de réponse :

« Pourquoi m'as-tu laissée Ethan ? »

Il fallait qu'elle se débarrasse de ce fardeau trop lourd à porter, qu'elle s'en déleste. Pour cela, il lui fallait agir, c'est-à-dire partir plutôt que de subir passivement et souffrir en silence. La confusion qui régnait dans sa tête était à l'égale de celle qui régnait au-dehors et lui faisait renverser l'ordre établi des choses : prendre la nuit pour le jour et inversement. Marcher était tout ce qui lui importait : mettre de la distance, pour oublier. Si elle était restée auprès de lui, elle se serait transformée en une chose larmoyante et geignarde, voulant lui faire avouer quelque chose qu'il continuerait de nier. Elle aurait fini par lui faire horreur. Elle ne pouvait poser son regard sur un brin d'herbe sans y voir aussitôt les yeux d'Ethan, son sourire. Lorsqu'elle avançait le jour, c'est son visage qui se dessinait dans le ciel. Elle avancerait donc la nuit, pour ne plus le voir. Lorsqu'elle caressait la terre entre ses doigts, c'est sa peau qu'elle soulignait. Désormais elle se contenterait de seulement la fouler. Elle ne vivait et respirait que pour lui. La courbe d'une colline lui rappelait la cambrure de ses reins. Lorsqu'elle communiait avec la nature, c'est une ode à Ethan qu'elle dédiait, comme si toute sa personne ne tendait que vers un seul but, toute sa vie n'avait été consacrée qu'à un seul être unique au monde : Ethan. Quoiqu'elle fasse, ou qu'elle aille, il était partout : dans l'envol d'un oiseau, dans le déplacement des nuages, dans la pluie ou le vent, le lever du soleil sur un matin paisible, il était sa justification, celui auquel elle adressait tous ses actes, l'ordonnateur de ses jours et de ses nuits, de ses rires et de ses larmes.

Aujourd'hui tout cela n'était plus. Il allait lui falloir réapprendre à vivre, composer avec les mots nouveaux d'abandon et de perte, se dissoudre dans la litanie des jours sans saveur. Se sevrer de lui, quitter son souvenir comme un vêtement de peau qu'on enlève et qu'on dépose sur un siège pour ne plus jamais le remettre. Elle savait que ce serait dur, mais le temps l'aiderait à gommer peu à peu les traits de son visage, et elle pourrait à nouveau penser à lui sans que cela lui soit une souffrance. Après l'abattement, la détermination lui était revenue. Elle était une fille combattive : elle encaissait, titubait peut-être. Mais l'essentiel était de se relever, ne jamais abdiquer, renoncer. Une larme glissa lentement sur sa joue et traça une petite rigole rosée parmi la poussière qui lui recouvrait le visage. Elle la lécha d'un coup de langue et en goûta la légère saveur salée, puis elle renifla.

Depuis combien de temps marchait-elle ainsi ? Elle l'ignorait. Elle avait déjà passé une nuit dans la forêt sans encombre. Puis elle avait cherché une alcôve naturelle pour s'étendre et se reposer, s'était allongée au pied d'une roche arrondie en surplomb, sans vraiment trouver le sommeil. Comment aurait-elle pu ? Au moment où elle s'assoupissait, un sursaut lui faisait ouvrir les yeux, lui commandant de ne pas s'abandonner à la torpeur, qui la rendrait trop vulnérable. Il lui fallait rester sur ses gardes. Les paroles et la mise en garde d'Egmüll résonnaient dans sa tête. Elle s'était lovée tel un petit animal sur elle-même, pour se protéger. De qui, de quoi ? De la solitude, de l'inconnu mais surtout de l'insécurité dans laquelle l'avait plongé cette situation brutale à laquelle elle ne s'était pas attendue, qui avait fait basculer son quotidien et ses certitudes. Lorsqu'elle se releva, la faim se faisant ressentir à nouveau, elle fut heureuse de trouver quelques châtaignes et des noisettes. Elle rajusta son carquois et reprit sa marche. Elle longerait la rivière qui l'amènerait au-delà des terres d'Overland, vers le Nord, évitant les hameaux, où elle aurait attiré la méfiance et où on lui aurait fatalement posé trop de questions. Pendant sa marche, elle ne cessait de penser à Ethan :

« S'est-il seulement aperçu de ma disparition ? Me cherche-t-il actuellement ? »

Puis elle répondit elle-même à la question, et la rancœur reprit vite sa place, lui faisant prononcer ces paroles à voix haute, comme si au fond, le dialogue qu'elle aurait pu encore avoir avec Ethan ne s'était pas interrompu :

— Cela m'étonnerait fort !

Une autre pensée lui traversa alors l'esprit :

« Qu'y a-t-il au-delà des terres d'Overland ? On dit qu'il y a une terre habitée par un peuple étrange… »

Comme la première fois, elle chassa bien vite cette interrogation :

« Bah ! Ce ne sont que des ouï-dire, personne ne l'a jamais vue, ni ce peuple d'ailleurs… »

La journée s'écoula lentement au rythme de ses pas et de ses pensées. Sans qu'elle s'en rendît vraiment compte, le soleil déclina un camaïeu de couleurs, passant du rouge à l'orangé, pour finalement se dissoudre lentement derrière les faîtes des arbres. Le crépuscule s'abattit alors, noyant les contours du paysage ainsi que ses pensées dans la nostalgie. Le doute s'empara à nouveau d'elle, lui laissant un malaise diffus.

« Encore un jour sans toi…Ethan…Y arriverai-je seulement ? »

Elle avança dans l'obscurité, quittant les abords de la rivière. Elle avait remarqué sur sa droite un large chemin bordé de grands arbres. L'heure tardive lui permettrait de l'emprunter. Un silence total y régnait. Mais au fur et à mesure qu'elle pénétrait dans la forêt, les aulnes dressaient leur haute stature, érigeant des murailles obscures et denses de part et d'autre du chemin. La lune apparut alors au milieu d'une trouée d'arbres et éclaira ses pas. Lisa en fut soulagée. Au début, elle n'entendit que le bruit de ses propres chausses crisser sur le sol, amplifié par la nuit. Mais plus elle s'enfonçait, plus la forêt lui parut s'animer de bruits étranges. Elle distingua alors les mêmes chuchotements que la nuit où Egmüll l'avait surprise. Elle ne fut donc pas effrayée et continua son chemin. Mais d'autres bruissements plus inquiétants apparurent. Elle aperçut des mouvements dans les taillis.

« Encore ces sangliers, pensa-t-elle. Il y en a de plus en plus en ce moment, et ils sortent la nuit. »

Elle banda son arc, prête à intervenir si l'un d'eux la chargeait. Mais les branches des arbres elles-mêmes s'agitaient à présent. Elle songea tout d'abord au vent, mais celui-ci aurait agité toutes les frondaisons. Or, seules quelques ramures se mouvaient.

« Quel fait étrange ! pensa-t-elle. On dirait vraiment que la forêt est habitée. Mais par qui ? Qui peut se déplacer ainsi la nuit, à part les chouettes, dans les arbres ? C'est vraiment curieux. »

Elle ne ressentit pas de danger imminent. Les chuchotis se densifièrent. Lisa eut l'impression que les arbres conversaient entre eux.

« Je deviens folle ! Je n'aurais pas dû partir la nuit. Le jour est plus rassurant tout de même. »

La lune qui avait disparu derrière un voile de nuages apparut à nouveau. Lisa fut un peu rassurée. Mais les arbres formaient un bloc monolithique dense et inquiétant. Elle se demandait si elle réussirait à franchir ce mur sombre et fantasmagorique.

« J'aurais dû rester près de la rivière. La vue y est plus dégagée. Dans la forêt, il n'y a que des menaces. Je ne suis pas tranquille décidément, je vais quitter cet endroit… »

Mais les mouvements qui agitaient les fourrés se rapprochèrent soudain. Cette fois Lisa se figea, tous ses sens en alerte, son arc bandé dans la direction du danger. Elle se mit à trembler et n'osait même plus respirer. Elle scruta la pénombre, essayant de deviner quel animal allait soudain surgir dans sa direction. Les craquements devinrent de plus en plus nets, des pas lourds également. Puis elle distingua une sorte de respiration haletante, suivie de râles.

« Il s'agit certainement d'une bête fauve, pensa-t-elle paniquée. Je suis perdue ! »

Elle se mit alors à courir sur le chemin, là où la clarté était suffisante pour guider ses pas. Elle sentit que « la chose » lui emboîtait le pas. Elle n'osa pas se retourner. Elle comprit qu'elle devenait une proie facile à atteindre, tant elle était isolée et vulnérable dans la nuit.

« Quelle idiote ai-je été de partir ainsi seule dans le noir ! Egmüll m'avait pourtant bien mise en garde ! » pensa-t-elle, terrorisée.

La lune lui renvoya seulement l'ombre d'une gigantesque masse qui s'activait derrière elle. Lorsqu'elle la distingua, elle se mit à courir du plus vite qu'elle pût.

« Je suis prise en chasse par un énorme animal ! »

Elle sut instinctivement que la fuite serait sa seule solution, qu'elle ne serait pas de taille à lutter seule contre cet adversaire. L'épouvante s'empara d'elle, quand elle réalisa que « la chose », malgré sa taille, était agile et se déplaçait facilement, qu'elle parvenait à peine à la distancer.

« Elle » va m'épuiser, comme tout prédateur, pour ensuite me dévorer ! Oh, je suis perdue ! »

Lisa reprit pourtant sa course, son instinct de survie prenant le dessus. La nuit amplifiait l'horreur de sa situation, la décuplait, et l'effort l'épuisa rapidement. Elle avait l'impression de vivre un cauchemar. Elle fuyait la perte d'un être cher, mais à présent elle se débattait seule dans les rets d'une bête malfaisante, qui une fois capturée la déchiquèterait de ses crocs sanguinaires, étalant sa chair et ses viscères au sol, broyant ses os, comme un vulgaire gibier. La panique s'empara d'elle, la faisant hoqueter et sangloter.

« Je n'y vois rien, je ne sais même pas où me cacher ! Il ne me reste qu'à courir ! »

Soudain, elle trébucha, se prit les pieds dans une racine, et s'étala au sol. Elle tenta maladroitement de dégager son pied, mais n'y parvint pas.

Elle se retourna pour mieux affronter la bête, qu'elle attendit, le cœur battant à tout rompre dans sa poitrine, prête à mourir, vaincue. Un curieux tableau se profila alors :

Un visage de femme apparut entre les arbres et se dessina en filigrane. Les branches tortueuses de ces derniers s'entrecroisaient tels des bras humains, dont elle aurait même pu distinguer les veines saillantes. Les mains reposaient sur les avant-bras pareilles à des griffes. De cet enchevêtrement se dégageaient de longues lianes qui tombaient au sol en cascades ligneuses. Des masques la regardaient de haut, comme s'ils étaient spectateurs de sa course folle.

« Je délire complètement ! La forêt est peuplée et vivante ! Mais où est passé le monstre ? Je n'en ai plus que pour quelques minutes à vivre ! »

« Oh, je n'en peux plus ! Faites que ça se passe le plus rapidement possible, qu'il me dévore rapidement, qu'on en finisse, » pensait Lisa, désespérée.

Elle était terrorisée et sanglota de peur, épuisée et haletante. Elle se passa la main sur le front pour essuyer sa sueur et repoussa ses cheveux en arrière.

— Viens ! Viens donc ! cria-t-elle à l'adresse du monstre en sanglotant.

— Tu n'as qu'à me tuer ! De toute façon, Ethan ne m'aime plus ! Que m'importe de vivre ?

La forêt retentit de ses exhortations. Les aulnes s'agitaient, murmuraient, tressaillaient, comme s'ils commentaient l'invite désespérée de Lisa, spectateurs d'une mise à mort dans une arène, sans qu'ils puissent intervenir.

Le prédateur s'approcha d'elle en effet. Elle distingua dans le clair-obscur son faciès difforme, sa gueule béante se pencha au-dessus de son visage. Elle sentit les remugles de son haleine putride. Il semblait la renifler, la humer pour mieux apprécier l'avant-goût de sa chair. Un sentiment de dégoût l'envahit subitement et elle retint une montée de bile qui lui creva la trachée. Dans la nuit, elle ne put distinguer son regard derrière ses orbites mais elle devinait en revanche l'hostilité et la cruauté qu'exhalaient la bête sur tout l'espace alentour. Elle se trouvait face au Mal, où toute trace d'humanité avait disparu, une coquille vide de sentiments, d'émotions, qui l'écraserait comme une mouche et la viderait de sa substance comme une araignée aspire le suc d'un insecte. Celle-ci émit des grognements de satisfaction. Lisa connaissait ces monstres pour les avoir déjà combattus. Dans la nuit, elle distingua seulement une ombre gigantesque qui se dressait au-devant d'elle. Elle gisait au sol, à sa portée. Elle était à la fois terrorisée, et au fond, soulagée : sa fuite éperdue au pays de nulle part prenait subitement fin, le désespoir dans lequel l'avait plongée la trahison d'Ethan aussi. Elle allait connaître une mort rapide. Toutefois, elle fut étonnée : elle pensait en effet que les monstres avaient été éradiqués, vaincus, balayés du royaume. Or, elle réalisa qu'il n'en était rien. Elle essaya pourtant, dans un effort ultime, de se relever pour lutter et s'enfuir.

Mais la tête lui tourna alors et elle s'évanouit.

CH.13 PARTOUT ET NULLE PART : LA REINE DE JADE

Lorsque Lisa ouvrit les yeux, elle ne souvint plus de rien. Elle s'aperçut qu'elle gisait toujours dans la forêt. Sa tête bourdonnait, ses tempes pulsaient des coups sourds et lancinants. Ses lèvres étaient sèches et craquelées. Elle se sentit très faible, fit une tentativepour se lever en s'appuyant sur son bras, mais une douleur fulgurante la paralysa alors.

« Où suis-je ? se demanda-t-elle. Que m'est-il arrivé ? Oh, mon bras ! »

Puis soudain les souvenirs affluèrent. Elle se remémora alors sa fuite éperdue dans la nuit, puis la poursuite de l'Aurochs.

« Pourquoi suis-je encore en vie ? A quoi bon en plus, à présent ? Je devrais être morte à l'heure qu'il est. Oh, que j'ai mal… »

Elle prit appui sur son avant-bras valide et tenta de se relever. Mais des vertiges la clouèrent au sol. Elle remarqua alors de grandes zébrures rouges et profondes, qui striaient son bras et qui témoignaient de la lutte qu'elle avait opposée à l'Aurochs.

« Pourquoi ce monstre ne m'a-t-il pas tuée ? Il a bien tenté en tous cas… »

Elle lâcha un soupir :

« Il m'aurait rendu un bien grand service… »

En réponse à sa question, elle entendit une voix qui lui répondit, faiblement, comme dans un murmure :

— *Nous t'avons sauvée Lisa…de cet…Aurochs.*

La jeune fille sursauta. Elle regarda autour d'elle : personne.

« Voilà que je délire complètement. Si je ne suis pas morte, je n'en suis pas loin. Il faut que j'arrive à me relever, afin de continuer mon chemin. Sinon, cette bête immonde ne va pas tarder à revenir pour m'achever cette fois-ci. Ou bien, si ce n'est lui, c'est un loup qui va se charger de moi. »

Elle regarda autour d'elle et constata qu'elle gisait sur un tapis de mousse. La couleur rouge avait maculé le sol : le sang qu'elle avait perdu. Elle essaya à nouveau, mais en vain. Elle se sentit trop faible. Les larmes lui vinrent aux yeux. Elle s'exprima à voix haute :

— J'aurais préféré mourir…

Comme si elle avait lu dans ses pensées, à nouveau la voix se fit entendre :

— *Allons, ne dis pas de bêtises…*

Comme pour corroborer les phonèmes, les feuilles de chaque arbre, chaque buisson se mirent à trembler, tressaillir, comme sous le coup d'une soudaine brise. Puis la jeune fille distingua très nettement des murmures multiples, comme si derrière chaque feuille se cachait une intonation, avec un timbre différent. La forêt vivait. Chaque arbre était une entité propre ! Comment cela était-il possible ? N'était-ce pas le fruit de son imagination ?

Pourtant, elle eût la sensation d'une présence tangible, elle se sentit entourée par des êtres pour le moment invisibles. Elle ne savait pas au juste s'il s'agissait d'une présence bienveillante ou non.

Lisa fit un gros effort pour se redresser, regarda autour d'elle, scrutant soigneusement les alentours.

— Qui êtes-vous ? harangua-t-elle en direction des inconnus. Montrez-vous s'il vous plaît ! Ou êtes-vous ?

La jeune fille était sur ses gardes. Elle entendit alors :

— *Allons…Nous avons bien le temps de faire connaissance…Mais si tu veux faire les présentations, alors lève la tête…*

Lisa regarda et aperçut en effet dans les frondaisons un beau visage de femme sculpté sur un morceau de bois, qui semblait en suspension dans l'air. Il apparaissait comme un pochoir entre les feuillages, et son front était ceint d'une couronne de rinceaux de feuilles, auxquels étaient accrochés des fruits rouges, ainsi que des mûres aux teintes sombres. Elle était jeune. Son beau regard mélancolique la scrutait. Ses lèvres pleines lui annoncèrent alors :

— *Je me présente : je suis la Reine de Jade, et mon peuple est le Peuple des Éphémères !*

Lisa porta la main à sa bouche, et ouvrit de grands yeux de stupéfaction, incrédule :

— Oh ! Mais il me semble que vous êtes donc le peuple qu'Ethan, mon compagnon, cherche ! Il voulait vous rendre visite !

La Reine se tut, laissant Lisa s'exprimer.

— Vous…connaissez notre histoire ?

Lisa attendit la réponse, mais elle ne vint pas. Quelques secondes plus tard, qui lui parurent une éternité, pour dissiper le malaise, elle poursuivit :

— Mais, où vous cachez-vous ?

— *Nous ne nous cachons pas…*

— Je ne comprends pas, poursuivit Lisa. Je ne vous vois pas.

— *C'est normal, car nous sommes à la fois partout et… nulle part…*

Lisa entendit d'autres murmures qui parvenaient à ses oreilles, comme un petit refrain :

— *Nous sommes à la fois, l'air, l'eau, les nuages…ou le vent. Ou même les…roches…*

Lisa cligna des yeux, mit la main en porte à faux au-dessus de ses yeux et scruta attentivement.

— Je suis désolée, je ne vous vois pas. Je vous ai juste aperçue furtivement tout à l'heure.

— *Ce n'est pas grave. Ne cherche pas davantage à nous voir. Sache que nous t'avons secourue, alors que tu étais en très mauvaise posture, face à cet Aurochs. Ne t'inquiète pas, tu n'auras rien à craindre de quelque animal ou de qui que ce soit tant que tu seras dans notre royaume. Mais, lorsque tu seras guérie, tu devras rejoindre les tiens. Et nous ferons en sorte que lorsque tu nous auras quittés, tu ne te souviendras plus du tout de l'endroit où tu nous as trouvés…*

A ces mots, Lisa s'affola :

— Non ! S'il vous plaît ! Ne faites pas cela ! Ne me renvoyez pas d'où je viens ! Mon compagnon m'a trahie ! Mon cœur n'est que tristesse et désolation.

Elle se mit à pleurer.

— *Allons ! Calme-toi ! Tu es gravement blessée et fatiguée…Repose toi…Pour le moment, tu dois te remettre de tes blessures.*

— Mes blessures dites-vous ? Ce n'est rien par rapport à celle que m'a infligée Ethan ! La trahison est la pire des blessures qu'on puisse porter à celui ou celle qu'on dit « aimer ».

La jeune fille essaya d'apercevoir les êtres qui lui parlaient ainsi. Elle inspecta les frondaisons, fouilla du regard qui pouvait se cacher derrière les larges troncs, ou au faîte des arbres, derrière les grosses branches peut-être. Mais le beau visage avait à présent disparu. Par ailleurs, elle ne vit rien qui ressemblât à un être de chair et d'os.

« C'est si étrange comme sensation…Je me demande même si c'est réel, si je ne suis pas en train de rêver ces paroles…Peut-être faut-il mettre cela sur le compte de ma blessure. Oui, c'est certain, je suis en train de délirer… » songea-t-elle.

Elle avait perdu du sang, se sentit faible tout à coup. Elle n'avait pas mangé depuis de longues heures, eut une sensation de vertige, son esprit se dilua, les contours autour d'elle se dilatèrent tout d'abord, puis devinrent de plus en plus flous. Elle sombra dans une léthargie totale, et s'abandonna au sol.

Lisa entendit à nouveau le petit refrain, de doux murmures qui la bercèrent et apaisèrent sa douleur psychique et physique. Elle sentit sur son bras des effleurements, qui essuyaient son sang. Puis à nouveau de légères pressions : Elle vit des filaments de chlorophylle entourer les entailles profondes de son bras et lui fabriquer un pansement protecteur. Elle devina que les êtres ne lui étaient pas hostiles et se relâcha. Elle s'endormit à nouveau comme un petit enfant, absente au monde qui l'entourait, dans sa douce chrysalide faite d'ouate et de mousse, confortable et apaisante.

CH.14 LE MUR DE SANG

Les trois compagnons cheminaient ensemble dans la lande, en silence, à l'écoute des bruits de la forêt, tous leurs sens en alerte. Ils avançaient péniblement, se frayant un chemin parmi les fougères. Deux jours s'étaient écoulés depuis leur départ. Ils étaient à présent bien loin du Château de la Renardière et de leurs terres. La curieuse petite fleur d'airain était le seul indice qu'ils avaient trouvé jusqu'ici de la présence éventuelle de Lisa dans les parages. Depuis, plus rien. Pas de trace de la jeune fille. Ethan était en proie au doute. Son front était barré de plis d'inquiétude :

— Mais où a-t-elle bien pu aller ?

— Hmm ? Eh oui, c'est la grande question ! confirma Jonathan.

— S'il lui était arrivé quelque chose de fâcheux, nous aurions retrouvé des traces, un objet lui appartenant…qu'elle aurait laissé derrière elle, son arc par exemple…réfléchit tout haut Erin. Mais là, rien…

— C'est ce qui est déjà rassurant. Elle est en vie, et cela signifie qu'elle a forcément été recueillie par quelqu'un…reprit Ethan, comme s'il se parlait à lui-même. Sinon, où aurait-elle pu aller…franchement, je ne vois pas.

Au loin, les terres s'étendaient à l'infini, dans un enchevêtrement touffu d'arbres et de végétaux.

— Ou…la version pessimiste : qu'elle est peut-être aussi « retenue prisonnière » par ce fameux quelqu'un…continua Jonathan. Elle a peut-être pu faire de mauvaises rencontres…

Ethan ne répondit pas. Il savait combien cette éventualité pouvait s'avérer exacte.

Erin fixait le sol tout en faisant avancer sa monture au pas. Il remarqua tout à coup quelque chose. Il descendit de son cheval, s'approcha de l'objet, et s'écria :

— Regardez ! Il y a une autre fleur d'airain !

Ses camarades s'approchèrent à la hâte. Effectivement, cachée sous un pied de fougères, presque imperceptible, la petite fleur d'airain dressait sa corolle délicate en direction du soleil.

— Tu as de bons yeux Erin ! Bravo ! Nous sommes sur la bonne voie ! Lisa est passée par là ! s'écria Ethan radieux, un grand sourire illuminant soudain son visage. Il regarda au-devant de lui, les fougères s'étendaient à perte de vue, au milieu des chênes et des hêtres. Tout semblait silencieux et paisible. Seule une petite brise agitait les frondaisons. Ils avaient l'impression d'être seuls dans la forêt.

Ils scrutèrent le sol à la recherche d'autres indices. Tête baissée, ils ne remarquèrent pas qu'ils s'étaient subrepticement éloignés les uns des autres, sans s'en rendre compte.

Jonathan s'écria à son tour :

— Là ! Regardez, il y en a plusieurs !

Ses camarades s'approchèrent. Effectivement, sur un mètre carré environ, plusieurs petites fleurs d'airain étaient espacées les unes à côté des autres.

— Lisa est passée par là ! Nous ne sommes pas loin du but !

Ethan était fébrile.

Il se mit à fouiller l'espace avec fougue, remuant les fougères, les tranchant avec son épée.

— Regardez ! intervint Erin. Ici, il y a de grandes traces. On dirait qu'il y a eu une lutte !

Il se pencha, et remarqua la couleur rouge de l'humus au sol. Il n'osa pas le rapporter à Ethan. Mais celui-ci s'approcha aussitôt, et le vit aussi. Son visage devint blême. Il se redressa, atterré.

— Elle a été blessée ! Mais par qui ?

Puis, soudain ses traits prirent une expression de terreur. Il fixa ses camarades, et les regards qu'ils échangèrent confirmèrent leurs craintes.

— Non…il ne faudrait pas…non, ce n'est pas possible ! Pas Lisa !

Ethan se couvrit le visage de ses mains. La simple évocation de ce qui aurait pu arriver à la jeune fille lui était insupportable. Il refusa de le croire. La peur envahit soudain tout son être. Même sans l'avouer aux autres, il se sentait responsable du chagrin de Lisa. Il était allé trop loin avec Vania. Il s'en était très vite rendu compte, dès le lendemain en vérité, lorsque l'alcool qu'il avait ingurgité la veille s'était évaporé. Il s'était laissé aller comme un soudard, sans mesurer le chagrin qu'il avait causé à la jeune fille. Si jamais il lui était arrivé malheur, il ne se le pardonnerait pas.

Presqu'au même moment, et comme pour accompagner son état d'esprit, le ciel prit soudain une teinte de plomb. Il hésita un instant, déstabilisé par les traces de sang au sol, qui ne pouvaient qu'être celles de la lutte que la jeune fille avait opposée à son ou ses ennemis potentiels. Puis, il se reprit :

— Même si elle est…morte, dit-il dans un grand effort, nous devons la retrouver et la ramener chez nous !

L'émotion étranglait sa voix.

Ethan se sentit déchiré au-dedans de lui, furieux contre lui-même surtout, en proie à des sentiments non seulement de colère et de rage, mais également d'impuissance. Où chercher la jeune fille à présent ? Si elle avait été capturée par les Aurochs, c'en était fini d'elle. Ils ne retrouveraient que sa dépouille, vidée de sa substance et exsangue, sa peau suspendue au haut d'un poteau. Il repoussa cette idée atroce. Jonathan sentit l'abattement de son frère et lui vint en aide.

— Ethan ! ce ne peut pas être cela ! Lisa est une guerrière et une fille courageuse ! Elle a sûrement vaincu son ennemi et a dû se réfugier quelque part !

— Oui, tu as sûrement raison, continuons de chercher. Mais, nous ne pouvons même pas l'appeler, nous nous ferions vite repérer.

Ethan ne croyait pas si bien dire. Inutile de crier en effet. Ils étaient épiés. Le moindre de leurs fait et geste était scruté, observé, et leur présence avait été remarquée depuis le début de leur périple.

Erin remarqua à nouveau des indices, au-delà des traces de lutte, au creux d'une petite motte de terre.

— Regarde ! Par-là, il y en a à nouveau plein !

Tout occupés par ces nombreuses fleurs qui jonchaient à présent l'humus, ils ne remarquèrent pas les buissons qui s'agitèrent derrière eux. Un cheval se cabra, tira sur son licol et partit au galop. Lorsqu'ils levèrent la tête, conscients tout à coup d'une menace diffuse et à présent rapprochée, ils n'eurent que le temps de dégainer leurs épées. Ils virent sortir des fougères comme par magie trois lourdes silhouettes massives, qui déboulèrent devant eux, aux faciès difforme, la gueule béante, hostiles. Des mufles grotesques de prédateurs affamés.

Un cri de frayeur sortit de leur gorge. Les monstres fondirent sur eux, prêts à frapper. Ils étaient au nombre de trois. Les amis firent front, les épées face aux monstres, esquivant les lourdes pattes qui tout en évitant les armes, cherchaient pourtant à les balayer.

Jonathan sentit un vent de panique l'envahir : son pire cauchemar se trouvait face à lui. Ce qu'il souhaitait ne plus jamais revivre était en train de se réaliser. Il se retrouvait face à ces monstres, qui l'avaient martyrisé, tenu en esclavage, enfermé dans une cage durant de longues années de captivité, lui enlevant toute dignité humaine, et qu'il pensait ne plus jamais revoir, pour les avoir déjà combattus par le passé. Ils étaient à nouveau face à lui. Une envie de vomir lui vint, une remontée de bile acide lui creva la trachée. Mâchoires serrées, il asséna les coups de toutes ses forces, propulsées par la haine qu'il ressentait pour ces créatures maléfiques, qui revenaient à nouveau hanter ces forêts et apporter la peur et la désolation. Il parvint à enfoncer son épée dans la gueule de l'une des trois créatures. Mais la dague resta fichée dans la gorge du monstre. Jonathan se trouva en position de faiblesse. Ethan et Erin le virent et tentèrent de le protéger. Les grognements des bêtes et le choc des épées retentirent dans toute la forêt. Le vent s'était soulevé en violentes rafales, comme pour accompagner la lutte désespérée qu'opposait les amis face aux monstres, qui frappaient l'air de leurs lourdes pattes, gueules béantes. Leurs crocs luisaient tels des coutelas effilés et tranchants. Les arbres gesticulaient, se balançaient de droite et de gauche, tendant leurs branches telles des bras tutélaires et protecteurs. Les amis combattirent de toutes leurs forces, esquivant et assénant des coups violents aux monstres. Jonathan était vulnérable sans son épée. Il se défendait avec son couteau qu'il avait tiré de sa ceinture et son bouclier. Ethan fit une tentative pour la récupérer et s'avança vers la bête. Un soufflet le percuta à l'épaule et le fit vaciller. Il tituba. Il voulut reculer alors, mais il s'aperçut que cela lui était impossible. Il se retourna et fit une nouvelle tentative, mais en vain. Quelque chose lui barrait le passage et l'empêchait de reculer. Son épée avait voltigé. Il fit un écart et put la récupérer à la hâte. Erin qui avait tourné la tête en direction d'Ethan reçut la patte de l'Aurochs en pleine mâchoire. Il hurla sous le coup de la douleur, et tenta à son tour de s'échapper, mais n'y parvint pas. Ils se heurtèrent à un mur invisible, une frontière qui les empêchait de pénétrer plus loin dans la forêt. Ils se trouvèrent alors faits comme des rats, dans un piège mortel, face aux Aurochs, sans aucune possibilité de s'échapper. Jonathan, qui avait réussi à récupérer son épée, esquivait et frappait de toutes ses forces, protégeant son frère et son ami. Mais il ne tiendrait pas longtemps, seul, face aux bêtes déchaînées, et dont la fureur décuplait la force. Les griffes d'un des monstres lui lacérèrent la cuisse. Il reçut la blessure comme une fulgurance, et se plia en deux sous la douleur, les mains essayant de retenir le sang qui gicla à flots. Il se sentit partir, sa tête devint lourde, il dirigea son regard vers le ciel, pensant qu'il vivait ses derniers instants. Les contours de l'espace autour de lui devinrent flous.

« Non, pensa Jonathan, je ne veux pas mourir, pas par eux ! Par pitié, non ! »

Il haletait, sentait ses dernières forces l'abandonner. Il fit l'effort de se redresser pourtant, tout en lâchant des râles de douleur, et titubant tenta de fuir. Lorsque tout à coup, des cris et des bruits de galop leur parvinrent aux oreilles. Ils eurent le temps de voir des cavaliers débouler. Les Aurochs firent volte-face, délaissant leurs victimes. Ils laissèrent derrière eux un mur maculé de longues traces rouges, qui dégoulinaient le long d'une haute barrière sans aucune démarcation visible, infranchissable, mais non moins réelle. A qui appartenait cette enceinte ? Pourquoi se trouvait-elle là, les empêchant de continuer leur recherche et se transformant soudain en un piège terrible ? S'il s'agissait d'un traquenard, qui l'avait érigé ? Autant de questions qui traversèrent l'esprit d'Ethan et de ses amis et les stupéfièrent, avant de sombrer. Sa tête retomba lourdement sur son torse.

CH.15 LE CŒUR BARRICADÉ

Lorsque Lisa se réveilla, elle fut aveuglée par le soleil et cligna des yeux. Elle se demanda tout d'abord où elle était, puis se remémora les derniers événements : l'attaque de l'Aurochs dans la nuit. Elle sursauta.

« Mais que m'est-il arrivé ? » pensa-t-elle, en proie à une sensation à la fois étrange et désagréable :pour la seconde fois, la perte de ses repères.

Puis elle se souvint des murmures dans la forêt, les êtres étranges qui l'avaient sauvée alors qu'elle se trouvait en mauvaise posture, ou plutôt les voix qu'elle avait discernées. Car c'est tout ce qu'elle savait d'eux pour le moment : elle les avait entendus.

Lisa se redressa de sa couche de lichens et de mousse. Elle avait quitté la forêt pour se retrouver dans une immense salle, aux plafonds très hauts, voûtés. Au milieu de la pièce était posé un immense trône. Elle pensa qu'il s'agissait tout d'abord d'une cathédrale gothique. Elle s'approcha plus près des murs, intriguée. C'est alors qu'elle la vit. Une grande femme s'approcha d'elle. Elle était revêtue d'une longue robe vaporeuse, de couleur verte, dont on distinguait en filigrane un tressage très fin de chlorophylle. Mais ce qu'elle remarqua tout de suite, lorsqu'elle s'approcha, ce furent ses yeux : d'un vert profond, translucides et obliques, ils lui firent penser tout de suite à ceux d'un chat, deux magnifiques émeraudes hypnotiques. La pupille noire se délitait dans l'iris très clair qui lui donnait cet air à la fois étrange et fascinant. Au-dessus de ses cils, un trait de khôl noir remontait vers les tempes. Sa paupière inférieure était ourlée de dessins finement travaillés en arabesques, qui faisaient penser aux ailes d'un papillon bleutées. Ses cheveux courts, coupés au carré, étaient dégagés sur le front. Lorsqu'elle s'approcha de Lisa, elle cacha son visage entre ses mains fines, aux ongles vernis d'une couleur noire. Elle se campa devant la jeune fille.

— Bonjour Lisa. Je suis la Reine de Jade. J'espère que tu vas mieux, s'enquit-elle d'une voix profonde, avec une élocution lente.

La jeune femme était impressionnée par l'apparition.

— Euh, oui, je vous remercie, dit la jeune fille, circonspecte.

Elle tâta son bras. La blessure avait disparue. Seule une cicatrice presque 'imperceptible lui rappela l'événement.

La Reine se tenait face à elle, droite et altière, grande silhouette longiligne figée dans une attitude de statuaire grecque, devant son immense trône. Son visage était impassible, et semblait n'exprimer aucun sentiment : il n'était pas particulièrement bienveillant, ni même hostile, il n'exprimait simplement aucune émotion.

« Est-elle seulement réelle ? » pensa la jeune fille.Elle jeta des regards circulaires autour d'elle.

— Cette bâtisse t'intrigue on dirait, continua-t-elle. Il est vrai que tu viens de quitter les bois. Bienvenue dans mon palais ! Comme tu le constates, il s'agit en effet d'une cathédrale ! Mais elle n'est pas faite de pierres, mais de strates de bois fossilisés !

Lisa était un peu gênée, ne sachant trop quelle attitude adopter. Elle regarda les deux arches qui coupaient la pièce perpendiculairement. La lumière pénétrait largement par les immenses baies et donnait à la pièce une allure irréelle, projetant au sol de grandes ombres étirées. Derrière le trône courait une série de colonnes grecques. De grandes marches encadraient la chaire. Au bas des escaliers se tenaient les serviteurs. Lisa était impressionnée. Elle se racla la gorge et rejeta machinalement une mèche de cheveux en arrière, puis se campa devant la Reine en croisant les mains devant elle :

— Elle est très belle en effet ! confirma-t-elle.

Elle attendit qu'elle s'exprimât, dans une attitude de respect. Elle osa la regarder en face, et plongea son regard dans les pupilles vertes, liquéfiées, dans lesquelles miroitaient de petits éclats d'or.

« Combien en a-t-elle perdu avec ce regard-là ? songea encore Lisa. Je n'arrive pas à la définir, et cela me gêne. Qui est-elle vraiment ? Elle est belle et fascinante…Est-elle dangereuse ? »

Elle n'eut pas le temps de poursuivre ses pensées. La Reine s'exprima :

— Mon peuple et moi t'avons secourue, mais comme déjà dit, maintenant que tu es guérie, tu vas pouvoir à présent retourner chez les tiens.

— Je vous en suis très reconnaissante…Votre Majesté. Mais…Je ne souhaite pas vraiment retourner chez les miens. Enfin, pas là d'où je viens. Comme je vous l'ai expliqué, mon compagnon m'a trahie, expliqua calmement Lisa.

— Oui, en effet, tu me l'as expliqué. Toutefois, nous ne pouvons pas te garder chez nous. Qu'y ferais-tu ? Nous ne sommes qu'un peuple fait de chlorophylle, de minéral,de fibres de bois…Nous n'avons d'humain que l'apparence, lorsque nous décidons de la prendre…Nous n'avons pas grand-chose à t'offrir en vérité…

Elle hésita avant de poursuivre :

— Et puis, même si nous le voulions, nous ne pourrions pas t'héberger bien longtemps…Tu nous mettrais en danger, tu nous ferais repérer.

Son ton se durcit soudain.

— Je suis désolée de te dire que tu dois partir, et le plus tôt sera le mieux.

Lisa la rassura :

— Oui, ne vous inquiétez pas, je comprends tout à fait.

Elle réitérapourtant la question qui la taraudait :

— Toutefois, j'aimerais savoir : nous aiderez-vous à lutter contre…les Aurochs ?

C'était la deuxième fois que Lisa posait cette question à la Reine. La première était restée sans réponse et Lisa n'était pas satisfaite.

Le visage de marbre ne laissa à nouveau rien transparaître. Lisa perçut pourtant un léger frémissement, comme un rictus de mécontentement, accompagné d'un haussement de sourcils.

— Pour quelles raisons le ferions-nous ? Les Aurochs ignorent notre existence, nous sommes trop bien cachés. Et ils ne nous connaîtront jamais…Non, cela ne nous apporterait rien.

Lisa cacha sa déception. Elle ravala sa salive.

— Mais… cela pourrait bien changer…un jour. S'ils parviennent à nous éradiquer nous, les Alden et les Anastasiens, ils finiront bien par vous découvrir, comme je vous ai découverts, et à ce moment-là, vous serez aussi en danger.

— Non, ce n'est pas toi qui nous as découverts, dit-elle en baissant les yeux à terre, dans un léger mouvement de la tête, léger et gracieux, découvrant une longue frange de cils soyeux et épais. C'est nous qui t'avons secourue, qui nous sommes manifestés à toi, dans notre grande clémence. Sinon, tu n'aurais jamais deviné notre présence.

Lisa poursuivit, insistante :

— Ils n'ont pas réussi à tuer Ethan et son frère, pour recouvrer leur apparence humaine. Ils sont condamnés à errer sous l'apparence de monstres pendant l'éternité. Ils vont chercher à se venger sur tout ce qu'ils trouveront sur leur passage… Je vous en prie, réfléchissez à cela…Un jour ou l'autre, vous serez concernés.

De plus, s'ils gagnent la partie, alors ce sera le règne minéral qui dominera, il n'y aura plus de soleil, vous vivrez dans l'obscurité totale…Y avez-vous songé ? expliqua la jeune fille en fixant la Reine droit dans les yeux, afin d'être plus persuasive.

Le visage de la Reine restait impénétrable.

— Les arbres, donc votre peuple, ont besoin de lumière pour vivre ! reprit-elle en haussant le ton. Vous êtes bien faits de chlorophylle, n'est-ce pas ?

Lisa s'impatienta devant l'indifférence de la Reine. Elle s'agenouilla alors devant la souveraine, et supplia :

— Je vous en prie, aidez-nous…Nous les vaincrons facilement si nous unissons nos forces ! Ils sont en train de se reconstituer, ils opèrent des rafles dans tous les villages, partout sur nos terres. Ils recommencent à opérer des rapts pour rétablir leurs armées ! Il faut agir maintenant avant qu'il ne soit trop tard !

La jeune fille s'emporta.

— Si vous refusez de nous aider, vous le regretterez amèrement, croyez-moi !

La Reine ignora les propos de Lisa. Elle tourna la tête d'un air dédaigneux, en rabattant son fin voile de chlorophylle sur son épaule mince et délicate. Ses yeux translucides se détournèrent d'elle et se perdirent dans le néant. Elle interrompit l'entretien :

— Bien ! Il est temps pour moi de te faire reconduire à la frontière. De là, tu pourras rejoindre les tiens.

Devant l'indifférence de la Reine, Lisa soupira. Il était inutile d'essayer de la convaincre. C'était de toute évidence peine perdue. Elle ne put toutefois s'empêcher de demander :

— La frontière ? Laquelle ? Je n'en ai pas vu en arrivant ici…s'étonna la jeune fille. Est-ce celle de votre Royaume ?

La souveraine soupira, puis condescendit à répondre :

— Notre Royaume n'a pas de délimitations précises, enfin physiques, proprement définies. Je te l'ai expliqué : nous sommes simplement des éléments tels que des arbres, ou bien des roches. Nous pouvons nous infiltrer là où nous le souhaitons. En cela, nous sommes invisibles. Non, je te parle d'une autre frontière : celle que « tu » as érigée.

— La frontière que « j'ai » érigée ? Je ne comprends vraiment pas…bredouilla Lisa en ouvrant des yeux écarquillés et en haussant les sourcils.

— Ce n'est pourtant pas bien difficile à comprendre : ton compagnon t'a trahie, n'est-ce pas ? Tu en as énormément souffert, et il y a de quoi. Tu ne t'y attendais pas, tu avais entièrement confiance en lui, tu pensais pouvoir bâtir un avenir commun avec cet homme, réaliser tous tes projets, te reposer sur lui dans les moments difficiles. Tu pensais avoir rencontré un compagnon fidèle et solide, quelqu'un qui t'aimerait autant que tu l'aimais. En somme, il faisait partie de ta vie, du moins le croyais-tu.

Au rappel de son chagrin, Lisa baissa la tête. Ces souvenirs lui étaient trop douloureux. Ses beaux yeux s'embuèrent. Ethan : elle l'avait inscrit dans sa chair…Comment avait-il pu ? Les larmes affluèrent sans qu'elle puisse les contrôler. Elle renifla.

— Alors, avec le chagrin est venue la réflexion : que dois-je faire face à cela ? Certaines auraient choisi la vengeance, elles s'en seraient prises soit à cette femme avec laquelle il t'a trahi, soit à lui…Elles auraient tué peut-être, ou empoisonné leur rivale…Mais la vengeance n'aurait pas amélioré les choses, bien au contraire, elle l'aurait définitivement éloigné de toi.

Lisa acquiesça en inclinant la tête, les yeux baissés vers le sol.

— Mais toi tu es bonne, Lisa. Tu as choisi de partir, en emmenant avec toi ton immense chagrin. Tu lui as laissé ta place à cette femme, car tu aimais tellement cet homme, que tu as préféré t'effacer...

A ces mots, Lisa éclata en sanglots. Elle se couvrit le visage de ses mains, que les mèches blondes de sa magnifique chevelure abondante masquèrent. Elle s'effondra sur une souche d'arbre.

— J'ai vu ton accablement Lisa. Il m'a émue. Les fleurs d'airain sont la représentation de ta peine. Tu ne lui en veux pas, parce que tu l'aimes au-delà de tout, mais tu as barricadé ton cœur, et cette barrière n'est que la matérialisation de ton propre chagrin, et de ta volonté de te protéger de lui...Lisa...pour ne plus souffrir à nouveau.

Lisa ne pouvait parler, étouffée par les sanglots. La Reine poursuivit :

— Tu es partie, loin de lui, loin de tout...Mais es-tu sûre que ce qui s'est passé en vaille vraiment la peine ? Tu as tout sacrifié pour...une passade d'un soir...un moment d'égarement ?

Lisa l'écoutait attentivement : en dehors du fait que ses paroles la touchaient au plus profond d'elle-même, elle était stupéfaite.

« Comment cette femme, qui ne me connaît pas, ni moi d'ailleurs, sait-elle « tout » de moi ? Qui est-elle au juste ? »

Elle resta interdite et perplexe, ne sachant pas si elle devait s'effrayer de la clairvoyance de la Reine ou au contraire s'en réjouir. La souveraine poursuivit :

— Mais sache seulement ceci Lisa : Il est venu. Il te cherche. Il doit avoir des remords...C'est bien la preuve qu'il t'aime et qu'il tient à toi.

La jeune fille releva la tête et regarda la reine de ses yeux baignés de larmes, incrédule. Elle n'en croyait pas ses oreilles.

— Mais lui et ses compagnons se sont retrouvés acculés à la barrière, la nôtre... expliqua la Reine.

— Mais...il est toujours là-bas, à l'endroit où se trouve cette frontière ?

Lisa s'était relevée, prête à rejoindre Ethan et ses compagnons.

— Je crains que non, Lisa.. Ils ont été attaqués, par les monstres...

— Attaqués ? répéta-t-elle en fronçant les sourcils.

Lisa scruta le regard fluide, qui semblait ne pas regarder la personne en face, comme si elle ne s'exprimait pas à un être humain, mais à une entité quelconque, non individualisée. Les pupilles se dilataient telles les irisations d'une agate. La Reine dodelina de la tête.

— Oh ! Mais...sont-ils blessés ?

Lisa porta les mains à sa bouche. La stupéfaction s'afficha sur son visage. Elle était horrifiée. La Reine de Jade tourna les talons. L'apparition évanescente s'effaça doucement dans la forêt.

— Attendez ! Il est seulement blessé vous dites ? Vous êtes sûre qu'il n'est pas mort ? Je vous en prie, répondez-moi ! supplia-t-elle.

La souveraine s'était évanouie dans les frondaisons, laissant un doute insupportable planer dans l'esprit de Lisa.

CH.16 JE SUIS SI LOIN DE TOI ETHAN…

Lisa se précipita dans la forêt. Son cœur battait la chamade. Elle avait retenu les seuls mots qu'elle voulait entendre, tout le reste lui était indifférent : Ethan était « venu », il l'avait « cherchée ». Il « tenait à elle », il « l'aimait » …Elle jubilait de bonheur. Elle courut à en perdre haleine dans les bois. Elle voulait le retrouver, se jeter dans ses bras, l'étreindre. Elle sanglotait et riait à la fois. Elle tournoyait et virevoltait sur elle-même, les bras écartés, le visage tourné vers le soleil. Elle avait envie de chanter et de crier en même temps.

— Elle n'était rien cette fille, juste une…erreur, seulement un malentendu ! Mon amour, j'espère que tu n'es pas gravement blessé !

Elle n'était rien, rien du tout ! Oh Ethan, il me tarde tant de te retrouver ! Le jeune homme était blessé, seulement blessé. C'était une évidence, il ne pouvait pas être mort, pas lui. Elle allait le rejoindre au plus vite, lui demander pardon d'avoir douté de lui. Rien ne pourrait les séparer désormais. Ses narines palpitèrent. Tout reprenait une nouvelle saveur. La vie affluait à nouveau dans ses veines. Qu'importaient les monstres ! Ils étaient un bien piètre danger face à celui de perdre Ethan pour toujours. Elle n'avait plus peur désormais, se sentant plus forte que jamais, poussée par une exaltation sans bornes.

Elle courut au-devant d'elle, infatigable, en de longues enjambées, mue par une ardeur soudaine et pressée de revenir sur ses pas. Quand soudain, elle se heurta à quelque chose. Elle n'avait pas vu venir l'obstacle. Le choc la projeta en arrière. Elle comprit vite qu'elle venait de se heurter à la barrière, la fameuse barricade dont avait parlé la Reine de Jade. Elle essaya de passer quelques mètres en amont, mais peine perdue. Elle retenta la manœuvre beaucoup plus loin. L'écueil était infranchissable. Alors, elle frappa l'enceinte de toutes ses forces, avec rage, pour la briser. Mais là non plus, la barrière invisible ne céda pas. Lisa ne comprenait pas :

« Pourquoi cette foutue barrière ne s'abaisse-t-elle pas ? La Reine m'a pourtant bien dit que je devais repartir en arrière ! »

Elle releva alors les yeux, et elle remarqua de petites taches rouges à la surface. Elle s'approcha de plus près, et ce qu'elle vit l'effraya. De longues traînées de sang dégoulinaient le long de l'enceinte. Il n'y en avait pas qu'une, mais plusieurs. Le liquide s'étalait en larges bandeaux, laissant des traînées rouge foncé, un barbouillage macabre qui témoignait de la violence de la lutte qui s'était engagée à cet endroit. La panique s'empara d'elle. Son enthousiasme s'envola soudain, pour faire place à la peur, qui s'infiltra en elle et l'abattit tel un coup de massue. Elle s'effondra, incrédule.

— Non ! Ce n'est pas possible ! Ce ne peut pas être le sang d'Ethan ! Si c'est le sien, il n'est pas blessé, il est…mort ! C'est un véritable carnage ! « Ils » en ont fait de la charpie ! Oh Ethan, où es-tu ?

Lisa colla ses mains contre la barrière et sanglota. Elle ressentit un vertige. L'espace tournoya autour d'elle. Puis, elle fut prise d'un haut le cœur. La nausée l'envahit, des remontées d'acidité affluèrent dans son œsophage, son corps fut secoué de spasmes violents, et elle vomit au pied de la barricade. Le malaise dissipé, elle se recroquevilla sur elle-même. Le crépuscule tomba et la canopée fut envahie d'une douce torpeur. Les arbres murmuraient, susurraient entre eux, bercés par la brise. Lisa surprit ces bribes de conversations curieuses, n'en perçut pas le sens, mais comprit que les êtres qui se cachaient sous ses frondaisons échangeaient des conversations secrètes entre eux, des conciliabules anodins ou graves, qui dureraient toute la nuit. Que se disaient-ils au juste ? Etaient-ce les mêmes propos que les humains, ces bavardages insipides, ces commérages pour critiquer sans fin l'un ou l'autre, ces plaintes incessantes de gens insatisfaits, ces litanies de mesquineries et d'hypocrisies ?Lisa les espérait sinon supérieurs, du moins différents, que ceux trop décevants de ses semblables, qu'elle évitait la plupart du temps. La longue plainte inquiétante d'un loup solitaire, qui appelait ses congénères, la tira de ses réflexions. Enfin, Lisa s'endormit, épuisée par les émotions de la journée.

Le lendemain, elle fut réveillée par un rayon de soleil qui lui caressa le visage. Elle avait passé une nuit agitée et entrecoupée de réveils brutaux. L'inquiétude de la veille ne l'avait pas quittée. Hier, elle avait essayé de franchir en vain l'enceinte qui lui permettait de repartir chez elle. La Reine lui avait fait comprendre qu'elle ne voulait plus d'elle dans son royaume. Comment faire à présent et où aller ? Soudain, elle fut prise à nouveau des mêmes symptômes que la veille. La nausée l'envahit. Elle n'avait pas mangé depuis vingt-quatre heures, mais elle ne ressentait aucun appétit. Toute idée de nourriture la dégoûtait. Elle se releva en titubant, réajusta son arc et son carquois, et reprit le chemin de la forêt débonnaire qui l'avait protégée jusqu'ici. Elle irait demander à la Reine le chemin pour contourner cette barrière et ainsi parvenir à rejoindre Ethan.

« Si j'ai pu entrer dans ce royaume, je ne vois pas pourquoi je ne pourrai pas en ressortir », conclut Lisa.

Mais elle ressentit soudain un changement notoire dans le paysage. Les arbres s'agitaient, alors que dans l'air ne flottait qu'une légère brise. Ce qui fut au départ une impression devint une certitude : ils balançaient leurs branches tels de grands bras mécaniques, balayant le sol. Puis les mouvements s'amplifièrent, les ramures fouettaient à présent l'air telles de grandes ailes d'oiseau déployées. A la place de branches, Lisa distingua très nettement des bras tortueux, aux veines saillantes, repliés sur eux-mêmes, dans une attitude de retenue forcée. Les mains reposaient sur leurs avant-bras, telles des serres griffues, au-dessus de leurs têtes, comme pour se protéger. Dans les troncs, elle vit des masques aux orbites sombres. La forêt s'était subitement transformée en un entrelacs de masques hideux et grotesques. Le vert tendre des branches feuillues avait disparu pour former un mur sombre de lianes tortueuses et denses. Les murmures s'étaient transformés en exhortations scandées à un rythme régulier et de plus en plus fort. Les « entités » ligneuses lui martelaient des mots qui frappaient tels des gourdins :

— Pars ! Pars ! Que fais-tu encore là ?

Les sons hostiles la repoussaient du côté de la frontière.

La peur s'empara à nouveau d'elle. Elle ouvrit la bouche, se boucha les oreilles et recula. Un son guttural en sortit, le son du désespoir. Elle se sentit sombrer dans un monde incompréhensible, irrationnel et brutal, dénué de toute sécurité, dans lequel elle ne pourrait jamais s'abandonner, ni faire confiance à qui que ce soit, où tout pouvait soudain subitement basculer et se transformer en une menace potentielle.

Dans la panique, elle reprit alors le chemin inverse. Des pensées contradictoires lui traversèrent l'esprit :

« Le monde n'était-il qu'hostilité de toute part ? N'y avait-il pas un seul îlot de quiétude ? Comment se faisait-il que ces êtres amicaux aient pu se transformer subitement de la sorte en des entités aussi malveillantes ? Décidément, je n'y comprends rien. »

Distraite par ses pensées, elle se prit le pied dans une racine et s'effondra au sol. Elle se retourna pourtant et cria :

— Non ! Non, s'il vous plaît ! Ne me faites pas de mal ! Je suis…Je suis… enceinte !!! lança-t-elle d'une voix suppliante, se protégeant la tête de ses bras, recroquevillée sur elle-même tel un petit animal apeuré.

Lisa avait lâché ce mot en désespoir de cause, comme l'ultime recours d'un condamné à mort avant de monter sur l'échafaud. Comme s'il était inutile à présent de cacher son état, puisque de toute façon, elle se savait perdue. Elle ôta doucement les mains de ses oreilles, épiant les alentours. L'hostilité cessa aussitôt. La fureur et le déchaînement précédents s'apaisèrent sur le champ pour faire à nouveau place à un calme sidéral. Les ramures se rhabillèrent de leur feuillage vert tendre en un temps record. Le mot qu'elle venait de prononcer avait apparemment opéré comme un sésame. Lisa balaya l'espace autour d'elle de coups d'œil circulaires, pour s'assurer que le calme était réel. Alors elle soupira, soulagée, et relâcha sa garde. Les tremblements de son corps cessèrent. Sa respiration s'apaisa. Elle parvint à se détendre et se redressa.

« Je ne les considèrerai plus de la même façon, à présent que je sais qu'ils peuvent se transformer de la sorte, songea-t-elle. Qui sont-ils réellement, ces êtres hybrides, ces êtres-caméléons ? »

Elle les harangua d'une voix puissante et forte :

— Qui êtes-vous vraiment ?

Devant l'absence de réponse, elle s'énerva :

— Vous allez me le dire à la fin ? trépigna-t-elle, une veine gonflant dans son cou.

Le calme revenu, la Reine réapparut alors, comme si elle écartait elle-même le rideau de verdure de ses bras longilignes et diaphanes. Elle s'avança calmement, belle silhouette hiératique et ondulante, vêtue de sa longue robe qui épousait ses courbes parfaites. Les deux agates la fixèrent alors, regard hypnotique et apaisant :

— Tu es…enceinte ? demanda-t-elle, comme si elle avait mal entendu, d'une voix qu'elle s'efforçait de faire apparaître la plus calme possible.

— Oui…

— En es-tu sûre ?

Lisa confirma d'un signe de tête. Un large sourire béat s'afficha sur le visage de la Reine, qu'elle réprima aussitôt. Lisa crut un moment y discerner des mouvements qu'apparemment elle ne parvenait pas à contrôler, à mi-chemin entre le tic nerveux et les convulsions. Ses paupières s'abaissèrent et se relevèrent. Elle sembla subitement suffoquer. Sa poitrine se souleva et s'abaissa comme si elle manquait d'air. Elle essaya pourtant de réprimer les émotions fortes que l'annonce de Lisa venaient de déclencher et se reprit pour afficher à nouveau le même visage impassible.

La Reine claqua des mains. Des êtres que Lisa n'avait jamais vus apparurent alors. Leurs épaules étaient couvertes par de longues capelines qui leur tombaient jusqu'aux pieds. Leur tête était recouverte d'une capuche. Une jeune femme s'avança : elle avait un joli visage ovale, encadré de longs cheveux blonds, aux lourdes paupières baissées en signe d'humilité et d'allégeance. Elle devait certainement être une servante. Son teint d'albâtre était nuancé de teintes grisâtres, qu'elle essayait de cacher sous des fards à joue rosés. Elle prit Lisa par la main et l'emmena.

— Inutile de la questionner : c'est une servante : on leur a coupé la langue et cousu les paupières. Ainsi nous sommes sûrs qu'ils ne pourront pas nous trahir par leurs bavardages intempestifs…annonça la Reine le plus calmement du monde.

Lisa tressaillit de terreur. Plus elle passait de temps dans ce royaume, plus elle découvrait ce peuple capable de cruauté et de barbarie envers les êtres inférieurs.

— Où m'emmène-t-elle ? cria Lisa soudain terrorisée.

La Reine de Jade la rassura :

— Allons, calme toi ! Tu n'as absolument rien à craindre de nous…Fie toi à elle. Elle est aveugle, mais elle connaît parfaitement les lieux. Elle sait se diriger.

La jeune femme la conduisit loin, au-delà des arbres. Elle avança d'un pas mécanique et régulier, sans se retourner, sentant la présence et l'odeur de Lisa sans la voir. Elles arrivèrent à une plaine marécageuse, encadrée sur les flancs par de hautes montagnes. Il y avait de curieux objets en suspension dans l'air, de forme ovoïde.

« A quoi peuvent-ils servir ? se demanda la jeune femme. Comme je suis loin des miens à présent, songea-t-elle, nostalgique. Les reverrai-je seulement un jour ? Mais quand ? Où m'emmène-t-elle ? Que vont-ils faire de moi ? »

Autant de questions qui se pressaient dans sa tête et restaient sans réponse. L'abattement s'empara à nouveau d'elle. Elle se sentit prisonnière de ce peuple, perdue et vulnérable, à leur merci. La suivante attrapa une conque au vol, en brisa la coquille. Elle lui fit signe de s'asseoir dedans. Lisa refusa :

« Pourquoi veut-elle me faire monter là-dedans ? N'est-ce pas un tombeau ? »

Puis soudain, la vérité lui apparut comme une évidence :

« C'est un piège ! Ils veulent m'éliminer ! »

La servante au teint gris la contraint alors d'une pression appuyée sur son bras. Lisa se dégagea soudain et voulut s'enfuir.

« Elle n'y voit rien de toute façon ! Elle ne pourra pas me poursuivre ! »

Elle se mit à courir. Mais soudain, d'autres êtres aux longs manteaux semblables à la jeune fille se détachèrent comme par magie des flancs de la montagne et encerclèrent Lisa. Celle-ci se retrouva acculée, face à cinq ou six individus à la mine fermée, des masques inexpressifs, marmoréens.

La stupeur s'inscrivit sur son visage :

« Mais d'où sortent-ils ceux-là ? Ils n'y étaient pas tout à l'heure ! C'est incroyable ! On dirait qu'ils se sont extraits de la montagne ! Ça alors ! »

Elle comprit qu'il était inutile de lutter.

« Ces hommes sont de « partout et nulle part » ! C'est exactement ce que m'avait dit la Reine lorsque je suis arrivée dans son royaume ! »

Lisa céda soudain à la lassitude. Elle décida de baisser les armes. Elle était vaincue.

« Oh, Ethan ? Pourquoi me suis-je éloignée de toi ? pensa la jeune fille, désespérée. Je doute de ne jamais te revoir… »

La tristesse ombra ses beaux yeux bleus.

« Je porte ton enfant, je n'ai même pas pu te le dire…Le sauras-tu seulement un jour ? Nous allons périr ici tous les deux. Je n'aurais même pas d'épitaphe…Tu ne me retrouveras jamais… »

Ainsi pensait Lisa qui ressentit soudain une grande torpeur l'envahir. A nouveau la créature au long manteau lui prit le bras. Elle fut saisie par la froideur de sa main : elle était glaciale, comme si nul sang ne coulait dans ses veines. Elle se contracta sous l'effet de la surprise. Puis, elle se sentit comme aspirée par la conque. Ses cheveux se collèrent alors au haut de la forme, et tapissèrent l'intérieur de la coquille, telle une corolle de fleurs à l'intérieur d'une chrysalide. Elle allait entrer en gestation pendant neuf mois, totalement protégée dans cette alvéole. Elle le comprit alors et fut apaisée. Elle ferma les yeux et s'absenta au monde environnant et à sa brutalité. La jolie silhouette féminine et fine se recroquevilla sur elle-même, lovée en position fœtale, enveloppée dans son abondante chevelure couleur miel. Elle rendait les armes provisoirement, pour le petit être qui grandissait dans son ventre. Elle était la matrice originelle, une femme-fleur, une future mère.

« Il ne s'agit que d'une parenthèse dans ma vie…songea-t-elle. Au moins, cela me permettra de sortir Ethan de ma vie. J'espère que quand je me réveillerai, je l'aurais oublié, de la même façon qu'il m'a déjà oubliée, moi… »

CH.17 VADE RETRO VANIA !

Ethan était blessé. Il se sentait si faible, il avait du mal à respirer. Chaque inspiration lui coûtait des efforts immenses. Sa cage thoracique avait été broyée par le coup de l'Aurochs. Il sentit le balancement régulier d'un cheval. Mais même cela lui était insupportable. Le moindre mouvement de la bête lui donnait l'impression d'être traversé par un coup de poignard et lui arrachait des gémissements.

« Je dois avoir plusieurs côtes cassées… », réalisa-t-il. Sa position inconfortable accentua son malaise. Il geignait, n'avait plus de forces. Son corps, recouvert de petites plaies sanguinolentes, se balançait tel une masse inerte qu'il ne contrôlait plus. Seule la douleur était omniprésente, lancinante, foudroyante. Elle oblitérait tous ses mouvements, anéantissait sa conscience, l'attirait vers les limbes du néant dans lequel il avait envie de se laisser glisser sans opposer la moindre résistance. Ne plus se battre, renoncer, baisser les armes, enfin…Oui, cela était si tentant. Des larmes glissèrent tout doucement le long de ses joues, sans qu'il pût les contrôler et tracèrent de petits sillons parmi le sang séché. Il en sentit l'âcre saveur salée sur ses lèvres. Il fit des efforts pour garder les yeux ouverts, mais ses paupières retombaient lourdement, et il ne vit plus rien que la masse diffuse et indifférenciée des éléments qui défilaient lentement au rythme des pas du cheval.

« Cette traversée n'aura-t-elle donc jamais de fin ? Je n'en peux plus, songea Ethan, épuisé. Je ne tiendrai pas longtemps… Je voudrais tant que cela s'arrête…"

Il voulut dire à ceux qui le transportaient ainsi de le déposer à terre, par pitié…Il tenta d'articuler, mais aucun son ne sortit de sa gorge.

Enfin, au bout de plusieurs heures qui lui parurent une éternité, le balancement régulier s'arrêta. Des bras le saisirent délicatement et le déposèrent sur une civière. Le déplacement lui arracha des cris de douleur. Il essaya de deviner qui étaient ces hommes qui le manipulaient, n'y parvint pas, car sa vue était trouble. Il sentit la fraîcheur d'un linge humide qu'une main lui passait sur le visage. On lui humecta les lèvres avec un peu d'eau.Il n'entendit plus que les râles de sa respiration sifflante. Il se sentait oppressé. Puis il sombra dans l'inconscience. Lorsqu'il se réveilla, il avait perdu la notion du temps et de l'espace.« Combien de temps ai-je dormi ? Plusieurs heures ou plusieurs jours ? Je connais cet endroit, se remémora-t-il. Au moins, je ne suis pas tombé aux mains de barbares. »

Puis une immense lassitude s'empara de lui :

« Pourquoi ne suis-je pas mort sous le coup de cet Aurochs ? Cela aurait été si simple… »

Les petits plis d'amertume se creusèrent davantage aux commissures de ses lèvres. Puis un nom, un seul réapparut soudain à sa conscience :

« Lisa ! J'étais en train de la chercher…avec Jonathan et Erin…Ah oui, c'est cela, je me souviens maintenant ! Non, je ne dois pas mourir alors, pas maintenant, pas avant de lui avoir demandé pardon ! »

Il tenta de refouler ses larmes qui affluèrent et qu'il laissa échapper, pleurer le soulagea un bref instant.

Il eut soudain conscience que sa commotion physique n'était que la concrétisation de son âme en lambeaux, déchirée, pétrie de remords. Il avait perdu Lisa, physiquement et moralement, pour une passade. L'inactivité forcée exacerba son anxiété et une multitude de questions émergea à nouveau dans son esprit.

« Je dois survivre pour la retrouver, songea-t-il, plus que jamais déterminé, à présent. Où est-elle seulement ? Nous nous sommes retrouvés bloqués par cette « barrière »…Nous ne pouvions plus avancer…Qu'était-ce ? A-t-elle un lien avec Lisa ? Est-elle retenue prisonnière derrière ? Cela fait à présent si longtemps qu'elle a disparu… La retrouverai-je seulement ? Je passe des jours interminables hantés par la culpabilité…S'il lui est arrivé quoi que ce soit, je ne me le pardonnerais jamais… »

Puis, soudain, une jeune femme fit son apparition dans l'embrasure de la tente, oblitérant le soleil. Sa magnifique chevelure brune lui tombait en cascade sur ses épaules nues. Le cliquetis de sa parure qu'elle portait autour du cou accompagnait tous ses mouvements. Elle s'exclama, en s'agenouillant à son chevet :

— Oh ! enfin, tu es réveillé Ethan ! s'écrièrent deux lèvres pleines et sensuelles, avec une moue délicieuse.

Ethan reçut en pleine figure les effluves de son parfum suave d'ambre et de musc.

Elle exultait. Ses beaux yeux gris, qu'elle avait ourlés de noir, le regardèrent avec amour. Elle prit le visage d'Ethan entre ses mains.

— Tu es sauvé ! Oh, j'ai eu si peur pour toi, Ethan, si tu savais ! Peur de te perdre ! lui annonça-t-elle avec un sourire radieux.

Les souvenirs affluèrent. Mais au lieu de lui inspirer le désir qu'il avait connu autrefois, le désir charnel si puissant, qui l'avait attiré comme un aimant, irrésistible, qui l'avait jeté dans ses bras, Ethan la regarda cette fois comme une étrangère. Elle ne lui inspira que du dégoût et du rejet.

La jeune femme, surprise, le ressentit. Elle eût un léger mouvement de recul, se tut soudain, attendant les paroles d'Ethan.

— Est-ce toi qui m'as soigné ? lui demanda-t-il d'une voix dure.

— Oui, bien sûr, Ethan…

— Alors, je te remercie, du fond du cœur, pour ton dévouement.

Elle attendit impatiemment la suite, mais elle était loin d'en imaginer la teneur. Ethan se contint tout d'abord, et lui posa la question qu'il jugeait avant toutes essentielle, et qu'il brûlait de savoir :

— Sais-tu comment vont mon frère Jonathan, et mon ami Erin ? Sont-ils en vie ?

— Oui, rassure-toi, ils vont bien. Ils ont été blessés, mais moins grièvement que toi. Nous les avons soignés, et tout va bien à présent.

Ethan soupira, rassuré. Elle se pencha au-dessus de lui, cherchant à lui inspirer à nouveau le sentiment qu'elle avait fait naître. Mais il reprit, regardant la jeune femme droit dans les yeux, un petit rictus de dédain aux lèvres :

— Mais, désormais, sache que tout ce qui pouvait nous lier toi et moi, n'existe plus.

— Mais…Ethan, m'as-tu bien reconnue ? Je suis…Vania…

Les grands yeux gris envoûtants scrutèrent le visage et l'expression d'Ethan, cherchant à comprendre soudain. Elle reprit d'un ton plus léger :

— Tu as été grièvement blessé par cet Aurochs ! Mais c'est fini, maintenant, tu es tiré d'affaires ! Nous allons pouvoir nous aimer comme avant ! ponctua-t-elle d'un sourire, comme s'il s'agissait pour elle d'une évidence.

Elle lui passa la main dans les cheveux et épongea délicatement son front baigné de sueur. Le ton d'Ethan se fit dur et cassant, ne laissant aucun doute sur ses intentions :

— Non, Vania ! Je sais très bien ce que je te dis ! C'est fini, tu m'entends ? Par ta faute, j'ai perdu la femme que j'aimais, Lisa ! Elle erre je ne sais où, Dieu seul sait ce qui lui est arrivé ! Et comme si cela ne suffisait pas, pendant que je batifolais avec toi, je n'ai pas vu arriver le danger le plus grand que peut courir notre Royaume !

Il s'agita sur sa couche, exprimant un cri de douleur. Parler lui coûtait encore trop d'efforts.

— Sors, s'il te plaît ! Laisse-moi maintenant ! lui cria-t-il d'un ton péremptoire.

Alors qu'elle hésitait encore, Ethan lui lança un regard de haine, et il lui cria à la figure :

— Tu n'as donc pas compris ce que je t'ai dit ? Dégage ! Hors de ma vue ! Et que je ne te revoie plus jamais ! Tout cela est de ta faute ! Lui hurla-t-il, les traits tendus, la mâchoire crispée.

Il s'était appuyé sur ses deux coudes pour se soulever, et la veine de son cou saillit sous les efforts.

La jeune femme se releva, horrifiée et incrédule. Elle oscillait entre la stupeur et la colère. Le visage magnifique et insolent était décomposé, et avait perdu de sa superbe. Les prunelles grises lançaient des éclairs de fureur. Elle redressa pourtant la tête, ne voulant pas laisser paraître sa déconvenue. Mais devant l'état d'épuisement du jeune homme, elle obtempéra et tourna les talons. Sa poitrine se souleva sous les sanglots, ses beaux yeux gris inondés de larmes de désespoir. En sortant de la tente, elle se heurta contre Sachiel, qui ayant entendu des éclats de voix, s'était approché pour s'enquérir de ce qui se passait.

— Mais pourquoi vous disputez-vous ?

Puis voyant Ethan réveillé, il lança :

— Ah, Dieu soit loué ! Tu vas mieux ! Tu nous as fait tellement peur !

Le jeune homme, encore emporté par l'altercation avec Vania, accueillit Sachiel froidement, les traits crispés.

— Mais je crois comprendre de quoi il retourne. Allons, allons, ne t'agite pas. Tu as frôlé la mort. Tu reprendras cette discussion avec Vania plus tard.

— Sachiel !

Le visage fin et presque féminin de Sachiel se tourna vers Ethan. Ses cheveux longs, noirs de geai encadraient son visage à l'ovale parfait. Ses grands yeux noirs également, rehaussés de deux sourcils épais et bien dessinés le fixaient. Un rayon de soleil se posa sur l'arête fine et droite de son nez, et souligna son teint clair. La grâce et l'élégance naturelle de Sachiel n'occultaient pas pour autant sa robustesse. Il se révélait un farouche adversaire lors de combats. Mais face à son ami blessé, il exprimait la bonté et la mansuétude.

— Merci de m'avoir sauvé, reprit Ethan, éludant la remarque de son camarade. Surtout que…nous ne nous étions pas quittés en très bons termes, lors de notre dernière entrevue…Tu n'étais pas obligé de le faire…Comment nous as-tu retrouvés ?

— Allons, ce ne sont que des broutilles…C'était oublié depuis longtemps. C'est Egmüll qui m'a mis sur votre piste.

Il se doutait de la direction qu'avait prise Lisa.

—Et donc, pas difficile de savoir où vous vous rendiez. Il nous faut bien entendu retrouver Lisa, et nous devons maintenant au contraire unir nos forces, face à l'ennemi qui frappe à nouveau à nos portes. Mais en attendant, il faut que tu te remettes de tes blessures ! Repose-toi.

Ethan se sentit rassuré par la compréhension et l'amitié indéfectible de Sachiel et s'endormit, paisiblement, terrassé par la fatigue.

CH.18 CET ENFANT NE SERA PAS LE TIEN

La Reine de Jade claqua ses mains fines, plusieurs fois : Quatre claquements secs et puissants.

Aussitôt, des jambes, puis des bras, enfin des torses apparurent comme par enchantement, s'extrayant difficilement des troncs d'arbres. L'écorce rugueuse se gonfla soudain, se dilata semblable à un magma informe, puis explosa, laissant surgir tel un insecte de sa chrysalide, un être diaphane et fragile, à apparence humaine. La forêt, qui l'instant d'avant, était plongée dans un silence de cathédrale végétale, se mit subitement à vivre, à sourdre, à mugir. Un loup surpris, détala de frayeur, la queue entre les pattes, en couinant. La mue insolite dura quelques instants, jusqu'à ce que tous les êtres se soient extraits de leur gangue végétale. Les arbres ainsi habités reprirent leur forme initiale, comme s'ils n'avaient jamais abrité leur hôte opportuniste. Les individus se regroupèrent autour de leur Reine, la tête baissée en signe de respect. Ils étaient vêtus de longs voiles de soie verte, dont on distinguait en filigrane de fines nervures de chlorophylle. Puis on entendit au loin l'écho de grondements et de craquements, qui venaient des montagnes environnantes. Les roches s'évasèrent à leur tour, provoquant ça et là de petits éboulis. Le granit se fissura, et lentement apparurent des créatures grisâtres, à l'allure marmoréenne. Leurs gestes étaient alanguis et leur allure, celle de statuaires grecques, aux proportions parfaites. Leurs membres inférieurs étaient encore prisonniers du granit et pas encore bien différenciés. Les personnages s'approchèrent, se cachant le visage, éblouis par le soleil. Il émanait d'eux puissance et force, leurs muscles saillant comme ceux de coureurs marathoniens. Hommes et femmes étaient grands et vigoureux. Enfin émergèrent les êtres encapuchonnés, aux paupières closes, enveloppés dans leurs longues capelines qui leur tombaient jusqu'aux pieds et les faisaient ressembler à une assemblée de spectres mutiques, à l'air maladif, se déplaçant en une procession silencieuse. De grands cernes bistre ombraient leurs paupières cousues. Tous firent allégeance à la Reine. Celle-ci se tenait devant eux, solennelle et hiératique, le buste en avant. Des servantes se tenaient de part et d'autre de son trône tapissé de mousse et de lichen, recouvert de fils d'argent, et serti de pierres précieuses, des opales, des émeraudes, des saphirs rubescents.

— Mes sujets, je vous ai convoqués car l'heure est grave ! annonça-t-elle de sa voix profonde.

Ses yeux luisaient telles les pupilles d'ambre d'un félin.

Un murmure circula dans l'assemblée insolite, qui se tut aussitôt. La Reine balaya l'espace autour d'elle de son regard hypnotique, scrutant le moindre geste, le moindre signe d'inattention de ses sujets.

— Vous n'êtes pas sans savoir que nous avons abrité dans notre royaume…une jeune femme…

A nouveau des murmures parcoururent l'assemblée.

— Que voulait-elle ? osa demander l'un d'entre eux, d'une voix sûre.

Un homme grand et élancé se détacha du groupe et vint se poster à la droite de la Reine. Il avait un visage émacié et noble, aux joues creuses, encadré d'une fine barbe et d'une chevelure grisonnante. Il devait avoir dans les quarante ans.

— Elle s'était égarée ! Elle a fui son royaume, suite à la trahison de son compagnon ! Je vous en avais déjà parlé, dit-elle à l'attention de son premier Conseiller, Jared, agacée.

Elle ponctua ses paroles d'un silence, comme pour leur donner plus de solennité, puis reprit :

— Dans Notre grande clémence, Nous lui avons porté secours, alors qu'elle était en danger !

— C'est tellement généreux de votre part, ma Reine, persiffla un être vêtu de chlorophylle, l'œil torve et pétri de soumission servile.

— Merci mon brave !

Puis à l'attention de son Conseiller :

— Hmmm, quel est son nom déjà ?

— Je ne me souviens plus, ma Reine. Mais est-ce important qu'il en ait un ?

Elle balaya la question d'un revers de main, et répondit d'un air dédaigneux :

— Non, effectivement, aucune importance !

Mais une fois rétablie, Je lui ai signifié de regagner son empire !

— Comme vous avez eu raison ! claironna un autre être.

— Mais…

La Reine laissa un intervalle, comme pour mieux appuyer les mots qui allaient suivre :

— Elle m'a parlé de troubles récents qui secouent son royaume. Des troubles semblables à ceux qu'ils auraient connus quelques temps auparavant, et qui ont fortement ébranlé les fondements de paix, de justice établis par les leurs. Le Mal avait été vaincu, grâce aux peuples coalisés. Mais voilà que ce mal revient en force ébranler la paix qu'ils ont réussi si difficilement à reconquérir, pour tenter de les asservir…

Une voix s'éleva à nouveau, de la masse :

— Et alors ? En quoi cela nous concerne-t-il ?

— Elle m'a demandé de l'aider, répliqua la Reine, condescendant à donner des explications.

— Pourquoi le ferions-nous ? Cela ne nous regarde pas, en effet.

— C'est ce que j'ai pensé, également. Cela n'est pas de notre ressort, confirma la Reine de Jade. Toutefois...

Le peuple attendait :

— Elle a instillé le doute dans mon esprit, lorsqu'elle m'a signifié la puissance du mal auquel ils sont confrontés. Aujourd'hui, certes, nous ne sommes pas inquiétés par ces monstres...Ils ne connaissent pas notre présence. Mais leur puissance est très grande, au-delà de ce que nous pouvons imaginer, bien au-delà de la barbarie des peuples qui hantent les parages. Non, ceux-là sont bien pires ! Ils peuvent vous entraîner dans le néant, dans les abysses du mal, ils sont pervers et machiavéliques, avides de vengeance ! Pour eux, une vie quelle qu'elle soit, n'a aucune importance. Elle ne leur sert que pour asseoir leur domination, et les ténèbres sur toute la contrée...Qui nous dit que demain, nous ne pourrions pas être inquiétés à notre tour ?

— Il faut donc nous protéger ! Sur tous les fronts ! conclut Jared.

— Mais la jeune fille sait que nous existons, à présent ! objecta à son tour une voix craintive.

— Oui, c'est cela, continua la Reine. Lorsque dans ma grande mansuétude, j'ai accepté de l'aider, j'ignorais toute cette histoire...Je pensais qu'il s'agissait juste d'une voyageuse égarée. J'ai été bien imprudente, je l'avoue.

La Reine apposa ses mains fines sur son visage, en signe de perplexité et de regrets.

— Mais maintenant, il est bien tard pour revenir en arrière...hélas ! Nous allons être impliqués dans cette histoire, que nous le voulions ou non ! C'est ce qui me désole ! Voilà ce qui arrive quand on est trop bon !

A ce moment-là, la foule galvanisée et hétéroclite se leva, comme mue d'une seule impulsion, et hurla, les bras levés et les poings serrés :

— Nous ne voulons pas intervenir dans un conflit qui ne nous regarde pas !

La Reine, ainsi que Jared, se levèrent, et firent taire l'assemblée, par des gestes d'apaisement.

— Mais, heureusement, tout n'est pas perdu ! Elle est pour le moment de toute façon en lieu sûr, dans la Plaine aux Coquilles. Il y a la barrière érigée entre elle et son peuple, qui fait qu'ils ne pourront pas se rejoindre. La Reine partit d'un grand rire, découvrant une rangée de dents éclatantes, comme pour saluer sa propre rouerie, et très satisfaite d'avoir berné aussi facilement la jeune fille.

La foule à nouveau s'exalta, et des cris d'assentiment fusèrent de l'assistance.

— Mais…reprit la Reine. Il y a un autre élément qui m'a fait revenir sur ma décision…Un événement…capital…de la plus haute importance !

L'auditoire se tut subitement, et tous les visages se tournèrent vers celle qui se délectait de l'effet produit par ses paroles sur ses sujets. Ceux-ci avaient les yeux et la bouche grands ouverts, tels des fanatiques serviles et acquis à l'avance, dans l'expectative d'une révélation qu'ils devinaient comme primordiale. Ils étaient immobiles et silencieux :

— Je ne peux pas encore me prononcer avec certitude…Il est pour le moment trop tôt pour nous réjouir…

L'assemblée, déçue, lâcha un :

— Oh…

La Reine reprit alors :

— Mais toutefois, sachez que l'espoir d'une vie meilleure a fait son entrée dans notre Royaume…Et…si cela se confirme…nous le saurons d'ailleurs dans les mois qui viennent…alors nous pourrons à nouveau recouvrer notre puissance…

Les sujets n'eurent au prime abord aucune réaction, croyant sans doute avoir mal entendu.

La Reine attendit quelques secondes, puis s'agaça de l'attitude amorphe de son peuple. Elle répéta :

— Avez-vous entendu ? Elle m'a avoué attendre…

Elle fit une pause, et prononça les dernières syllabes en changeant de ton, pour mieux en souligner l'importance et goûter la saveur indicible de la nouvelle, tant elle lui paraissait improbable et merveilleuse à la fois :

— Un enfant !

— Aaaaaaaaaah !

Une onde de satisfaction parcourut alors l'assistance, qui se répéta le mot pour mieux s'en imprégner. La béatitude déferla cette fois sur la foule de visages pressés telle une vague qui vient caresser le rivage.

— Enceinte…enceinte…enceinte…

Ils se répétèrent le vocable qui défila sur toutes les lèvres, comme un nectar dont ils auraient été privés depuis si longtemps et dont ils avaient oublié la saveur. Le mot voltigea par-delà la canopée, par-delà les monts, rebondit sur les flancs des montagnes, comme un baume salvateur et vint remplir d'aise les esprits des Éphémères, qui affichèrent un sourire béat. Il signifiait tellement pour ce peuple.

— Enfin, nous aurons un « enfant » ! Notre peuple sénescent n'en a plus eu depuis des lunes, et était appelé à s'éteindre, sans descendance ! Nous seuls savons combien nous nous sommes désolés de cet état de fait ! Mais malheureusement, toutes nos entreprises se sont révélées vaines ! Si ce nourrisson survit, il sera mon propre enfant, et sera appelé à régner après moi ! annonça la Reine qui exultait de bonheur.

Ses épaules furent secouées d'un rire convulsif, qu'elle ne put réprimer, et qui frisait l'hystérie.

L'assemblée s'agenouilla tout d'abord, le regard tourné vers les cieux, en guise de remerciement, le regard dévot, comme si la nouvelle était le cadeau d'une entité supérieure, qui avait exaucé leurs prières, maintes et maintes fois répétées. Ils avaient en effet invoqué le soleil, la lune, et les astres, au cours de multiples cérémonies païennes, mais à chaque fois sans succès. Puis ils se levèrent et une armée de mains et de bras s'éleva dans le ciel, pour hurler et laisser éclater bruyamment leur joie indicible.

Jared se leva, d'un geste de la main appela au calme et prit à son tour la parole :

— Au-delà de cette bonne nouvelle, cet enfant est le descendant direct d'Ethan, Roi des Anastasiens ! Son premier fils ! Si les choses se passent mal, nous pourrons également le négocier !

La Reine prononça alors ces paroles, qui claquèrent dans l'air comme les lanières d'un coup de fouet :

— C'est pourquoi nous garderons ce bébé ! Il sera nôtre dès sa naissance !

La foule en liesse acclama la Reine et poussa des hurlements d'allégresse. La forêt retentit et trembla sous les hourras et les vivats !

La jubilation dura une grande partie de la nuit, jusqu'à ce que le soleil décrive son orbe ascendant dans le ciel du matin.

La Reine désigna un garde parmi la foule, un homme de granit :

— Tu veilleras sur cette coque qui abrite à présent cette jeune fille, nuit et jour. Jusqu'ici, la plaine aux coquilles n'abritait plus de femmes parturientes. Mais aujourd'hui, elle est à nouveau féconde. Va ! Il dépend de ta vie qu'il ne lui arrive rien ! Cet héritier est l'avenir de notre peuple ! C'est une grande marque de confiance que je t'accorde, et j'espère que tu sauras t'en montrer digne !

L'homme de granit à la couleur grise s'agenouilla en signe d'allégeance et prit la direction de la plaine aux coquilles.

Il savait en effet qu'il ne pesait rien face au trésor que renfermait la coque protectrice en pierre fine, mais aussi dure que du diamant, la chalcopyrite.

CH.19 LA DÉLIVRANCE

Lisa se réveilla brutalement, sentant des assauts répétés dans son ventre. Depuis combien de temps s'était-t-elle assoupie ? Elle n'en eut pas conscience, perdue dans les limbes du repos bienfaiteur, confortablement lovée dans son alcôve protectrice. Elle s'était laissée bercer par le doux balancement hypnotique de la coque, qui flottait en apesanteur, légèrement surélevée au-dessus du sol. Sa pensée s'était diluée, puis complètement annihilée. Elle avait essayé de lutter, mais en vain. Ses paupières s'étaient alourdies, et une profonde torpeur s'était emparée d'elle. Dans son alcôve, elle avait entendu le sac et le ressac régulier des vagues de l'océan, et le mugissement du vent, comme un coquillage qui lui renverrait sans fin cet écho lointain. Alors, elle s'était enroulée sur elle-même tel un chat qui se met en boule, les bras croisés sur sa poitrine. Elle avait rêvé d'êtres de granit, d'autres qui sourdaient des arbres et étaient revêtus de chlorophylle. Elle ouvrit les yeux, et soudain, la réalité brute lui claqua à la figure comme une fulgurance :
— Nooon, il ne s'agissait pas d'un rêve, c'est réel !
Elle ressentit soudain un profond malaise. Sa tête était lourde, sa bouche pâteuse, mais les souvenirs affluèrent à présent en ondes successives. Elle se souvint s'être éloignée du village et du château de la Villardière, elle avait erré dans la forêt, puis il y avait eu cette attaque. Les arbres qui parlaient. Ensuite était apparue cette femme mystérieuse, qui se disait être Reine…
Elle essaya de s'étendre, mais ses gestes se heurtèrent aux parois de l'alcôve.
« Ethan ? » Elle avait tenté de le rejoindre, mais avait percuté une barrière de cristal, infranchissable. Elle effleura la coque et étudia les petites aspérités rugueuses sous ses doigts, pour en tester la solidité. Elle la tapota également. Le son mat lui fit comprendre qu'elle était solide.
« Quelle étrange situation que celle où je me trouve actuellement. On m'a tout d'abord ordonné de partir rejoindre les miens, puis subitement, on m'a signifié le contraire, et amenée dans ce curieux habitacle ! Je n'en avais jamais vu de semblable ! songea Lisa, perplexe. Apparemment, quelque chose s'est passé, mais quoi ? »
Les coups dans son ventre se répétèrent. Elle le tâta et y constata une enflure proéminente. La stupeur s'inscrivit sur son visage, comme si elle niait l'évidence :

« Les vomissements ! J'étais enceinte ! »

A nouveau elle palpa son abdomen rond et en sentit la peau tendue telle une digue prête à se rompre.

« Neuf mois, j'ai passé neuf mois là-dedans ! Ô ciel ! »

Des douleurs la prirent soudain, d'abord à peine perceptibles, une onde légère qui envahit son bas-ventre. Puis elle sentit un liquide chaud couler entre ses cuisses. La panique s'empara d'elle :

« Que m'arrive-t-il ? Je…Je suis en train d'accoucher ! Seigneur, que dois-je faire ? »

Les ondes se rapprochèrent, pour déferler en elle à intervalles réguliers. Elle avait de plus en plus mal. Elle tâta les parois de son alcôve, à la recherche d'un loquet ou d'une porte pour s'extraire le plus vite possible.

« Il n'y a pas assez d'espace pour accoucher là-dedans ! Il faut que je sorte ! »

Totalement tirée de sa léthargie, elle fut heureuse de trouver une clenche qu'elle actionna. Elle se laissa couler au pied d'un genévrier. Elle se retrouva dehors, titubante et hagarde, les cheveux en bataille, les deux mains postées sur son abdomen. Les contractions maintenant rapprochées la faisaient grimacer. Son instinct de femme lui sommait de trouver un endroit sûr pour s'allonger et mettre son enfant au monde. Elle scruta l'horizon autour d'elle. Elle se trouvait dans une plaine, entourée de montagnes. L'herbe rase était trouée par quelques rares arbustes ou buissons de ronces. Mais devant elle, les branches basses des sapins lui annoncèrent l'entrée de la forêt salvatrice. Soudain, un homme s'avança. Du moins en avait-il l'allure de loin. Mais une fois qu'il se fût rapproché d'elle, Lisa fut étonnée de se trouver face à une statue vivante, aux proportions parfaites. Elle chercha son regard, mais se heurta à des orbites creuses, celles que le sculpteur aurait creusées avec son burin. Lisa recula, effrayée.

La statue parla alors, d'une voix posée, de laquelle ne transparaissait aucune animosité ni malveillance :

— Il est temps, n'est-ce pas ?

Lisa se courba en deux face à une contraction violente :

— Oui, lâcha-t-elle, le souffle court, haletante.

Comme surgies de nulle part, des servantes arrivèrent à leur tour, la tête encapuchonnées dans leur capeline. Elles conduisirent Lisa par la main, jusqu'à un grand hêtre majestueux, dont les branches basses feuillues et denses tombaient jusqu'au sol, lui offrant ainsi une alcôve naturelle, à l'abri des regards. Sous l'arbre, un tapis de mousse épais lui ferait un écrin confortable. Lisa n'eut pas le temps d'évaluer si l'endroit lui convenait. Pliée en deux sous la douleur des contractions de plus en plus rapprochées, elle avait l'impression d'être écartelée vivante.

« Est-ce cela « accoucher » ? Est-il nécessaire de souffrir autant ? Que cela se fasse le plus vite possible alors ! La douleur est trop forte ! »
Elle hurla, et seuls ces cris parurent lui apporter un soulagement. Son corps ne lui appartenait plus. Il n'était que le réceptacle abritant le petit être qui demandait à naître, lui lacérant les flancs, lui brisant le dos, lui dévorant les entrailles, anéantissant son être tout entier, pour ne se transformer qu'en une douleur indicible, qui lui parut durer une éternité. Des gouttes de sueur dégoulinèrent sur ses traits crispés. Ses hurlements retentirent dans toute la forêt. Son instinct lui commanda de pousser, pour extraire le bébé. Elle enfonça ses ongles dans l'écorce du hêtre sans même s'en rendre compte. Pousser, pousser de toutes ses forces. Elle ferma les poings, prit une grande inspiration et tenta à nouveau d'expulser l'enfant. Peine perdue. Elle lança un regard effaré autour d'elle et se mordit les lèvres. Les êtres étrangement vêtus de longs manteaux avaient disparu, et ne lui seraient d'aucune aide. Elle devrait se débrouiller toute seule, quoiqu'il arrive. Elle reprit une longue inspiration et fit une nouvelle tentative, qui ne fut pas meilleure que la précédente. Elle avait perdu la notion du temps depuis longtemps, mais toutefois elle eût l'impression que « cela » s'éternisait. L'enfant n'avait pas hâte de quitter son ventre. Était-ce sa propre appréhension qu'elle lui transmettait inconsciemment ou était-il mû par une prescience innée ? Il semblait appréhender par avance le long chemin de la vie.Le soleil qui se trouvait à présent haut dans le ciel lui fit comprendre qu'elle luttait depuis plusieurs heures maintenant. Il fallait qu'elle l'expulse coûte que coûte, il en allait de leur survie à tous les deux. Les douleurs violentes et régulières lui battaient les entrailles et l'épuisaient.
« Quand cette torture va-t-elle cesser ? Je n'en peux plus ! » se désespérait Lisa.
Dans un effort supplémentaire, elle griffa le tronc qui garda ses striures comme les stigmates de sa souffrance. Elle prit à nouveau une profonde inspiration, et donna une poussée plus forte que les autres. C'est alors qu'elle sentit enfin la délivrance. La tête de l'enfant était enfin passée, le reste du corps glissa aisément entre ses jambes. Elle entendit un vagissement. Elle se redressa pour accueillir dans ses mains un petit être gluant et violacé :Il s'agissait d'un garçon. Alors, à ce moment-là, elle comprit la justification d'une telle souffrance. Comme si le supplice enduré était à l'aune du bonheur qu'elle ressentit en accueillant son fils nouveau-né dans ses bras. Une joie indicible s'empara d'elle, souveraine, toute-puissante, et une vague d'amour la submergea envers l'enfant.Il ouvrit les yeux et chercha aussitôt ceux de sa mère. Deux petites prunelles noires la scrutèrent intensément et le dialogue puissant et unique au monde s'établit aussitôt :

« Comment ai-je pu douter un seul instant lorsque j'ai su que j'étais enceinte ? Penser que j'allais faire « passer » cet enfant ? Il n'y a rien de plus beau au monde que d'enfanter ! Je suis mère à présent ! »

Elle regarda son fils : il était si petit, si fragile, mais tellement parfait. Elle caressa sa peau douce et blanche, encore enveloppée d'un peu de sang, qu'elle nettoya délicatement, vérifia ses membres, déplia ses petits doigts. Elle ne sut comment couper le cordon ombilical, mais n'ayant pas d'ustensile sous la main, elle le sectionna avec ses dents. Elle se mit à rire, un rire qu'elle ne put réprimer, qui lui secoua les épaules, prit l'enfant entre ses bras et l'éleva au-dessus d'elle, triomphante, ne quittant pas des yeux le nouveau-né. Des sentiments d'exaltation et de fierté l'envahirent. Soudain une haute silhouette se présenta à ses pieds : la Reine de Jade, accompagnée par deux de ses suivantes.

— Il est magnifique ! la félicita-t-elle. Quel bel enfant « nous » avons là !

Une rapide inspection des yeux lui permit de constater que le nouveau-né était de bonne constitution et qu'il ne présentait aucune malformation.

Contrairement aux autres jours où elle n'affichait qu'un visage de marbre, elle tentait vainement de cacher son excitation frénétique. Mais au lieu d'afficher un sentiment maternel, les traits de la Reine reflétaient un désir avide d'arracher le nourrisson à sa mère naturelle.

— Si tu savais comme j'ai attendu ce moment-là ! C'est un jour mémorable pour « notre » Royaume, le plus grand jour depuis des lunes et des lunes…

La Reine afficha un sourire radieux, ne pouvant contrôler le frémissement de ses lèvres. Elle tendit aussitôt les bras pour s'emparer de l'enfant. Lisa eut un mouvement de surprise et se raidit, la hâte de la Reine lui paraissant subitement suspecte.

— Euh, oui…Mais pourquoi ne me le laissez-vous pas ? Mon enfant vient à peine de voir le jour…Où voulez-vous l'emmener ? demanda Lisa, inquiète, ses beaux yeux bleus essayant de sonder le regard si énigmatique de la Reine, pour percer ses intentions réelles.

Ignorant la résistance de la jeune fille, elle tenta de la rassurer, d'une voix mielleuse :

— Allons, ne sois pas bête, nous allons l'emmailloter et lui donner les premiers soins. Donne-moi l'enfant Lisa, et repose-toi en attendant, tu en as bien besoin.

Son ton persifleur et son air de fausse bienveillance n'échappèrent pas à Lisa. Son instinct lui commanda de lutter :

— C'est « mon » fils, « mon » enfant ! Je veux le nettoyer moi-même, et ensuite je le nourrirai de mon propre sein ! dit-elle en tenant l'enfant serré contre elle.

La Reine et ses suivantes ignorèrent sa remarque. Lisa sentait que quelque chose « n'allait pas », elle n'était pas en confiance. L'empressement de la Reine à vouloir s'emparer de l'enfant lui parut douteux, ainsi que sa réaction exaltée à la vue du nourrisson. Elle se releva subitement, malgré sa faiblesse.

— Allons ! Tu te tracasses vraiment inutilement ! Ne te mets pas dans des états pareils pour rien ! persifla la Reine.

Elle tendit à nouveau les bras vers le nourrisson. Lisa ne céda pas, les lèvres serrées, se tenant droite devant la reine et ses servantes. Elle eut alors un mouvement de recul, prête à prendre la fuite. La reine en eût conscience et fit un petit geste imperceptible de la main en direction de ses suivantes. Elles s'avancèrent vers Lisa et d'un mouvement brusque, lui arrachèrent le nourrisson qui se mit à vagir.

Le groupe de femmes se fondit dans la forêt, faisant fi des protestations de la jeune mère, la laissant seule et désemparée, et sans autres égards.

Celle-ci n'eut pas d'autre choix que d'obtempérer, étant trop épuisée pour se révolter. Elle regarda son fils s'éloigner avec un mauvais pressentiment, triturant nerveusement ses doigts, en proie au doute. Elle venait de comprendre qu'on lui avait ravi son enfant, sans autre forme de procès. Elle s'effondra au sol, abattue et découragée :

« J'ai à peine eu le temps de le voir…Je n'ai même pas pu le nommer… »

Puis une autre pensée la traversa :

« C'était donc ça : c'est pour cela qu'ils ne m'ont plus repoussée dehors…A partir du moment où ils ont su que j'étais enceinte…Comme c'est curieux, je n'ai vu aucun enfant dans ce royaume… »

Puis la crainte l'envahit :

« Mais que vont-ils en faire ? »

Après l'immense joie qui l'avait gagnée à la naissance de son fils, le désarroi s'empara d'elle à nouveau : elle était décontenancée, affaiblie et perturbée, en proie aux doutes les plus terribles :

« Que dois-je faire à présent ? «

Elle se prit la tête entre les mains :

« Je ne sais pas, je ne sais plus… »

Mais la fatigue prit le dessus, sa tête roula pesamment sur le côté et elle sombra dans un sommeil agité.

CH.20 Il Y A SI LONGTEMPS LISA !

Ethan fut tiré de son sommeil par une grosse fourmi qui s'était égarée sur son visage, et qui était allée se nicher à présent dans l'entrelacs de ses cheveux, attirée sans doute par l'odeur âcre de sa sueur. Le soleil du matin éraflait pourtant le ciel de sa coulée d'or et annonçait une journée radieuse. Il se sentait ragaillardi après plusieurs jours de soins prodigués par Sachiel. Vania avait été écartée, et une autre jeune fille était venue changer ses pansements, l'avait nourri et abreuvé. Il se redressa difficilement, sentant encore des élancements dans sa cage thoracique. Mais il parvenait à présent à insuffler l'air dans ses poumons sans que cela lui broie les côtes. Il promena son regard sur les angles arrondis de la tente, un bras replié sous sa tête. Et soudain, les mêmes pensées l'assaillirent :

« Je suis là à me prélasser, alors que je ne sais même pas où est Lisa ! »

Son âme était en lambeaux. Il se sentait terriblement responsable de tout ce qui était arrivé jusqu'ici. Pendant ses longs jours de convalescence, il avait eu le temps de réfléchir à ses actes. Des regrets, il en avait certes, mais à quoi bon ? Il ressentait une profonde colère contre Vania certes, mais plus encore contre lui-même. Il avait succombé aux charmes incontestables de la jeune femme, mais il avait cédé à ses instincts tel un animal en rut, incapable de dominer ses pulsions, balayant en si peu de temps tout le bonheur et la confiance instaurés avec Lisa. Il avait blessé la jeune fille à tout jamais, lui infligeant un chagrin démesuré, rompant le pacte de respect tacite qui les liait tous les deux, brisant la confiance qu'elle avait placé en lui.

« Que lui est-il arrivé ? Où est-elle à présent ? Est-ce qu'elle est seulement encore en vie ? »

Son état d'abattement n'était pas uniquement lié à ses blessures. Il s'était enfermé dans un silence mutique, ressassant sans cesse les mêmes questions, qui instillaient dans son esprit et son sang un poison vénéneux et destructeur. Il se méprisait pour ce qu'il avait fait. Sans le vouloir, il avait humilié Lisa, sa Lisa la courageuse, l'intrépide, Lisa sa guerrière, celle qui n'hésitait pas à mettre sa vie en danger pour sauver ses proches ou ceux qu'elle aimait, entière et loyale, comme elle l'avait prouvé déjà par le passé.

« Qui a érigé cette barrière ? Lisa doit certainement se trouver derrière, mais pourquoi ? »

Il tâta ses côtes, pour en éprouver la douleur. Celle-ci avait presque disparu.

« Je ne peux plus rester ici, sur cette couche ! L'inaction me rend fou ! »

Il se redressa, mû par une impulsion soudaine. Il retira fébrilement ses cataplasmes d'onguents, les rejeta au sol, puis s'essuya les côtes avec un linge en toile de chanvre.

« Je vais repartir à sa recherche ! Je la retrouverai, vive ou morte ! je ramènerai son cadavre, ou je pourrirai à côté d'elle, peu importe ! »

Il enfila une tunique, ajusta son armure par-dessus. Il était tellement plongé dans ses pensées, qu'il ne vit même pas Sachiel écarter les rideaux et faire irruption dans la tente. Il sursauta lorsqu'il se retourna et faillit le heurter.

— Ethan ! Tu parles tout seul maintenant ! lança Sachiel sur le ton de l'humour.

Puis voyant Ethan revêtir son armure :

— Je suis bien heureux de constater que tu vas beaucoup mieux, mais où pars-tu ?

— Je vais chercher Lisa ! Ce n'est pas bien difficile à deviner !

Il enfila son haubert, s'empara de son heaume. Ethan fit face à Sachiel, le regarda droit dans les yeux :

— Je pars sur le champ ! Tu me comprends n'est-ce pas ? Je dois la retrouver ! Je ne peux plus rester ainsi dans l'incertitude ! Surtout que je sais que tout cela est arrivé par ma faute !

— Mais Ethan, attends-moi, je viens avec toi, c'est l'affaire d'un quart d'heure ! Juste le temps de réunir mes affaires, et je t'accompagne !

— Non ! Excuse-moi, je n'ai plus le temps de t'attendre ! Peux-tu juste me prêter un cheval ?

— Mais bien sûr quelle question ! Prends mon étalon noir ! Il est fougueux et très résistant !

Sachiel comprit qu'il était inutile d'insister lorsque son ami se trouvait dans cet état de détermination et d'agitation.

— Merci à toi !

Les deux compagnons s'étreignirent en se donnant des tapes amicales dans le dos, émus.

— Prends soin de toi, et ramène-nous Lisa !

Il se dirigea vers le cheval, qui sentant le départ, se mit à hennir et gratta le sol de son sabot.

— Oh, une dernière chose : si tu veux me rejoindre, avec Erin et Jonathan, prenez avec vous de solides massues ! Ce n'est pas dit que nous réussissions, mais nous tenterons de briser cette…barrière !

— Ce sera fait, Ethan ! Tu peux compter sur nous ! le rassura Sachiel avec un sourire confiant à l'adresse de son ami.

Ethan n'eut aucun mal à se souvenir du chemin qui le mènerait à l'endroit où il avait aperçu les traces de la jeune fille dans la forêt.Pour marquer son parcours, il avait fait quelques entailles à l'aide de son couteau sur des troncs de sureau noir, car les buissons denses de fougères noyaient l'espace alentour dans un tapis végétal diffus. Il s'était armé de sa flamberge, ainsi que d'un fléau d'armes. Il ne craignait personne, et nul ne viendrait à bout de sa volonté farouche. Il balaierait quiconque s'interposerait, même s'il devait s'agir des monstres, qui l'avaient lourdement blessé alors qu'il se trouvait devant la barrière.

Il chevaucha pendant plusieurs heures, sans s'arrêter. Des buissons d'églantine lui strièrent les cuisses, mais il n'en avait cure. Il rabattit d'une main les branches de sapins qui lui fouettaient le visage, le regard droit devant lui, à l'écoute néanmoins des bruits de la forêt, circonspect. Seul l'écho des sabots de son cheval retentissait dans la canopée. Il ne perçut aucune menace, lorsqu'il se retrouva à l'endroit où ils avaient repéré les fleurs d'airain, bien loin du campement de Sachiel. Elles se dressaient toujours au même endroit, emblématiques et annonciatrices d'une frontière, érigeant leurs pétales de bronze vers le ciel comme un défi. C'est alors qu'il aperçut une forme humaine. Elle se tenait recroquevillée sur elle-même, la tête entre les mains, sa chevelure abondante frôlant le sol. L'émotion l'étrangla. Il aurait reconnu cette silhouette entre mille. Sans hésitation, il cria :

— Lisa !

Elle ne l'entendit pas. Il cria plus fort :

— Lisa !

La jeune femme releva la tête. Elle sursauta, n'en croyant pas ses yeux :

— Ethan ! Oh Ethan !

Elle se redressa d'un coup. Son élan fut à nouveau bloqué par la barrière de cristal. Elle plaqua ses mains sur la paroi, et la frappa comme pour la briser, de toutes ses forces. Ses yeux démesurés cherchèrent ceux d'Ethan et les rencontrèrent. Dès cet instant, il sut qu'elle lui avait pardonné. Il plaqua son visage contre celui de Lisa, et les larmes jaillirent sans qu'il puisse les contrôler. Bouleversé, les mots restèrent bloqués au fond de sa gorge. Il la contempla sans fin, afin de reconnaître chaque détail de son visage, la petite ride qu'elle avait sur le front, entre les deux yeux, un petit grain de beauté à la naissance du cou, unefine cicatrice à l'arcade sourcilière, ce qu'elle appelait ses petites imperfections, mais qu'il adorait. Les épreuves n'avaient pas altéré sa beauté et sa fougue. Il la retrouva telle qu'il l'avait laissée. Ce fut elle qui parla en premier :

— Oh Ethan, enfin ! Cela fait si longtemps que j'attendais ton retour !

Il dodelina de la tête.

— Lisa…Pardonne-moi…s'il te plaît…supplia-t-il.

La jeune femme mit un doigt sur sa bouche :

— Chuuuut…

Les deux jeunes gens se dévorèrent des yeux, indifférents à tout ce qui les entouraient. Ils s'enivrèrent du bonheur du moment présent, précieux mais tellement fragile, et dont la magie pouvait être brisée à tout instant. La séparation dont ils avaient souffert tous les deuxdécupla l'émotion provoquée par leurs retrouvailles, et la magnifia en même temps. Le temps s'arrêta, et le doux visage de Lisa, ses lèvres pleines, ses yeux d'un bleu si profond, l'ovale de son visage tournoya en une sarabande effrénée devant Ethan, lui renvoyant une onde d'allégresse. Il s'approcha pour l'embrasser, mais la barrière l'empêcha de la toucher. Il plaqua alors ses lèvres sur les siennes, se perdant dans les promesses voluptueuses de son regard, voulant l'absorber tout entière pour la posséder ensuite, au-delà de cette foutue barrière. Il était fou de désir pour elle, un désir qui le traversa comme une fulgurance, exacerbé par les limites de l'enceinte. Ils savaient tous deux que le temps leur était compté, qu'ils étaient observés, sans savoir exactement par qui ni comment. Puis il baissa les yeux et remarqua une fine estafilade sur son avant-bras.

— Qu'est-ce qui t'est arrivé ?

— Une blessure infligée par les Aurochs, murmura-t-elle, comme si tout cela n'avait plus d'importance à présent.

Ethan frappa rageusement contre la paroi de cristal de roche.

— Ce n'est rien, « ils » m'ont aidée et guérie ! obtempéra Lisa.

— Qui ça « ils » ?

Comme si elle avait peur de le perdre à nouveau ou de n'avoir pas le temps une nouvelle fois de lui dire ce qui lui brûlait les lèvres et qu'elle n'avait pas pu lui annoncer neuf mois plus tôt, elle lui expliqua :

— Je te raconterai plus tard…j'ai beaucoup plus important à te dire :Ethan…tu as…un fils…

Le jeune homme n'en crut pas ses oreilles. Il regarda Lisa, incrédule. Il ouvrit grands les yeux, la stupéfaction inscrite sur son visage.

— Un fils me dis-tu ?

La tête lui tourna subitement, comme s'il était ivre. La canopée dansait devant ses yeux, mue par les mots suaves et doux du bonheur. Il lui sembla à ce moment présent que sa vie n'avait été vécue que pour entendre ces mots délicieux prononcés par la femme qu'il aimait. Il en oublia presque la barrière. Non seulement il avait retrouvé Lisa, mais en plus elle lui annonçait qu'elle avait eu un enfant…de lui. Il était submergé de bonheur.

— Mais…où est-il ? Où est notre fils ? la pressa-t-il, dans l'expectative et l'impatience.

— C'est trop long à t'expliquer. Comme je te l'ai dit, j'ai été attaquée par les Aurochs alors que je m'enfuyais, puis aidée par un peuple…les Éphémères. Ce sont eux qui s'occupent de notre fils, à présent.

— Comment ça, « ils » s'en occupent ?

Ethan s'impatienta :

— Sais-tu où il est ? L'as-tu revu depuis ton accouchement ?

Traduisant les doutes qui avaient assailli Lisa quelques jours plus tôt, elle baissa la tête et fit signe que non.

— Mais Lisa, ils ne le protègent pas, ils s'en sont emparés ! C'est ça ! Notre fils est de sang royal et appelé à régner après nous !

Ethan était atterré. Le bonheur qu'il caressait un instant auparavant lui sembla s'effondrer comme un château de cartes. Il soupira.

— Et cette barrière, qu'est-ce que c'est ? Pourquoi est-elle là ?

— Je ne sais pas du tout…J'ai pu entrer facilement dans ce Royaume, sans m'en rendre compte…Mais je n'ai pas pu en ressortir. Elle n'est pas visible, mais elle est bien là, néanmoins. Elle est infranchissable !

— Ce sont donc eux qui t'ont gardée contre ton gré ! hurla Ethan hors de lui. Je t'ai cherchée partout, depuis des mois ! Comment ont-ils osé ?

Il venait de réaliser que Lisa était en effet prisonnière de ce peuple, qui venait de surcroît lui ravir leur fils. Son enthousiasme céda la place à l'abattement. Il s'acharna à nouveau contre la barrière, donnant de puissants coups de poing rageurs, puis renonça devant la solidité de l'édifice.

— Que pouvons-nous faire à présent ?

Lisa s'agita à son tour, certaine à présent d'être retenue captive par les Éphémères. Elle poussa à plusieurs reprises la barrière de cristal, la martela de ses poings, se balançant de droite et de gauche, tel un phalène prisonnier de son piège de lumière.

— Calme-toi Lisa ! exhorta Ethan. Écoute-moi !

Lisa s'apaisa.

— Maintenant que je sais que tu es en vie, je vais retourner au château, rejoindre Erin et Valère ! Notre royaume est devenu beaucoup trop dangereux ! Les Aurochs multiplient les rafles ! Nos gens ne peuvent plus sortir ni travailler. Je vais organiser leur fuite ! Nous viendrons ici, du moins provisoirement…Nous trouverons un moyen de pénétrer dans ce royaume, de l'autre côté de cette barrière. Peu importe ce que nous y trouverons ! Ce sera toujours mieux que de rester là où nous sommes, à attendre de nous faire massacrer sans rien faire !

Lisa le regarda, dubitative, ne sachant si elle devait se réjouir ou déplorer ce qu'Ethan lui annonça, trop heureuse de l'avoir retrouvé et déçue en même temps de l'annonce de son départ. Elle fronça les sourcils, puis acquiesça d'un petit signe de tête, baissant les yeux.

— Reviens-moi vite Ethan, et fais attention à toi, s'il te plaît, je ne supporterai pas qu'il t'arrive quelque chose, dit-elle, la voix étranglée par l'émotion.

—Je te le promets, murmura Ethan en lui envoyant un baiser en soufflant sur sa main.

Lisa le vit s'éloigner à contrecœur, jusqu'à ce qu'il devienne un tout petit point à l'horizon.

CH.21 FUIR OU MOURIR

Ethan arriva au Château de la Renardière au grand galop. Il avait traversé la contrée d'une traite, sans s'arrêter, pour ne pas attirer les ennemis. En arrivant au village de Valensol, l'état d'abandon et de désolation du hameau lui sauta soudain au visage. Il ralentit son allure, et passa lentement, au trop entre les masures. Le bourg lui sembla en effet désert, vidé de ses habitants et des animaux. Un village fantôme. Il ressentit à la fois de la pitié et de l'affliction, ainsi qu'une colère immense.

« Mon village, qui autrefois regorgeait de vie, de cris d'enfants, de bêlements ! Voilà ce qu'« ils » en ont fait ! Un lieu de désolation et de tristesse ! »

Le silence qui régnait le frappa de plein fouet. Quelque temps auparavant à peine, il aurait entendu les cris des jeunes enfants bien avant d'arriver à la lisière du hameau. Au sol, il remarqua une poupée désarticulée. Plus loin, des outils de paysan rouillés : une faucille et une houe abandonnées dans un coin. Il passa devant un abreuvoir pour les vaches, rempli d'eau croupie.

« Ce n'est pas possible, je ne peux pas accepter cela ! Une seconde fois ! Je dois agir, et vite, avant qu'il ne soit trop tard ! »

Il talonna son cheval et galopa d'une traite jusqu'au château.

Il conduisit le hongre à l'écurie, lui servit une aune d'avoine dans son box et l'abreuva, puis se précipita dans la grande salle de la bâtisse. Il y trouva sa mère, Isabeau, qui était assise sur sa chaise. Erin et Valère s'apprêtaient à sortir de leur côté, pour faire le tour des fermiers et s'enquérir d'éventuels nouveaux dégâts, en espérant n'avoir pas à déplorer de disparitions supplémentaires. Lorsqu'ils le virent arriver, tous trois se levèrent d'un même élan :

— Oh Ethan, mon fils, te revoilà, Dieu soit loué ! se précipita Isabeau en l'étreignant dans ses bras.

De grands plis soucieux striaient son front.

— Ethan ! s'exclamèrent Erin et Valère qui se relevèrent à leur tour en même temps, signifiant ainsi leur joie de retrouver leur compagnon.

— Alors ? s'enquit Erin. Quelles sont les nouvelles ? As-tu retrouvé Lisa ?

— Oui, c'est fait !

A la mine réjouie du jeune homme, tous trois comprirent que la jeune fille était toujours en vie. Le soulagement s'inscrivit sur leurs visages, illuminés par deux sourires radieux. Ils lâchèrent un grand soupir :

— Comment va-t-elle ? questionna Valère.

— Bien, bien…répondit Ethan évasif. Je vous expliquerai tout cela, c'est un peu compliqué. Elle va bien, c'est l'essentiel. Mais il y a urgence ! J'ai traversé le bourg, et…sa gorge se noua, il fit un effort avant d'annoncer :

— C'est une désolation totale !

Il baissa la tête, les épaules voûtées, comme accablé par le chagrin, tournant le dos à ses compagnons.

— Oui, nous le savons, renchérit Valère. Le peu de gens qu'il reste se terrent et se cachent. Ils n'osent plus sortir de chez eux, même plus pour abreuver les bêtes…

— Il nous faut fuir ! lança Ethan. Nous devons rassembler nos gens et quitter nos terres !

— Partir ? Mais pour aller où ? « Ils » sont partout ! s'exclama Isabeau.

— Les rafles s'intensifient ! Les villages sont décimés, vidés peu à peu, exsangues ! Nous ne pouvons pas rester là à ne rien faire, attendre patiemment de nous faire asservir par ces créatures, retomber dans leurs filets maléfiques ! Encore une fois ! s'écria Ethan.

Une veine gonfla dans son cou sous l'effet de la colère, ses traits étaient crispés et tendus.

— Ethan a raison, clama à son tour Erin. Nous les avons vaincus une première fois, nous les vaincrons à nouveau !

Valère approuva à son tour également en hochant la tête.

— Mais où irons-nous ? Isabeau réitéra sa question.

Là-bas, là où Lisa est retenue, derrière cette barrière ! Lisa m'a expliqué, il y a un peuple curieux…

— Mais…objecta Valère, qui nous dit qu'ils vont vouloir nous aider ?

—Je vous le répète ! Il faut tenter de nous mettre à l'abri ! Il y a urgence ! Cette barrière est une frontière, derrière laquelle se cache un peuple, que nous ne connaissons pas encore. Mais si Lisa est en vie, cela signifie qu'ils ne nous sont pas hostiles.

— Lisa était toute seule ! Ils l'ont peut-être secourue. Mais arriver en nombre est une autre paire de manches ! réfléchit Erin à son tour.

— Oui, certes ! approuva Ethan.

Il trépignait d'impatience, soupirant, agacé d'avoir à convaincre ses compagnons d'un projet qui lui paraissait une évidence.

Erin continua :

—De plus, que vont-ils nous demander en contrepartie ? Y as-tu songé ?

— Mais bien sûr que j'y ai pensé ! s'exclama Ethan. Mais nous verrons cela une fois là-bas ! Chaque chose en son temps !C'est notre seul espoir, nous n'avons pas le choix !

Erin et Valère se turent, à court d'arguments, convaincus à leur tour par le raisonnement d'Ethan.

— Nous allons rassembler les hommes ! Il faut réunir tous ceux qui restent, nous les ramènerons chez nous tout d'abord et ensuite nous ferons la même chose chez les Alden ! Allons dépêchons-nous ! lança Ethan avec ferveur.

— Il faut également prévenir Sachiel, qu'il rallie son peuple !

Erin et Valère acquiescèrent. Ils se rendirent aussitôt dans le village de Valensol, et fouillèrent chaque maison pour y débusquer les habitants. Ceux-ci, apeurés, se terraient chez eux. Lorsqu'Erin et Valère se présentèrent aux portes des petites chaumières, ils ne répondirent tout d'abord pas à l'appel.

— Holà ! Il y a quelqu'un ?

Ils n'obtinrent aucune réponse. Alors, Erin mit ses mains en porte-voix :

— N'ayez pas peur ! Vous pouvez sortir sans crainte ! Nous sommes mandatés par notre seigneur pour vous ramener au château !

Lentement, ils sortirent. Ils étaient maigres et affamés, vêtus de guenilles, sales, le visage terreux, de grands cernes bistres sous les yeux. Une bouche édentée ânonna :

— Enfin ! Nous pensions que notre seigneur nous avait oubliés !

La femme du paysan dodelina de la tête en signe d'assentiment.

Valère les rassura :

— Ne croyez pas cela. Ethan de la Villardière était tout simplement très occupé ! Mais croyez-moi, il ne vous oublie pas. Il est au courant des grands dangers qui rôdent dans nos contrées ! C'est pourquoi nous sommes chargés, en son nom, de vous ramener au château !

Peu à peu, les chaumières se vidèrent, et une file d'hommes et de femmes dépenaillés, ainsi que d'enfants va-nu-pieds, les cheveux hirsutes, la morve au nez, se constitua. Valère les rassembla à l'orée du village, surveillant en même temps les alentours, scrutant les bois d'un regard furtif et circulaire, à l'affût des moindres mouvements dans les chênes ou les buissons. Puis une colonne d'hommes et de femmes se constitua, qui fut conduite au château.

La lourde herse de bois se leva, laissant s'engouffrer la cohorte de manants. Ceux-ci se rassemblèrent dans la basse-cour du château. Emma ainsi que des domestiques s'approchèrent et leur distribuèrent des vivres. A l'approche des chaudrons de soupe chaude, les manants se bousculèrent pour passer devant, et les domestiques durent intervenir. Les gueux se jetèrent dessus, lapant la soupe de poix d'un trait, léchant les dégoulinures le long de leurs bouches, puis engouffrant les tranches de pain noir avec avidité. Leurs faciès exprimèrent des rictus de satisfaction. Une fois rassasiés, Emma leur fit apporter des vêtements propres. Toute la journée, la basse-cour se remplit des hommes et des femmes ramenés des villages voisins. Puis le crépuscule recouvrit la vallée. Les hôtess'endormirent paisiblement dans l'enceinte protectrice du château, repus.

Le lendemain matin, Ethan se rendit dans la terre des Overlands, au campement de Sachiel. Lorsqu'il arriva, il trouva Vania accroupie par terre, en train de tanner une peau de chèvre. Elle leva la tête à son arrivée. Sa beauté le frappa à nouveau de plein fouet. Sa chevelure noire et abondante tombait en boucles brunes, brillantes de vigueur, jusqu'au sol. Quelques mèches recouvraient la naissance de ses seins. Il remarqua ses cuisses fuselées, légèrement entr'ouvertes, et fut pris d'un désir aussi soudain que violent. Elle darda sur lui ses yeux gris mais cette fois sans provocation aucune. Il réprima son attirance et se reprit aussitôt. La petite lueur dans ses yeux disparut bien vite. Sa faiblesse lui avait coûté si cher.

— Bonjour Vania. Où puis-je trouver Sachiel, s'enquit-il du ton le plus neutre qu'il pût.

Vania se redressa.

— Tu le trouveras sans doute à la forge ! Il est très occupé en ce moment !

Ethan se dirigea aux coups sourds portés sur l'enclume. A la vue de son ami, Sachiel interrompit sa conversation avec le forgeron et se leva pour lui donner l'accolade.

— Ethan mon ami ! M'apportes-tu de bonnes nouvelles ? s'enquit le jeune homme, un large sourire de bienvenue aux lèvres. Il s'informa tout de suite du sujet qui lui tenait à cœur :

— As-tu retrouvé Lisa ?

— Oui !

Il lui expliqua en effet où se trouvait la jeune fille.

— Dieu merci, elle est vivante ! Sachiel lâcha un grand soupir de soulagement, et un sourire radieux illumina son visage.

Puis Ethan exposa à son ami la raison de sa visite. Il raconta les rafles de plus en plus fréquentes au village de Valensol, ainsi que dans les bourgs voisins.

— Oui, je sais tout cela ! Par ici aussi les rafles se multiplient et le danger nous guette chaque jour de plus en plus. C'est pourquoi je fais fabriquer beaucoup d'armes et de cottes de maille. Nous vivons des temps très troubles en effet, dont nous nous serions bien passés.

Ethan marqua un temps d'arrêt, avant de poursuivre :

— J'ai rassemblé tous mes gens, y compris les serfs dans mon château. Nous devons fuir ! Je viens te convaincre de faire la même chose.

Sachiel eût la même réaction dubitative que les compagnons d'Ethan.

— Fuir ? Mais pour aller où ? Ne vaut-il pas mieux au contraire que nous restions dans nos villages et que nous nous défendions contre nos ennemis ?

Ethan contempla les traits fins de son ami.

— Sois réaliste ! Ils sont revenus ! Tu le sais comme moi !

Le jeune homme baissa la tête, en proie à un abattement soudain, ses longs cheveux noirs et raides lui tombant sur les épaules.

Ethan lui expliqua où était retenue Lisa, derrière la « barrière ».

— Une « barrière » dis-tu ? Mais qui se cache derrière cette enceinte ? As-tu déjà entendu parler de ce peuple ?

— Ma foi, non, avoua Ethan.

— Nous irions donc demander de l'aide et asile à un peuple dont nous ne savons absolument rien ? Personne n'a jamais entendu parler d'eux ! Pourquoi ? Qui sont-ils ? Ne trouves-tu pas cela complètement irraisonné et hâtif ?

— Les temps ne sont plus à la réflexion ! Nous devons prendre une décision, et rapidement !

Mitigé, Sachiel hésita, en soupirant et se mordant la lèvre inférieure, puis releva la tête et finit par acquiescer. Il donna une tape amicale dans le dos d'Ethan.

— C'est entendu ! Je te suivrai, ne t'inquiète pas !

Il avait confiance en Ethan. C'est lui qui avait dirigé les opérations lors de la première bataille. Il avait tout mené de front, prenant à chaque fois les décisions justes.

— Rassemblons nos gens Sachiel ! Donne-leur des armes, des épées, toutes celles dont tu disposes ! Si tu n'en as pas assez, apporte-leur des faux, des lances ! Retrouvons-nous demain sur le site de la Roche Bleue ! De là nous quitterons le grand chemin et nous prendrons vers l'ouest, en direction de la « Barrière ». Prépare également un charriot de vivres.

CH.22 LA PEUR

La mort rôdait et glapissait comme un chien aux abois. Le vent hurlait sa plainte lugubre et s'engouffrait dans chaque interstice des masures ainsi que des bois, comme la peur s'infiltrait dans les âmes, et les gangrénait chaque jour un peu plus.

« Ils » étaient là, se tapissaient dans l'ombre, à l'affût derrière une souche d'arbre, un bosquet. Ils guettaient de loin les manants, attendant le moment propice pour agir. Ils épiaient un habitant fourvoyé ou qui se serait attardé dans les chemins de la campagne environnante. Une lourde patte s'abattait alors massivement sur l'égaré, qui n'avait pas le temps de se signer, croyant avoir aperçu le diable en personne dans leurs orbites creuses. Les cris des victimes retentissaient dans les bois, que les arbres renvoyaient sans fin en écho, dans une litanie mortuaire. Les mâchoires claquaient, les crocs luisaient, les bêtes happaient l'air en même temps que les chairs.

Les villageois ne quittaient plus leur humble masure. Un rideau parfois s'écartait subrepticement, et un visage scrutait anxieusement l'horizon d'un coup d'œil circulaire et apeuré sur la campagne alentour. Mais nul ne sortait. Chez eux, les habitants s'agenouillaient et imploraient, du matin au soir, la prière étant leur seul antidote contre le mal, le repoussant et le tenant à distances.

Les bêtes ne sortaient plus des étables, et parfois une silhouette se glissait furtivement pour aller les nourrir et les abreuver.

Une fileuse avait abandonné son rouet au-devant d'un porche. La roue d'une petite voiture d'enfant en bois tournait toute seule, poussée par le vent.

Dans les champs, les moissons n'étaient pas récoltées et le blé trop mûr pourrissait sur ses épis.

Les colonnes grandissaient, se reconstituaient lentement. Le mal s'étendait comme la peste dispensée par une colonie silencieuse de rats. Ils n'étaient au départ que quelques-uns, ils sont maintenant des centaines.

En suivant Ethan et ses compagnons, ils avaient senti que l'espace alentour regorgeait d'êtres. Il y avait là tout un peuple qui se cachait, qui se terrait. Mais où étaient ces êtres ? Pour le moment, ils ne le savaient pas encore. Ils les sentaient ou les pressentaient plus exactement. L'air était empli d'exhalaisons suaves et douceâtres, qui les faisaient saliver.

Au loin un corbeau absorba le crépuscule en traçant de grands orbes noirs, accompagné de graillements rauques. Le temps s'était à nouveau figé dans l'immobilisme, gelant et fixant les hommes et les éléments dans les contours flous d'un négatif de bromure d'argent.

CH.23 JONATHAN, TON ÂME EN LAMBEAUX

Jonathan était resté seul au campement. Erin et Sachiel étaient partis retrouver Ethan, qui à peine rétabli, s'était précipité pour retourner à la barrière, à la recherche de Lisa.

« Dans leur hâte, ils ne m'ont même pas proposé de venir avec eux, songea-t-il. Qu'à cela ne tienne, je vais les rejoindre. Ils auront sûrement besoin de moi ! Croyaient-ils que j'allais rester seul au campement, en compagnie des…femmes ? » songea-t-il avec ironie, riant tout seul.

Il se rendit aux écuries, choisit un cheval bai. Il prit une lourde épée qui traînait dans un coin, au pommeau et à la garde finement ciselés et sertie de pierres précieuses. Il en testa le tranchant et un petit sourire de satisfaction au coin des lèvres, la ficha dans son baudrier. Il saisit les rennes du cheval et s'élança dans la forêt de feuillus. Il se laissa bercer par le pas régulier de son cheval, se souvenant avec précision du chemin à prendre pour arriver à la barrière. Le matin bleu et clair était égayé par une petite bise qui faisait frémir les trembles. La nature paraissait encore assoupie dans une douce torpeur, enveloppée dans les limbes du sommeil. Des gouttes de rosée matinale perlaient sur les tiges d'herbe haute.

« Se peut-il que les temps changent ? Que la quiétude que nous avons si durement rétablie soit à nouveau mise en cause ? » songea Jonathan avec inquiétude.

Il pensa à son frère.

« Comme je suis heureux de l'avoir retrouvé ! Ce frère dont je me souvenais à peine de l'existence ! Il a tout fait pour me délivrer, bravé tous les dangers. J'espère de tout mon cœur qu'il va pouvoir rejoindre Lisa…Il l'aime tellement ! »

Puis il se fit des reproches :

« Quelle idée d'être allée vers cette Vania ? J'aurais dû l'en empêcher ! Pourquoi n'ai-je rien fait ? »

Puis une autre pensée l'envahit, s'adressant toujours à lui-même :

« Mais que connais-tu de l'amour, toi ? Je connais à peine ma mère…Alors les femmes, autant dire que c'est un trop grand mystère pour moi. A la place de l'amour, je ne connais que les chaînes, et les brimades, et les privations. »

A la résurgence du passé, son cœur se serra. Il se sentit oppressé. Il émit un rictus qui étaya ses préoccupations.

« Est-ce que je ne serai jamais un jour comme tout le monde ? Je déteste la compagnie, hormis celle de mon frère. Je n'aime que la solitude…Puisqu'au fond, elle a été ma seule maîtresse durant toutes mes années de captivité ! »

Puis il s'adressa à nouveau à lui-même, mais tout haut, soutenant une conversation invisible avec son frère, qui se tenait à quelques lieues de lui :

« Tu sais très bien qu'Ethan ne supporte pas que tu aies ces pensées morbides ! Alors, chasse-les de ton esprit s'il te plaît ! »

Mais il avait beau essayer, les obsessions négatives revenaient vers lui comme un boomerang :

« Comment pourrai-je revivre normalement après ce que j'ai dû endurer ? Qu'attendent-ils de moi au juste ? Que je fonde une famille ?Foutaises ! Je ne sais même pas ce qu'est un sentiment. J'ai tout à apprendre ! N'aurait-il pas mieux valu au fond qu'il me laisse croupir dans cette cage, puisque je n'ai connu que ça ? Mon cœur et mon corps ne sont que des coquilles vides ! Vides ! Je n'ai connu que la haine ! »

Le désespoir l'envahit soudain :

« Je suis tellement différent de lui ! Je ne lui ressemble que par le physique ! Mais au-dedans de moi, je suis une âme en lambeaux…une loque ! Alors que lui, c'est un conquérant ! »

La solitude soudaine lui renvoya une réalité qui le frappa de plein fouet :

« Je ne sais pas quoi en faire de cette liberté ! Je regarde les autres vivre, mais moi je survivrai tout le restant de mes jours ! Je serai toujours spectateur du bonheur des autres ! Oui, je traîne ma vie comme une guenille, trop lourde et encombrante ! Je voudrais tant m'en délester une bonne fois pour toutes ! C'est décidément trop difficile pour moi, je n'y arriverai jamais ! »

Ses épaules se voûtèrent subitement sous le poids de l'accablement qui s'abattit sur lui. Il se laissa guider par son cheval, et toute volonté semblait l'avoir quitté. Il n'y avait pas âme qui vive dans les sous-bois. La forêt lui sembla soudain aussi dense que l'enchevêtrement de ses pensées. Le petit chemin était bordé de grands hêtres desquels pendaient des lianes de lierre. La salsepareille déchirait ses guêtres. De gros nuages noirs s'amoncelèrent dans le ciel. Il parvint à un carrefour. Il ne se souvint pas avoir emprunté ce chemin, lorsqu'il s'y était rendu avec son frère et ses camarades. Le doute s'insinua en lui.Par où fallait-il prendre ? Les deux voies se ressemblaient, une végétation dense de part et d'autre, des feuillus, des chênes bordant un sentier tapissé de feuilles mortes. Nul signe distinctif n'aurait pu l'aider. Il n'avait pas été assez vigilant, s'était embourbé dans ses pensées. Il opta pour la droite, il verrait bien où cela le mènerait. Il se souvint avoir suivi un cours d'eau à l'aller, qu'il aurait déjà dûatteindre. Il poursuivit pourtant, chevauchant longtemps dans la lande. Le crépuscule noya le paysage dans des contours aux tons diffus et grisés.

« J'aurais déjà dû les rejoindre à l'heure qu'il est ! »

Puis vinrent les ténèbres. La réalité se rappela à lui :

« Je me suis perdu ! Je vais devoir passer la nuit dans ces bois ! »

Cette perspective ne l'enchanta guère. Seul, perdu au milieu de nulle part.

« Avec tout ce qui rôde dans la nuit. Les prédateurs, et… »

Il n'osa pas prononcer le nom, pas même le suggérer. Son sang se glaça. Il réalisa qu'il était seul, et donc vulnérable. Il serait une proie facile, pour eux, pour ces monstres qui s'étaient selon les dires bien reconstitués.

« Comme des rats malfaisants ! On croit qu'on les a exterminés, mais ils resurgissent toujours de quelque part, quoiqu'on fasse ! »

Puis il réfléchit :

« Et si je me faisais un feu ? Je pourrai me protéger ? Mais en même temps, je deviens aussi beaucoup plus repérable… »

Il choisit donc de s'abstenir. Par chance, les gros nuages se dispersèrent, et la lune haute et pleine fit son apparition. Il en fut soulagé. Il décida de bivouaquer et déposa les affaires sur un tapis de mousse, derrière une vieille souche d'arbre. Il pourrait s'y abriter et y dormir. Mais aussitôt assis, il écouta les bruits de la forêt. Une chouette se mit à ululer. Puis les cris de l'oiseau se turent, et un bruit lourd d'ailes empesées troua le silence. Il avait bien identifié l'envol du volatile. Soulagé, il ferma les yeux, et s'assoupit. Quand soudain, il perçut des craquements non loin de lui, sur sa gauche. Il tressaillit, et ouvrit grands les yeux, cherchant à discerner la raison de ces bruissements.

« Un animal ? songea-t-il. Un sanglier ? Non, il aurait fait beaucoup plus de vacarme. Un rongeur sans doute ? »

Il ne vit rien. Il tenta de se raisonner, et ferma à nouveau les yeux. Les craquements reprirent alors, plus intensifs. Il sursauta.

« Qu'est-ce que ça peut bien être ? »

Il se leva alors, saisit son épée et se dirigea vers l'endroit d'où provenaient les bruits. Il ne vit rien, du moins de ce qu'il pût discerner à travers les frondaisons et les buissons à peine éclairés par le clair de lune. Rassuré, il s'allongea à nouveau contre la vieille souche d'arbre. Il parvint presqu'à s'assoupir, lorsque tout à coup, il entendit des grincements, des chuintements, et même des gémissements. Il se releva d'un coup, en proie à l'angoisse. Son cœur battait à se rompre dans sa poitrine. Son cheval tirait aussi sur son licol.

« Ils sont là ! hurla-t-il soudain. Ils sont là, tout près de moi, j'en suis sûr ! »

Il tourna et se retourna, l'épée dégainée, prêt à les affronter. Il les exhorta :

— Venez ! Approchez ! Je n'ai pas peur de vous ! Regardez ! Je suis seul !

En guise de réponse, il ne reçut que le vent qui s'était levé en rafales et lui cingla le visage.

— Venez vous battre ! hurla-t-il rageusement.

Il colla ses mains à ses oreilles pour ne plus entendre ce tumulte. Il eût l'impression de devenir fou, pris dans le piège de la forêt et la noirceur spectrale de la nuit, s'attendant à tout moment à les voir surgir, eux ces monstres sanguinaires et démoniaques.

— Regardez donc, je suis seul ! Venez me chercher ! Vous pouvez me reprendre ! Ou tuez-moi ! De toute façon, que m'importe de mourir ! Vous m'avez tellement pris ! Que pourriez-vous me prendre de plus ?

Il se cogna à plusieurs reprises la tête contre un tronc, et hébété, se mit à sangloter. En s'assommant, il voulait anéantir sa propre douleur, ainsi que sa peur, les anesthésier pour ne plus les ressentir, s'étourdir, se dissoudre dans les abysses de l'inconscience, arrêter les tourments provoqués par cette incapacité à vivre. Il n'y avait toujours rien, rien que l'obscurité des alentours et de son âme meurtrie. Le vent mugissait dans les branches.

Puis il se trouva soudain stupide, se reprit soudain :

« Es-tu devenu fou ? se dit-il en poursuivant sa conversation intérieure. Crois-tu qu'Ethan ait pris tous ces risques pour que tu te laisses à nouveau capturer par ces monstres sanguinaires sans rien faire ? Qu'est-ce qui te prend de les exhorter ainsi ? Quand tu les auras attirés, tu seras content ? Espèce de crétin que tu es ! Je dois les combattre, les combattre de toutes mes forces ! Ne serait-ce que par loyauté pour mon frère ! C'est à lui que je dois ma vie ! Je dois me montrer digne de lui ! »

Il renonça à dormir, restant toute la nuit sur ses gardes, tressaillant et sursautant, scrutant l'obscurité dans l'appréhension de voir les monstres apparaître. A l'aube, lorsqu'enfin le jour pointa, il se releva difficilement, et épuisé, reprit le licol de son cheval, et repartit en direction de la barrière. Par chance, il récupéra enfin le cours d'eau.

« La Sorga…Ça y est, je me souviens du nom de cette rivière ! »

Il la longea, et en milieu de journée, reconnut l'endroit où ils avaient été attaqués par les Aurochs. Mais il n'aperçut pas Ethan.

« Il ne doit pourtant pas être loin, songea-t-il.

Sidéré et épuisé, il s'allongea contre l'enceinte, et s'y appuya de dos. Il put alors laisser errer son regard au loin, par-delà la canopée, cherchant la ligne d'horizon, et observa la pureté du ciel céruléen. Il sentit alors un léger frémissement dans son dos. Il eût cette fois-ci le sentiment de toucher une matière meuble. Surpris, il se retourna, et toucha la substance autrefois si dure. Sa main s'y enfonça.

« Mais qu'est-ce…Mais comment est-ce possible ? »

Il repassa sa main à nouveau. Comme la première fois, elle s'introduisit facilement à travers la gangue. Alors Jonathan se leva, vérifia autour de lui qu'il n'était pas observé, et tenta de pénétrer à l'intérieur de la clôture. Il ne fut pas surpris cette fois-ci d'y parvenir sans aucune difficulté. Avec toutefois, une petite question qui le taraudait :

« Qu'y avait-il au-delà ? » Il hésita.

« Que dois-je faire, y aller ou pas ? Que vais-je trouver derrière cette barrière : Des amis ou des ennemis ? Pourquoi puis-je la franchir moi, alors qu'Ethan, Erin et Sachiel ne le peuvent pas eux ? N'est-ce pas curieux ? »

Puis il se souvint que Lisa s'y trouvait déjà. Mais il ignorait si elle était vivante ou non. Ethan quant à lui ne savait sans doute pas que lui Jonathan pouvait franchir cette enceinte. Alors il eût sa réponse :

« Tant pis, je vais y aller ! Je vais le faire uniquement pour lui, pour mon frère, Ethan ! Et tant pis si je meurs ! Après tout, je ne tiens pas tant à la vie que ça ! »

CH.24 LE REPOS DE L'ÂME, ENFIN…

C'est alors qu'il la vit, elle tout d'abord : grande et fine silhouette énigmatique et envoûtante, vêtue d'une longue robe de soie vaporeuse et scintillante, brodée de sequins. Ce qu'il remarqua ce furent ses yeux : deux magnifiques émeraudes d'un vert profond, tachetées d'éclat d'or, obliques :

« Des yeux de félin », remarqua-t-il.

Elle s'approcha lentement de lui, avec élégance. Il se releva d'un bond, inquiet. Elle s'exprima d'une voix grave et profonde :

— Allons, n'aies pas peur…

Elle tendit face à lui des mains fines et délicates, paumes tournées vers le ciel, en guise de bienvenue.

— Qui êtes-vous ? s'enquit Jonathan.

— Je suis la Reine de Jade. Et tu es au royaume des Éphémères.

— Au royaume des Eph…quoi ? questionna-t-il en fronçant les sourcils et en faisant une moue dubitative.

— Allons, nous aurons bien le temps de faire connaissance.

Il ne discerna aucune agressivité dans son regard liquoreux. Il baissa la garde.

— Je ne vois pas de royaume…

Il tourna plusieurs fois la tête à droite, puis à gauche. Alors comme par magie, et sortis de nulle part, des êtres s'approchèrent lentement. Des êtres de roche, à la démarche un peu raide et saccadée, à la teinte grisâtre, et d'autres vêtus de longues capelines, paupières baissées, qui défilèrent en une longue procession devant lui. Les arbres à leur tour s'agitèrent, les troncs se contorsionnèrent, gonflèrent, des racines de lierre qui enserraient les troncs éclatèrent, et des corps surgirent tels des chrysalides quittant leur mue, des visages masculins et féminins se dessinèrent très nettement sur l'écorce. Jonathan sursauta et n'en crût pas ses yeux. Il contempla la métamorphose bouche bée.

— Mon empire est très grand. Nous sommes à la fois partout et nulle part. Nous sommes les roches, nous sommes la forêt, les arbres, le végétal et le minéral…Nous avons été et nous ne sommes plus…Nous flottons entre deux ailleurs…

Elle balaya l'horizon de son bras, revêtu de soie moirée.

Jonathan resta interdit. Il ne s'attendait pas à cela. Il fixa la Reine, avec un air de défiance, se sentant soudain insignifiant devant cette assemblée d'êtres singuliers. La souveraine claqua des doigts et les entités disparurent aussi soudainement qu'elle les avait appelées.

— Je les ai renvoyés car j'ai à te parler Jonathan…murmura-t-elle.

Il attendit.

« Qui est cette femme ? Que me veut-elle ?Quel étrange langage que le sien », pensa-t-il.

— Installe-toi convenablement, tout d'abord. Mets-toi à ton aise…

Une branche d'arbre s'avança soudain comme mue par un ressort invisible et se transforma aussitôt en un fauteuil très confortable. La Reine s'assit en face de lui, tête haute et buste en avant, altière sur son trône surmonté d'un dais cousu de fils d'or.

— Tu ne te demandes pas pourquoi tu as pu passer cette barrière, n'est-ce pas ? Quand tes compagnons ont échoué…

— Bien sûr, votre Majesté. Je vous aurais posé la question si vous ne m'aviez pas devancé, répondit-il en baissant le regard, humblement…

— Jonathan…Quel beau prénom…

« Elle connaît mon nom »…songea-t-il.

Comme si elle avait lu dans ses pensées, elle poursuivit :

— Je connais ton histoire, et celle de ton frère. Mais…si toi tu as pu passer cette barrière, c'est parce que…tu as beaucoup souffert. Ta souffrance est immense, tu as enduré plus qu'un homme n'aurait pu le supporter, au cours de ta captivité.

A ces mots, et à l'évocation de ces tristes souvenirs, Jonathan se sentit défaillir. Il se contint pourtant, laissant seul un léger tressaillement imperceptible courir sur son visage.

« Pourquoi me rappelle-t-elle cela, quand je fais tout pour oublier, sans y parvenir ? »

Il eût envie de le lui dire, lorsqu'elle reprit :

— Je t'ai permis de passer cette barrière, pour que tu puisses trouver ici le réconfort que tu ne trouvais pas chez toi. Le royaume est hanté par ces êtres maléfiques, et ton âme ne connaîtra pas le repos. Ici au contraire, tu seras en sécurité.

— Mais…Et mon frère ? Et mes compagnons ?

— Nous nous occuperons d'eux également…continua-t-elle d'une voix suave.

Elle marqua un temps d'arrêt, qui parut durer une éternité à Jonathan. Mal à l'aise, il se tenait assis dans son fauteuil, ne sachant quelle attitude adopter, et attendit qu'elle continue.

— Je vais te confier certaines choses…

« A moi ? Mais que peut-elle donc me confier ? Je ne la connais pas… » songea Jonathan, de plus en plus confus.

Il ne pouvait pas se permettre de se lever, l'étiquette le lui interdisant. Il était assis face à elle, triturant nerveusement ses deux mains croisées sur ses genoux, ayant hâte d'en finir.

— Tu dois te poser beaucoup de questions, te demander qui je suis, qui nous sommes réellement.

— En effet, confirma Jonathan.

Alors, elle expliqua :

— Nous sommes un peuple très fragile. Comme tu l'as constaté, nous nous protégeons énormément.

Jonathan osa demander :

— Que faites-vous cachés dans les arbres, les roches ?

— Les végétaux et les minéraux sont pour nous un refuge. De fait, nous essayons d'être invisibles. Cela nous procure une immunité non négligeable. En revanche, nous pouvons tout observer et nous éclipser si le besoin s'en fait sentir. Nous sommes des êtres trop fragiles pour affronter la laideur du monde. Chaque fois que nous nous y sommes risqués, nous y avons perdu beaucoup de nos attributs. Chaque fois que nous avons essayé de côtoyer d'autres peuples, nous avons été confrontés à la violence, la rouerie, l'hypocrisie, la perversion, le mensonge et j'en passe.

Jonathan eut une réaction immédiate :

— Mais ce sont malheureusement des caractères trop humains…Nous y sommes tous confrontés. Vous-mêmes pouvez-vous prétendre en toute honnêteté être dépourvus de certains de ces traits ?

— Ta remarque est fondée. Bien sûr que nous ne sommes pas parfaits, toutefois nous en souffrons plus que les autres…Nous absorbons ces sentiments négatifs tels des éponges. Ils nous affectent d'une manière bien trop profonde.

Elle parlait sur un ton très calme, d'une voix presque monocorde, comme si même lorsqu'elle s'exprimait, elle se contentait d'effleurer la réalité, balayant l'espace autour d'elle de battements de cils. Elle donnait alors l'impression d'être une petite poupée fragile et vulnérable.

— Oui, je comprends…

— C'est pourquoi j'ai érigé cette barrière ! En quelque sorte pour nous protéger du monde extérieur…

— Tout cela me paraît normal…

La Reine néanmoins continua :

— Normal ? Je ne sais pas ce que c'est que quelque chose de normal. Ce que je sais en revanche, c'est que chaque fois que pour une raison ou une autre, nous avons dû côtoyer d'autres peuples, nous en sommes sortis tellement abîmés, meurtris, que nous n'avons plus voulu à l'avenir renouveler l'expérience. Nous nous sommes repliés sur nous-mêmes, à un tel point que nous sommes à présent un peuple figé, nos désirs sont cristallisés. Nous ne sommes plus capables de nous projeter en avant…

Elle s'interrompit à nouveau. Jonathan la regardait avec mansuétude, son intérêt soudain éveillé. Ses propos faisaient résonance avec sa propre expérience. Au bout d'un moment qui parut durer une éternité, elle reprit :

— Nous n'avons même plus… de rêves…dit-elle en appuyant le dernier mot, fermant les yeux, comme si l'exprimer lui coûtait des efforts insurmontables.

Un peuple qui n'a plus de rêves est un peuple sénescent et sclérosé sur lui-même. Nous ne sommes plus que les exosquelettes d'insectes vidés de leur substance…Nous sommes prisonniers de cette gangue d'immobilité dans laquelle nous sommes enfermés !

Elle se pencha en avant, comme en proie à un malaise induit par l'évocation de cette décadence, regardant fixement le sol.

Jonathan la regarda perplexe. Une pensée lui traversa l'esprit :

« Elle ne connaît pas les Aurochs…Leur cruauté dépasse celle de tous les peuples barbares réunis... »

Toutefois, il n'osa pas lui en faire la remarque. Il s'inquiéta :

— Ma Reine ? Allez-vous bien ?

Elle se redressa, et le regarda droit dans les yeux :

— Jonathan ! Comprends-tu à présent pourquoi tu as pu traverser sans problème cette barrière ?

Il ne répondit pas. Elle s'exprima alors pour lui :

— Comme nous, tu as beaucoup souffert. Tu sais ce que signifient les mots affliction et désespoir ! Ta souffrance est comparable à la nôtre.

Son regard se noya soudain, elle semblait ne plus voir Jonathan, fixant un objet perdu dans les méandres de son esprit.

Puis elle s'approcha très près de lui, posa sa main longue et fine sur son bras et lui susurra ces mots, le fixant droit dans les yeux.

— Toi seul peux m'aider…

Il distingua l'ovale parfait de son visage, une mèche de cheveux lui caressa la joue, il sentit son haleine fraîche, et distingua ses dents, fortes et bien alignées. Elle ne lui semblait plus à présent dangereuse, ni même énigmatique. Sous le vernis du pouvoir, se cachait au contraire une femme comme les autres, faite de fêlures et d'émotions, de désirs, de doutes et de regrets.

— Toi et…

Elle hésita avant de prononcer les mots suivants, mais elle les lâcha sur le même ton doucereux et suave :

— Cet enfant…

— L'enfant ? Mais de quel enfant parlez-vous ? s'enquit Jonathan soudain inquiet.

— Celui qui vient d'arriver dans mon royaume...

Jonathan sursauta.

« Parle-t-elle d'un nouveau-né, le fils de Lisa et Ethan ? »

Il chassa bien vite cette pensée :

« Non, il doit s'agir très certainement d'un autre... »

— En échange, je te propose de déposer le poison qui ronge ton âme, tes fêlures, tes meurtrissures...tes doutes quant à ton avenir...Décharge toi du fardeau qui t'oppresse. Laisse-toi glisser dans cette parenthèse, tu n'en sortiras que plus fort pour affronter l'avenir.

Les yeux hypnotiques le fixèrent. Une grande douceur émana de ce visage et de ces lèvres pleines et sensuelles qui lui distillaient un nectar savoureux.

« En échange ? Mais de quel échange parle-t-elle ? Qu'attend-elle de moi au juste ? » pensa-t-il.

Au lieu de cela, il s'entendit répondre, sa loyauté prenant le dessus sur la tentation :

— Je ne peux pas...Mes compagnons sont en grand danger...

— Ils le sont, certes, mais toi aussi. Tu te perdras, si tu ne fais rien, et ce jour-là il sera trop tard...Le péril qui les guette est extérieur, mais le tien est intérieur. Aujourd'hui, tu es ton propre ennemi, car tu as renoncé à vivre...Tu as été libéré de tes chaînes certes, mais pas de tes entraves intérieures. Je t'en prie, écoute moi...

Il se sentit incapable de lutter. Il se noya dans les abysses de son regard translucide. Une vague de bien-être le submergea. Alors, il s'abandonna et s'enivra de ces mots apaisants. Il se sentit flotter avec la légèreté d'un oiseau, son âme allégée de ses tourments, euphorique. Il se laisser couler dans une douceur ouatée et bienfaitrice. Il avait l'impression de n'avoir vécu que pour entendre ces vocables, qui pansèrent comme un onguent son âme meurtrie, déchirée, éclatée et sans autres repères que l'amour de son frère et de sa mère, mais à qui on avait retiré trop tôt les clefs du bonheur, le mode d'emploi pour la vie. Avant de s'éloigner de lui, elle déposa délicatement un baiser sur ses lèvres.

Il s'affaissa alors dans le grand fauteuil, toute volonté annihilée. Il cligna plusieurs fois des paupièrescomme un animal que l'on caresse, une petite lueur de volupté dans les yeuxet lentement s'endormit.

CH.25 LA FORÊT HANTÉE

Au petit matin, très tôt, la cour résonna des jurons des manants qui rassemblaient leurs maigres effets dans un petit balluchon.

Ethan apparut alors et les exhorta à se taire. Il leur expliqua les raisons du départ, et cet étrange royaume qu'ils devraient rejoindre, comme étant leur seule planche de salut, puisque Lisa y séjournait déjà.

Aucun d'eux ne broncha ni n'émit une quelconque objection. Ethan se retrouva face à une forêt de visages qui le scrutaient avec un air interrogateur, aux cheveux hirsutes, le faciès des hommes encadré d'une barbe de plusieurs jours. Certains baillèrent et découvrirent leurs bouches édentées, quand celles qui restaient n'étaient que des chicots jaunis. Il se dressa face à eux, de toute sa stature, leur parla d'une voix forte et claire, déterminée, qui contribua à les rassurer. Ils avaient confiance en lui, leur seigneur. Il leur expliqua les dangers qu'ils traverseraient, le silence qu'ils devraient observer dans la forêt pour ne pas se faire repérer, la nécessité impérieuse de quitter le royaume pour rencontrer ces Éphémères, leur demander allégeance, pour ensemble combattre le mal.

— Nous nous diviserons par petits groupes. Nous cheminerons, car nous n'aurons pas assez de chevaux pour tous. La traversée ne sera pas très longue, une journée ou deux de marche tout au plus. Nous vous donnerons des vivres et une gourde d'eau à chacun d'entre vous.

Il partagea les hommes et les femmes assemblées dans l'enceinte en trois équipes.

— Le premier groupe partira avec moi, les autres seront conduits respectivement par mes fidèles compagnons Erin et Valère ici présents. Les hommes prendront ces épées pour assurer la défense de tous. C'est tout ce que nous pourrons prendre avec nous, hélas, au vu de l'urgence de notre situation. !

Ethan donna alors l'ordre d'avancer. La première colonne d'une vingtaine d'hommes et de femmes se glissa silencieusement hors du pont levis, puis s'enfonça lentement dans la forêt, dans la fraîcheur du matin. Les rayons d'un soleil timide irisaient la rosée déposée sur les feuilles des arbres et les herbes. L'humidité transperça les os des manants. Ils se déplacèrent lentement, les épaules voûtées, les yeux tantôt rivés au sol, silencieux, les oreilles aux aguets, tantôt scrutant les alentours, telles des bêtes aux abois. Leurs haleines dessinaient un petit halo à chaque expiration. Ils avaient quitté la peur qui rôdait dans leurs villages, pour maintenant l'affronter directement dans les bois. Ils avançaient en prenant bien soin de rester groupés, ne surtout pas s'écarter. Ils savaient que s'éloigner signifierait la mort certaine. Au village il leur restait encore le piètre abri qu'offrait la chaumière. Ils se sentaient à présent à nu, vulnérables. Mais Ethan, Sieur de la Villardière, les avait prévenus qu'il fallait en passer par là.

La journée égrena ses heures scandées par le rythme de la traversée. La forêt exhalait une chape lourde de menaces tacites qui pesaient sur le moral des fugitifs.

« Où étaient-ils » ?« Ils » les avaient certainement repérés…Pourquoi n'attaquaient-ils pas ? »

Les mêmes questions se bousculaient sans cesse dans leur tête. Ils avançaient péniblement. La forêt autrefois si généreuse et nourricière, dans laquelle ils allaient il y a quelque temps encore ramasser sans crainte des fagots de bois et cueillir les baies, était à présent devenu un îlot de crainte et d'angoisse, dans lequel les peurs ancestrales avaient refait surface, hantées par le malin. Ils se signèrent à plusieurs reprises, et on entendit soudain un murmure de prières répétées comme une litanie sans fin dans l'espoir de tenir la terreur à distances.

« Où se cachent-ils ? »

La forêt haletait, ahanait de la respiration lourde et saccadée des hommes. Les femmes jeunes tenaient sur leur poitrine leurs nourrissons qu'elles avaient emmaillotés de manière à ne pas être entravées dans leur marche, telles de dérisoires petites chrysalides fragiles. Elles avançaient vaillamment, mues par le désir sauvage et instinctif de protéger leurs nouveau-nés coûte que coûte.

Soudain, un sanglier dérangé surgit d'un fourré à toute allure et s'enfuit dans la direction opposée au clan. Un mouvement de panique agita soudain le groupe qui recula, effrayé et commença à se disperser. Ethan intervint aussitôt pour les rassurer :

— Holà ! Reprenez-vous ! Ce n'est rien ! Restez groupés !

Les hommes tremblants se rassemblèrent à nouveau, vociférant et pestant contre ce sanglier. Puis à nouveau le silence se rétablit et ils reprirent leur marche.

L'un d'entre eux s'avança alors vers Ethan :

— Monseigneur, quand arriverons-nous ? Est-ce encore loin ?

L'anxiété se lisait sur son visage. Sa poitrine se soulevait par saccades sous sa respiration haletante.

— Allons, que se passe-t-il donc, mon brave ? Aurais-tu donc peur d'un cochon à présent ? se moqua Ethan pour détendre l'atmosphère, l'air narquois, un petit rictus taquin au coin des lèvres.

Ethan dégageait une telle assurance, fièrement dressé sur son cheval, ses muscles saillant sous sa cotte de maille, ses cheveux mi-longs lui retombant dans la nuque, que l'homme baissa aussitôt le regard. Tout en lui n'était que force et vigueur.

— Non, nous ne sommes plus loin maintenant. Nous longeons la rivière, j'entends les clapotis. Nous y serons bientôt. Va, retourne prendre ta place, tu vas décourager tout le monde.

Plus loin il entendit un jeune enfant se plaindre :

— J'ai faim…

Sa mère lui répondit :

— Nous ne pouvons pas nous arrêter Guillaume…

Puis elle plongea sa main dans la besace et tendit à son fils un morceau de pain bis, ainsi qu'une tomate. L'enfant dévora goulûment tout en continuant de marcher.

Un nuage soudain obscurcit la canopée et plongea la forêt dans une pénombre inquiétante. Le groupe se serra. Le vent qui soufflait s'arrêta soudain, et il leur sembla alors voir derrière les arbres des yeux luire. Puis des pleurs se firent entendre de manière ostensible.

Les manants se recroquevillèrent sur eux-mêmes, s'enveloppant dans leurs pauvres hardes, courbant l'échine, puis se bouchèrent les oreilles.

— Qu'est-ce que c'est ? D'où viennent ces sanglots ? cria une femme apeurée et traduisant l'angoisse de tous.

— Ce n'est rien que le vent qui a repris ! Le bruit des rafales dans les feuilles ! Bouchez-vous les oreilles ! les exhorta Ethan.

Des plaintes lugubres circulaient dans la canopée, parfois lointaines, parfois toutes proches au contraire, dispensant une atmosphère sinistre.

— Est-ce que ce sont des spectres qui gémissent ainsi ? avança une autre femme, en roulant de gros yeux exorbités.

—Tais-toi, ce n'est rien te dis-je ! lui ordonna de manière péremptoire un homme du groupe.

Tous se signèrent à nouveau. Ils entendirent des lamentations distinctes se propager à travers les frondaisons, dont les modulations mélancoliques enroulaient les hommes dans une gangue misérable de frayeur et d'inquiétude, les ébranlant de tout leur être. Un envol lourd de corbeaux troua la canopée et répondit en écho aux plaintes. La forêt s'obscurcit de plus en plus, la mousse qui tapissait le sol prit une couleur noirâtre. Il leur sembla alors que les arbres se déformaient à présent, comme sous une pression insoutenable. Sur les troncs des aulnes s'inscrivirent très nettement des bouches qui hurlaient silencieusement, des cris étouffés, comme si les arbres voulaient les avertir. Les branches se tordaient en convulsions sinistres. Les hommes ravalèrent leur salive et scrutèrent avec anxiété les frondaisons, s'attendant à voir surgir en effet à tout moment les créatures maléfiques.

— Mais qu'est-ce que c'est ? Il s'est passé quelque chose ! se mit à hurler une femme en se bouchant les oreilles.

— Oui quelque chose de sinistre ! J'en ai le sentiment, je le sens de manière certaine ! continua une autre. Regardez, j'en ai les poils de mes bras qui se hérissent !

— Ou alors, ils nous guettent ! Ils vont nous exterminer d'un moment à l'autre ! cria un homme. Ils veulent ainsi nous avertir !

— Allons, ne faites pas cas de ces pleurs, c'est juste pour vous effrayer et vous déstabiliser ! cria Ethan. Du courage, je vous en supplie ! Ne vous laissez pas gagner par la peur, ou vous êtes fichus !

Il se prit alors à songer à ses compagnons. Il eût alors lui aussi un sombre pressentiment.

« Et s'il leur était arrivé quelque chose...Erin, Valère ? Progressaient-ils tranquillement de leur côté, sans être inquiétés ? Et Sachiel ? Lui aussi a réuni ses gens pour les amener à la frontière. Pourvu que... »

Puis il chassa bien vite ces pensées de son esprit.

Enfin, il reconnut la clairière où il avait aperçu Lisa la dernière fois.

— Ça y est, nous sommes arrivés !

— Enfin ! s'écrièrent les hommes à l'unisson.

— Regroupez-vous ici ! Vous pouvez vous reposer à présent ! Mais restez sur vos gardes, et n'allumez pas de feu !

Ethan songea :

« Les autres ne devraient pas tarder à présent...Ils sont partis juste un peu derrière nous. »

Sachiel ne tarda pas en effet. Ethan les vit débouler de la forêt avec soulagement. Vania était au-devant du groupe, les encourageant d'une voix haute et ferme, en guerrière courageuse et volontaire qu'elle était, les cheveux en bataille, le regard déterminé, brandissant son épée devant elle. Il ne put s'empêcher d'admirer sa fougue et la beauté sauvage qu'elle dégageait, le balancement de sa poitrine haute et ferme à chacun de ses pas, ses cuisses fuselées, sa taille fine et son ventre plat. Lorsqu'elle croisa Ethan, elle lui envoya à nouveau une invite tacite. Il soutint son regard. Puis le visage de Lisa se plaqua sur celui de Vania, effaçant le trouble qu'il avait à nouveau ressenti en la voyant arriver. L'attention du jeune homme fut détournée par l'arrivée d'un autre groupe d'individus. Ethan se précipita pour accueillir Sachiel et lui donna l'accolade. Ils s'embrassèrent chaleureusement, heureux de se retrouver.

— Tout s'est bien passé ? demanda Ethan à son ami, essoufflé et qui semblait harassé de fatigue, ses longs cheveux noirs de geai recouverts de poussière et de brindilles d'arbres.

— Oui, dans l'ensemble, nous pouvons le dire...répondit Sachiel en laissant tomber lourdement au sol la grande épée effilée qu'il avait emportée avec lui. Les hommes et femmes qui suivirent en firent de même et s'affalèrent sur l'herbe.

Puis il reprit :

— Avez-vous entenduces horribles plaintes dans les bois ? s'enquit Sachiel en tournant vers Ethan son beau visage anguleux, aux pommettes saillantes.

— Oui, en effet. C'était sinistre et effrayant.

Puis il hésita avant de poursuivre, comme s'il avait peur d'être entendu.

— « Ils » étaient là, tapis dans l'ombre, j'en suis persuadé. Pourquoi ne nous ont-ils pas attaqués ?

A ce moment même, il eût la réponse à sa question. Ethan etSachiel virent alors arriver Erin. Il avait l'air épuisé. Hagard, les cheveux hirsutes, il se traînait, les épaules voûtées.Les deux amis se précipitèrent au-devant de lui.

— Que s'est-il passé ? s'enquit anxieusement le jeune homme.

Erin ne répondit pas. Il s'effondra au sol, haletant.

— Où sont les autres ? demanda Sachiel en se retournant.

Erin murmura, éreinté :

— Morts…kidnappés…happés…Ils nous avaient repérés, sans doute depuis le départ. Ils ont déboulé et nous sont tombés dessus sans qu'on n'ait rien pu faire ! Sous l'effet de surprise, les hommes se sont dispersés ! Ils les ont happés comme de vulgaires fourmis qu'on écrase ! Ils en ont tué certains, sans doute les plus âgés, on a juste entendu leurs cris de détresse. Et ils ont dû entraîner les autres. Nous avons bien essayé de nous défendre et de nous interposer, mais peine perdue…

— Ça s'est passé où ? s'informa Sachiel, la mine grave.

Il ploya la tête, accablé.

— Au pied de la grande combe. Ils nous ont attendus, cachés dans le repli.

Erin reprit son souffle avant d'annoncer gravement :

— Ils ont attrapé…Valère ! Je n'ai rien pu faire !

Ethan sursauta :

— Valère !

Un long silence traduisit sa consternation.

— Combien étaient-ils ? s'enquit-il, la mâchoire serrée, une lueur subite de haine dans les yeux.

— Ils étaient nombreux, trente, quarante, je ne sais pas exactement…

Ethan lâcha un cri de désespoir, et frappa de son poing une vieille souche d'arbre. Il se mordit la lèvre jusqu'au sang. Il se sentit impuissant et démuni, en proie à un profond découragement. Le pire qu'il craignait était arrivé : Ils détenaient à présent l'un de ses compagnons. Ils avaient désormais une monnaie d'échange, ce qui les plaçaità partir de maintenant en position de force. Ils tenteraient certainement de récupérer leur ami, et se mettraient en danger pour cela. Les monstres le savaient et n'avaient pas capturé Valère par hasard…

CH.26 JE NE SUIS QU'UNE ÉLÉGIE

Une journée s'écoula. Jonathan s'extirpa de sa torpeur. Il s'étira, et ressentit aussitôt un malaise diffus. Les événements de la veille lui revinrent subitement en mémoire. L'attaque des monstres dans la forêt, puis l'impression bizarre de « passer » de l'autre côté, d'être aspiré dans un « passage ». Puis la curieuse reine, belle et étrange à la fois, envoûtante, plutôt bienveillante à son égard, qui lui avait susurré des paroles suaves et troublantes. Il se savait à présent à l'abri, protégé par ce peuple étrange, dont il n'avait aperçu pour le moment que leur reine et quelques êtres qui s'étaient approchés de lui.

« Quelle drôle de dame ! Elle m'a tenu des propos bizarres ! Elle m'a parlé de fardeau que je devais déposer, quelque chose de ce genre. Il est temps de quitter cet endroit ! Il faut que je rejoigne Ethan au plus vite ! Je n'ai pas de temps à perdre avec de telles fariboles de bonne femme, aussi séduisante soit-elle ! »

Il se releva à la hâte, revêtit sa cote de maille, enfila ses braies et saisit son heaume. Autour de lui régnait un calme sidéral, factice en vérité. Il s'appuya sur un tronc, et le sentit frémir. Cela le surprit, il recula et scruta les alentours. Il perçut alors très nettement une respiration, lente et régulière.

« Se peut-il que… ? »

Jonathan hésita.

« Non, ce n'est pas possible ! »

Il savait que les arbres étaient des végétaux constitués de cellulose. Des êtres vivants certes, mais de simples… végétaux. Il se mit à rire, un rire nerveux.

« Ah ah ! Mais alors qui respire ? »

Il regarda autour de lui, attentif, balayant l'horizon pour y dénicher une présence.

Le souffle s'amplifia, pour devenir un halètement. Cela ahanait, insufflait l'air et expirait bruyamment. Jonathan se tourna et se retourna. Il ne vit rien d'autre que des hêtres, des aulnes, des chênes tout autour de lui, une forêt dense et touffue constituée d'arbres centenaires pour certains. Puis il entendit un rire tout d'abord, bientôt suivi d'un, puis de deux, puis de dix gloussements.

« Ils se cachent ! Ils se moquent de moi ! Mais où sont-ils ? Je ne les vois pas ? »

Il piétina par mégarde une racine. Il sentit alors très nettement qu'elle se déroba sous ses pieds en criant :

— Aïe !

Jonathan était décontenancé et ne savait plus trop quoi penser.

« Comment font-ils pour se cacher ainsi sans que je ne puisse les voir ? Ils sont très forts dans l'art de se camoufler ! »

Une envie irrépressible le prit d'aller y voir de plus près. Il éleva son épée et la dirigea vers une branche qu'il voulut trancher. Celle-ci se déroba sous lui.

Alors il se mit à fouetter l'espace de toute son énergie. Mais peine perdue : les ramures se dérobaient à chaque fois sans qu'il parvint à en percuter une une seule fois. Puis il entendit une voix d'homme lui clamer :

— Allons, inutile de t'acharner !

Jonathan se retourna. Il distingua un être qui venait sans doute de se détacher d'un tronc. Ses bras et son torse étaient entièrement recouverts de fines nervures, celles qu'auraient pu tracer les racines d'un lierre parasite. Ses cheveux, constitués de la même matière, étaient drus et épais. Ses jambes n'étaient pas encore bien différenciées et étaient enchâssées dans d'épaisses racines qui fourrageaient la terre meuble. Il s'extirpa sans aucune difficulté et s'avança vers Jonathan, qui le regarda, ébahi.

— Ils se moquent ouvertement de toi ! Je viens à ton secours : Je suis Jared ! Nous te l'avons bien dit que nous sommes partout et nulle part, le végétal et le minéral. Mais apparemment tu as du mal à nous croire !

Jonathan le toisa avec méfiance.

— En effet, je n'ai jamais vu cela ! Cela me surprend beaucoup, je le reconnais !

Une voix féminine s'interposa :

— Ah voilà notre Jonathan qui est sur pieds. Bonjour ! La nuit a-t-elle été douce ?

Le jeune homme se retourna. A nouveau la reine. Elle s'avança vers lui, comme surgie de nulle part, altière, revêtue d'une longue robe de mousseline vaporeuse, sur laquelle étaient sertis des brillants qui trouaient la semi-obscurité de milliers d'éclats argentés. Il s'agenouilla en signe d'allégeance.

— Je vous remercie ma Reine.

Il croisa son regard, et à nouveau le trouble l'envahit, celui qu'il avait déjà ressenti la veille. Il le chassa aussitôt en s'écriant :

— Il est temps pour moi de partir ! clama-t-il sur un ton ferme et définitif.

Elle rit alors d'un éclat cristallin et moqueur qui découvrit son collier de dents blanches et parfaites :

— Partir ! Mais où veux-tu donc aller ? La région est désormais infestée de ces monstres sanguinaires, mais cela tu le sais mieux que moi, je ne t'apprends rien…

Elle inclina sa tête sur le côté et le scruta. Il eût l'impression qu'elle le jaugeait, le soupesait mentalement, tout en le provoquant un tantinet, se demandant par quel bout elle l'amorcerait.Il en eût conscience.

« Combien d'hommes a-t-elle « entrepris » ainsi ? »pensa-t-il. Puis il annonça d'une voix haute et ferme :

— Je veux rejoindre mon frère, Ethan, et mes amis, qui doivent se trouver à l'heure qu'il est dans une situation délicate, sans doute bloqués du côté de la barrière, et de ce fait, en grand danger ! répondit-il, l'air sombre, les sourcils froncés.

Il fit un geste en avant pour s'éclipser. Elle le retint en le prenant par le bras.

— Allons, allons, pas de hâte intempestive ! « Nous » allons nous occuper d'eux, ne t'inquiète pas. Mais en attendant…

Sa voix se fit soudain traînante et lascive :

— J'aimerais faire plus ample connaissance avec toi…lui dit-elle en plantant ses pupilles translucides dans ses yeux et en se rapprochant subitement de lui.

Il put distinguer très nettement les fines arabesques de couleur bleues qui ourlaient le dessous de ses yeux. Il se trouva pris de court et balbutia :

— Mais c'est que…

Elle se tourna vers Jared :

— Laisse-nous s'il te plaît !

Jared obtempéra et disparut. Elle lui tourna autour. Elle le prit alors par le bras et l'invita à la suivre. Jonathan sentit instinctivement ce qu'elle attendait de lui et se crispa.

« Aurait-elle l'intention de me séduire et d'abuser de ses pouvoirs ? » songea-t-il.

Elle l'entraîna quelques centaines de mètres plus loin dans une alcôve végétale, au milieu de laquelle trônait un grand lità baldaquins et aux pieds sculptés de têtes de panthère. Au sol étaient étalés de riches tapis finement tressés de joncs de bruyère. Les murs étaient tendus de soieries représentant des scènes de chasse. Dans le coin de la pièce, se dressait une coiffeuse sur laquelle étaient étalés des peignes en nacre et des pots d'onguents. En face, sur un guéridon, une cruche d'eau fraîche, ainsi qu'un pichet de vin étaient entreposés. Elle s'installa confortablement et l'invita à en faire de même. Il s'exécuta à contre cœur. Elle l'invita à s'allonger et de sa longue main fine et soignée, attira son visage vers elle. Alors il retint son poignet.

— Qu'attendez-vous de moi au juste ma Reine ? lui demanda-t-il ouvertement, un éclat de dureté dans le regard.

— Que tu sois gentil avec moi…

Il se redressa :

— Je crois que nous nous sommes mal compris. Je…Je ne sais pas ce que c'est que…

Que quoi ? lui demanda-t-elle, câline.

— Que d'aimer une femme…Je ne sais pas ce que sont les sentiments…lui avoua-t-il en baissant la tête.

Elle se tut à son tour.

— Continue…

— Je n'ai connu que les…coups et les brimades…toute mon existence…Pardonnez-moi…

Elle le regarda avec compassion. Ce grand gaillard lui sembla tout à coup si vulnérable. Il se tenait face à elle, gauche et mal à l'aise, osant à peine la regarder en face.

— Oui, je sais…murmura-t-elle. Mais c'est fini maintenant. Laisse-toi aller à la douceur d'une femme, apprends à vivre…Je te l'ai dit, dépose ton fardeau…Allez, détends-toi, oublie mon rang, si c'est ça qui te gêne…

Même s'il l'avait voulu le faire, il n'aurait pas pu. Comment décrire ce qu'il avait vécu, le traumatisme, les mots étaient trop faibles. Comment aurait-elle pu comprendre, elle, une monarque privilégiée, qui toute sa vie n'avait connu que l'opulence et la facilité ? Que savait-elle de la souffrance, elle ? Il avait l'impression de n'être qu'un jouet entre ses mains, un joli jouet dont elle se lasserait vite, au gré de ses caprices fantasques, une diversion dans ses jours trop lisses dépourvus d'imprévu. Et puis qui était-elle pour se prévaloir en tant que confidente ? Il ne la connaissait pas ou à peine.

— Je n'ai pas le temps ma Reine, pas le temps ni l'envie. Je dois retrouver mon frère, c'est la seule chose qui m'importe aujourd'hui…lui répondit-il d'un ton grave, mais en veillant toutefois à respecter son titre.

Elle insista :

— Dépose le à mes pieds comme un cadeau…Je t'en prie, fais-le…Et je te promets que dès demain, je ferai rabaisser la barrière pour ton frère, tes amis, et les survivants…Je te le promets. Je les prendrai sous ma protection.

Les mots qu'elle prononça le percutèrent comme un fouet. Elle le savait et les avait utilisés à bon escient. Il se posa en un éclair la question de savoir si elle les utilisait à une unique fin de manipulation, ou si elle était vraiment sincère. Il opta pour la seconde solution.

Alors, il céda et se confia à elle, raconta les longues années de captivité, la solitude extrême, le désespoir, la crainte chaque jour renouvelée de mourir, l'insécurité permanente. Elle l'écouta longuement, buvant ses paroles, pendant des heures, sans montrer le moindre signe de lassitude.

Il sentit l'intérêt sincère qu'elle lui portait. Pas une seule fois elle ne l'interrompit, le laissant s'exprimer, les mots sourdant de sa bouche comme d'une plaie suintante de pus, laissant les sanies s'expulser. Elle mit un doigt sur ses lèvres :

— Je panserai les blessures de ton âme…

Puis elle approcha son visage du sien, y déposa un baiser. Il introduisit sa langue dans sa bouche et l'embrassa fougueusement. Le désir s'empara de lui, et il la posséda dans un corps à corps sensuel et violent, mais de manière maladroite. Ce fut elle qui guida sa main, lui apprenant les gestes de l'amour. Il goûta la saveur âcre de sa langue, tel un vin capiteux que l'on boit à petites gorgées, reçut les gouttes perlées de sa sueur sur son visage, et les lécha pour les faire siennes. Il fut surpris de la douceur suave de sa peau et en découvrit une à une chaque petite aspérité comme un trésor bien caché, délivré à lui seul.

Les arbres reprirent à leur tour les mots qu'avait lâchés Jonathan. Ils les retinrent tout d'abord dans leurs feuilles pour les examiner, puis comprirent qu'il fallait les libérer à tout jamais. Ils les laissèrent alors s'envoler dans la canopée. Le vent se saisit à son tour de ces mots de souffrance, les reprit tout en préambule comme un chant mortuaire, les décupla, les amplifia, et ce furent soudain des rafales, qui martelèrent l'espace d'une mélopée lancinante, puis la scandèrent comme les rimes d'une élégie. Le corps à corps du couple se poursuivit, s'enlaçant et s'étreignant, gémissant et haletant, découvrant leur nudité, baignés de sueur et de plaisir. Puis les éléments s'apaisèrent, se chargeant d'emmener ces mots, loin, très loin dans l'oubli, comme le catafalque de sa douleur. Les deux amants, repus, s'endormirent côte à côte.

Le lendemain matin, dès les premières lueurs du jour, la barrière s'abaissa, lentement.

Un des veilleurs distingua toutefois un léger coulissement feutré. Il se dressa, pour voir d'où venait la menace. Il vit alors le barrage qui semblait s'enfoncer dans le sol et comprit vite ce qui se passait. Il écarquilla les yeux, ouvrit la bouche d'étonnement, etfit aussitôt un quart de tour sur lui-même pour s'empresser d'aller avertir Ethan, qui était encore assoupi.

— Monseigneur ! Regardez ! Il se passe quelque chose ! On dirait que l'enceinte s'est rabaissée !

Ethan bondit sur ses pieds, en alerte. Il regarda à son tour et un large sourire s'afficha sur son visage. Sa poitrine se souleva, gonflée par une onde de joie et il lança un cri d'allégresse.

— Oui ! Enfin !

La nouvelle parcourut l'assemblée à la vitesse de l'éclair et tous se levèrent, comme mus par un ressort invisible. Des cris de joie fusèrent, ils levèrent les bras en criant des vivats, riant et s'étreignant mutuellement, soulevant les enfants dans leurs bras. Le soulagement s'inscrivit sur tous les visages.

Ethan les laissa exprimer leur joie, puis très vite leur intima l'ordre de se ranger, afin de ne pas se précipiter en avant dans la panique et le désordre. Il préférait ne pas s'attarder dans les alentours, ils étaient beaucoup trop à découvert et ainsi exposés à une mort certaine. Les monstres ne s'étaient pas encore précipités, sûrs de leur victoire facile sur ce peuple vulnérable, coincé au pied d'une enceinte et seulement armé de quelques épées et faux.

— Allons, allons, ne perdons pas de temps inutile ! Vite, rassemblez-vous !

Les manants s'exécutèrent, et ils purent ainsi avancer calmement. Une longue colonne d'hommes pénétra ainsi sur la terre des Éphémères, dans un silence confiant. Les veilleurs guettaient le moindre mouvement extérieur et surveillaient les alentours, prêts à intervenir à la moindre attaque. Ce peuple qui acceptait de les accueillir ne pouvait pas être hostile. Au contraire, ils devaient certainement être généreux et hospitaliers. Les femmes rabattirent leurs fichus sur les épaules et avancèrent, la tête haute, tenant les enfants par la main, le regard droit devant elles. Elles étaient prêtes à affronter un monde inconnu mais toutefois certainement plus sécurisant que leur village qu'elles venaient de quitter, infesté d'Aurochs.

Ethan prit la tête du cortège et aussitôt chercha sa bien-aimée des yeux. C'est alors qu'il la vit. Elle se tenait un peu à l'écart, déjà avertie de l'arrivée de son peuple. Campée sur ses pieds, sa longue chevelure blonde ondoyant sur les épaules, triturant machinalement la penne d'une flèche en bois de rose, fébrile. Elle avait ourlé ses grands yeux de noir, afin de cacher derrière ce maquillage l'émotion qui l'envahissait. Elle ravala sa salive lorsqu'elle le vit débouler, puis se précipita au-devant du groupe, lâchant un petit cri dès qu'elle aperçut le jeune homme.

— Lisa !

Il l'accueillit dans ses bras et l'arracha au sol, la faisant tournoyer et virevolter. Elle s'accrocha à son cou, l'étreignant et l'embrassant, sa poitrine secouée de sanglots. Son corps tout entier fut pris de tremblements. A cet instant même, le temps passé sans lui, l'absence causée par les malentendus, les discordances volèrent en éclats. Seuls comptaient le temps raccordé au présent, le bonheur des retrouvailles. Ethan s'esclaffa, fou de joie. Elle ne parvint à se détacher de lui qu'après de longues minutes, le quittant pour le reprendre à nouveau dans ses bras. Une fois l'émotion passée, ils se prirent par la main, et avancèrent. Leur peuple, témoin de la scène, avait accompagné leur allégresse par des rires et des commentaires réjouis. Tous connaissaient et appréciaient Lisa, sa grandeur d'âme et sa droiture qu'elle avait largement témoignées par le passé. Ils échangèrent entre eux des œillades et des sourires entendus, partageant le bonheur de leur maître.

Une fois la longue colonne totalement à l'abri, l'enceinte coulissa à nouveau, silencieusement, tel un grand rideau de scène protégeant le peuple d'Ethan et les siens à l'intérieur d'une alcôve sûre et rassurante.

A l'extérieur, comme si les monstres avaient deviné, on entendit alors soudainement un grand tumulte. « Ils » avaient dû subitement débouler pour aller chercher les manants, et ne s'attendant pas à leur disparition soudaine, laissaient à présent éclater leur rage. La plaine résonna de leurs cris féroces, et on entendit les coups sourds qu'ils portèrent dans la forêt ou sur l'enceinte même, des coups forts et répétés, accompagnés de hurlements lugubres. A ces cris, les paysans s'arrêtèrent subitement, terrorisés et rassurés à la fois, imaginant ce qui leur serait arrivé si seulement ils étaient restés au pied de la barrière. Toutefois, lorsque les hurlements s'amplifièrent, ils se bouchèrent les oreilles. Plusieurs d'entre eux s'agenouillèrent et se signèrent, proférant des prières pour éloigner le mal ou du moins le tenir à distances.

CH.27 LES COUPS DE BUTOIR

De l'autre côté, une respiration rauque et saccadée hantait les bois. Des pas lourds et massifs écrasaient les racines au sol, écartaient les branches de saules, abattaient d'un coup de patte celles des conifères pour se faufiler dans l'ombre. Les hêtres étaient écartelés, les buis, écrasés. Des mufles de bête hideuse se soulevèrent alors et humèrent l'air. « Ils » se repéraient surtout à l'odorat, tenant plus de l'animal que de l'homme. Un rai de soleil se posait parfois sur leurs orbites creuses, dépourvues de globe oculaire, en soulignant la cavité. Sur leur passage, ils laissaient derrière eux une odeur forte et putride, de moisissures sous-terraines. Ils avançaient, nombreux. L'air saturé d'humidité ourlait leur haleine comme autant de halos de malfaisance. Bloqués au pied de la barrière, ils savaient que les manants se trouvaient derrière l'enceinte. Par-delà celle-ci vivaient désormais des êtres à asservir, un peuple à capturer pour le dominer. Alors ils commencèrent par marteler le mur de leurs lourdes pattes massives, pour ébranler l'édifice. Peine perdue. Puis ils se mirent à gratter le sol avec acharnement, en creusant des trous très profonds. Là encore, ce fut l'échec, qui décupla leur rage et les fit pousser des hurlements terribles, qui allèrent frapper la roche des montagnes alentours et furent amplifiés par les échos. Ils allaient et venaient tels des fauves en cage. Certains labourèrent la paroi de leurs griffes, la lacérèrent, pour escompter y tailler une brèche. Rien n'y fit. Les bêtes se postèrent alors aux pieds de l'enceinte, bien décidées à la faire tomber coûte que coûte. Si ce n'était par la force, ce serait par la ruse. Elles évaluèrent ensuite en collant leurs mufles la longueur de la barrière, discernant que les monstres avaient gardé de leur état primitif d'hommes. Il devait bien y avoir une faille, une faiblesse quelque part. « Ils » la trouveraient. Ils reniflèrent, levèrent la tête pour mesurer la hauteur de l'édifice. Elle était bien trop haute pour pouvoir espérer y jeter un quelconque brandon par-dessus. Ils la longèrent pour évaluer sa distance. Elle s'étirait sur des lieues et des lieues tel un long ruban protecteur et infranchissable. Ils tentèrent de l'escalader. Mais la paroi lisse ne leur offrait aucune prise. En dernier recours, ils cherchèrent à la strier avec leurs griffes, mais toutes leurs tentatives échouèrent. Le découragement s'abattit alors sur eux. Les coups forts et puissants redoublèrent, accompagnés de gueulements lugubres et de cris d'exaspération qui semblaient dire :

— Méfiez-vous ! Votre protection ne sera que provisoire ! Nous vous aurons !

De l'autre côté, la première journée passée chez les Éphémères se passa avec en toile de fond les coups de butoir répétés portés par les Aurochs contre la palissade pour la faire céder. La Reine de Jade s'était approchée, et Ethan l'avait vue s'avancer en compagnie de Jonathan. A son regard interrogateur, celui de Jonathan sembla lui répondre tacitement :

— Je t'expliquerai…

Elle tint un discours de bienvenue au peuple d'Ethan, les invitant à aller et venir à leur guise dans le royaume, qui aujourd'hui était le leur. Elle leur expliqua qu'ils pouvaient à présent déposer leurs armes, puisqu'ils étaient à l'abri et qu'eux-mêmes étaient un peuple pacifiste, fort bien protégé par la barrière « infranchissable », qu'il n'y avait donc plus rien à craindre. Elle les invita à se déployer dans leur nouvelle terre, en ouvrant les bras devant l'horizon, paumes tournées vers le ciel. Puis lorsqu'elle eut terminé et qu'elle s'éloigna à nouveau, Ethan se rapprocha de Jonathan et lui murmura :

— Mais qu'est-ce que tu fais là ? Comment as-tu fait pour t'introduire dans le royaume, tu peux m'expliquer ?

— Je ne le sais pas moi-même, j'ai pu traverser la barrière très facilement, c'est tout !

— Je suppose que tu le dois à cette Reine ? s'enquit-il en la désignant d'un petit signe du menton en sa direction.

Jonathan acquiesça. Ethan reprit alors, scrutant son frère d'un air narquois.

— Tu m'as l'air en grande forme en tous cas ! lui dit-il, ponctuant sa phrase d'un petit coup dans les côtes.

Jonathan sursauta et lui rendit sa taquinerie d'une chiquenaude. Ethan poursuivit, entourant les épaules de son frère :

— Mais j'en suis ravi ! Rien ne peut me faire plus plaisir que de savoir que tu vas bien !

Les manants se déployèrent dans le royaume. Ils ne comprirent pas vraiment tout de suite qui étaient leurs hôtes, et ne réalisèrent pas non plus qu'ils habitaient les éléments et s'accommodèrent de ce fait fort bien de ce peuple étrange pratiquement invisible et salvateur. Ethan également fut tout d'abord tout à la joie d'avoir retrouvé Lisa et la gratitude emplit son cœur vis-à-vis de ce peuple qui avait protégé et accueilli sa bien-aimée. Il la regarda au loin, qui allait et venait très à l'aise à présent, et heureuse d'avoir retrouvé les siens. Ses éclats de rire résonnaient dans tout l'espace alentour… Toutefois une ombre effleura son esprit et ses pensées s'envolèrent vers son fils. Leur fils, celui qu'il avait eu avec Lisa, un petit prince de sang.

« Pourquoi nous l'ont-ils pris ? Que veulent-ils en faire ? Il faudra que je questionne la Reine à ce sujet. »

Il tenta de se rassurer lui-même en songeant que leur intention ne pouvait pas être malhonnête, en ayant sauvé Lisa, son frère ainsi que son peuple.

« C'est un nourrisson, ils ont dû le mettre dans une pouponnière. Dès demain, je demanderai à aller le voir. Il est impossible qu'ils veuillent nous le prendre. Il faudra toutefois que j'en ai le cœur net ! »

Il s'empressa de chasser ces pensées négatives de son esprit. Il réalisa soudain que les coups de butoir s'étaient calmés.

« Auraient-« ils » renoncé ? songea Ethan. Ou bien le calme n'est-il que temporaire, avant une prochaine offensive ? »

Il s'en ouvrit à la Reine de Jade, qu'il croisa au détour d'une de ses promenades. Elle était accompagnée d'une servante, aux étranges paupières cousues.

— Avez-vous remarqué, votre Altesse : les coups et les hurlements ont subitement cessé.

— « Ils » se sont lassés, sans doute.

— Ne craignez-vous pas une prochaine attaque, au contraire ?

Le beau visage au teint d'albâtre ne cilla pas et ses yeux se posèrent sur un petit rouge-gorge qui déploya ses ailes. Elle le pointa du doigt :

— Comme il est gracieux, j'adore les oiseaux !

Puis revenant à la question qu'Ethan lui avait posée :

— En vérité non… Que voulez-vous qu'ils fassent ?

Elle confirma en haussant les épaules :

— Nous ne craignons pas grand-chose : la barrière est infranchissable.

Elle devina sa prochaine question et l'anticipa :

— C'est pourquoi nous ne nous armons pas. Ce serait inutile.

— Si je peux me permettre votre Altesse… objecta Ethan.

— Mais je vous en prie. Que voulez-vous me dire ?

— Il faut au contraire rassembler beaucoup d'armes. Ne vous reposez pas sur votre certitude quant à la solidité de cette enceinte. Les Aurochs sont puissants et maléfiques. Ils connaissent à présent l'existence de votre royaume. Ils n'auront de cesse de parvenir à y pénétrer, et tous les moyens pour eux seront les bons. Ils trouveront, croyez-moi !

Ethan ponctua ses dires en plantant ses pupilles bleues dans celles de la Reine, l'obligeant à baisser le regard.

« Ce garçon est effronté ! Songea la Reine. Mais ses propos ne sont certainement pas dénués de bon sens. Je ne le châtierai donc pas pour son impudence ! »

Toutefois, elle le reprit :

— Vous n'êtes pas mon conseiller ! En conséquence, je n'ai pas à recevoir de « suggestions » de votre part ! C'est Jared qui a cet honneur !

lui lança-t-elle sur un ton péremptoire. Veillez à vous en souvenir dorénavant !

— Bien évidemment, votre Altesse.

Ethan ne se laissa pas déstabiliser par le haut rang de son interlocutrice ainsi que la remarque cinglante qu'elle venait de lui asséner et continua :

— Toutefois, si je puis me permettre, nous avons-nous-mêmes déjà un bon nombre d'armes que nous avons apportées avec nous. Si nous devons nous en servir, elles nous seront bien utiles. Je vous en prie, votre Altesse, regardez la situation en face ! Nous les avons toutes entreposées dans la grande grotte…celle qui se trouve juste au-dessus de la chênaie !

— La grotte de Boons…Eh bien, si vous l'avez déjà fait !

Elle se tourna de trois-quarts, lui dévoilant son profil parfait, l'arête fine de son nez s'esquissant dans la lumière :

— N'oubliez pas, que si nous nous trouvons actuellement dans cette situation critique, comme vous dites, c'est bien de votre faute !

Puis elle reprit d'un ton cinglant, les traits soudain durcis :

— Sachez nous en sortir !

— Mes amis et moi-même ferons tout ce qui est en notre pouvoir pour vous protéger, vous et les vôtres !

Au-delà de l'affrontement qui se profilait, une question lancinante taraudait Ethan.

— Votre altesse…

Il décida de jouer le tout pour le tout :

— Qu'y a-t-il encore ? demanda-t-elle dans un soupir d'exaspération.

Dans un geste ample, elle ramena machinalement son long voile de soie moirée autour de son cou.

— Je vous suis infiniment reconnaissant pour l'hospitalité et la protection que vous nous offrez, aux miens et à mon peuple. Croyez bien que je saurai m'en souvenir lorsque tout cela sera terminé, et qu'ensemble nous aurons réussi à exterminer ces monstres. Ethan s'inclina.

Un sourire radieux s'afficha sur le visage de la Reine. Elle attendit la suite.

— Toutefois, je voudrais savoir…

— Oui…

— Mon fils…J'aimerais le voir, lâcha-t-il soudain.

Il tourna alors son visage vers celui de la Reine et y guetta sa réaction. Elle resta de marbre, et lui répondit, sans se départir de son calme :

— L'enfant va bien, soyez rassuré.

Il attendit qu'elle lui en dise davantage, mais répéta :

— Pourrais-je voir…mon fils ?

— Vous n'avez pas besoin de le voir. Il va bien, vous ai-je dit, n'est-ce pas là l'essentiel ?

Son ton redevint dur et cassant.

Agacée, elle releva la tête et décida que l'entretien était terminé. Elle tourna les talons et changea de trajectoire, laissant Ethan pantois, en proie soudain au doute. Un pli amer barra son front.

« Je ne peux pas accepter cela ! Pourquoi refusent-ils que je voie mon fils ? Tout cela n'augure rien de bon ! »

Ethan était partagé. Sa gratitude envers la Reine était réelle et profonde, mais entachée par le doute par rapport à son enfant. Soudain une pensée lui traversa l'esprit :

« Se pourrait-il que ? Non, cela n'est pas possible ! »

Il était soudain horrifié à cette idée.

« Notre enfant serait-il le prix à payer en échange de l'hospitalité qui nous est offerte ? Dans ce cas-là, il faudrait qu'ils le disent ouvertement, déjà ! Et s'ils ne le disent pas, c'est donc qu'ils considèrent le fait comme acquis, se doutant bien que nous ne serions pas d'accord ! Cela s'appelle, dans ce cas…un rapt ! Tout simplement ! »

Ethan réalisa l'horreur de la situation. Il se dirigea vers les siens. Lisa le vit s'approcher, la mine défaite. L'évidence venait de lui sauter aux yeux.

— Que se passe-t-il donc ? Tu as l'air d'avoir avalé une couleuvre ?

Il se garda bien de relater le bref échange qu'il venait d'avoir avec la Reine, et les doutes qui l'assaillirent, ne voulant pas inquiéter sa compagne.

Il se reprit aussitôt et soupira :

— Oh, rien…enfin, rien d'important…

Lisa le regarda, peu convaincue, mais Ethan n'en dit pas davantage. Il fit mine de s'intéresser à sa hallebarde. Mais au-dedans de lui, il était dévasté.

CH.28 LE DILEMME.

Postés à quelques coudées les uns des autres, les veilleurs surveillaient les alentours sans relâche sur le chemin de ronde. La Reine en avait décidé ainsi, après les puissants coups de butoirs portés à l'enceinte. Elle ne doutait pas un instant de la solidité de la barrière, mais elle voulait être tenue au courant des tentatives des monstres pour pénétrer à l'intérieur du royaume, et surtout recevoir la confirmation de leur échec. Même sans laisser transparaître aucune inquiétude auprès de ses sujets et des peuples qu'elle accueillait, une petite once d'appréhension la taraudait. Ethan et Lisa lui avaient dépeint la force et la noirceur de ces êtres maléfiques. Les coups portés, qui avaient fait trembler la terre, telles des forces telluriques puissantes, corroboraient les dires des jeunes gens. Ses certitudes profondes quant à la solidité de l'édifice étaient ébranlées. Elle était préoccupée et pensive, alanguie sur sa méridienne garnie de coussins de soie moirée, triturant nerveusement de ses doigts fins son sautoir d'opales bleu clair, lorsque Jared fit soudain irruption dans ses appartements.

Il s'inclina et prit la parole.

— Votre majesté ! Venez vite ! Il se passe quelque chose au pied de la barrière !

— Quoi donc ? s'enquit-elle, redressant le buste, le regard anxieux.

— « Ils » sont revenus !

— Est-ce seulement cela ?

Elle réalisa soudain la propre anxiété de Jared, qui était venue la déranger et se leva. Elle le suivit jusqu'à la barrière et vit un grand rassemblement d'hommes et de femmes. Elle essaya de localiser Ethan parmi l'attroupement des manants, et le repéra de loin. Celui-ci semblait très agité.

— Jared, allez voir ce qui se trame !

Le conseiller se fraya un chemin et parvint avec difficultés à s'approcher. Entretemps, Ethan s'était hissé sur le poste de guet, avec le veilleur. Il en redescendit blanc comme un linge, le regard perdu. Jared le questionna :

— Mais que se passe-t-il ?

Des cris jaillirent de l'autre côté de l'enceinte. Une longue plainte troua l'atmosphère. Ethan sembla soudain réaliser la présence de Jared et se tourna vers lui, le visage défait :

— Il se passe qu'ils ont déposé aux pieds de l'enceinte des hommes de notre clan !

Il marqua un arrêt avant de poursuivre, ravalant sa salive, le visage grave :

— J'ai reconnu parmi eux Valère ! Lui et les autres sont dans un sale état ! Je pense qu'ils les ont…torturés !

Un silence s'ensuivit, qui confirma la gravité de la situation, et les questions qui allaient suivre. Jared continua en effet :

— Sont-ils seuls ?

Ethan acquiesça par un petit signe de tête.

— Ils ne doivent pourtant pas être bien loin…Ils se tapissent dans l'ombre, poursuivit le conseiller à voix haute.

Puis ce dernier lança d'une voix plus forte :

— C'est un piège ! Ça me paraît évident ! Il ne faut rien faire !

Ethan se tourna alors vers lui. Les muscles de son visage étaient contractés. Les lèvres pincées, il déclara, le défiant du regard :

— Je sais bien que c'est un piège ! Mais il se trouve que Valère est…notre ami !

Ethan avait appuyé les dernières syllabes pour en souligner toute l'importance.

— Ce qui veut dire ?

— Ce qui veut dire que nous n'avons pas le choix !

Jared l'attrapa fermement par le bras. Il sentit une main implacable lui broyer les os de l'avant-bras. Le conseiller le toisa et le défia en le regardant droit dans les yeux :

— Qu'est-ce que vous insinuez ? Que vous allez nous demander d'abaisser la palissade pour aller récupérer votre… ami ?

— D'après toi ? lui lança Ethan le tutoyant en guise de provocation, agacé par le manque d'intérêt évident de Jared pour l'homme qui se trouvait en mauvaise posture.

Puis il poursuivit, martelant ses propos, dévoilant sous l'effet de la colère ses belles dents blanches et fortes :

— Si toi tu as l'habitude de laisser tes amis se faire massacrer sous tes yeux, sache que ce n'est pas mon cas ! J'ai vu qu'il y avait des trappes à certains endroits ! Si « elle » acceptait d'en ouvrir une seule, je pourrais les récupérer ! Va demander cela à ta Reine ! Et dis-lui de se dépêcher ! Mon ami est dans un sale état, il ne tiendra pas longtemps !

Devant l'hésitation de Jared, Ethan l'invita à gravir les marches en bois pour accéder au gué :

— Vois-tu ces hommes ?

Jared s'inclina. Il distingua en effet plusieurs silhouettes blessées et sanguinolentes allongées au bas de la palissade. L'un d'eux l'aperçut et tendit une main en sa direction, la bouche ouverte en une supplique. Jared se retira promptement de sa vue.

— Va maintenant ! Et fais vite ! éructa Ethan en lui enserrant brutalement le bras, le défiant par la même occasion d'un regard lourd de menaces.

Jared revint en effet, accompagné de trois soldats. Il désigna Ethan.

— Emparez-vous de lui !

L'un des trois hommes l'empoigna, aussitôt suivi des deux autres qui parvinrent à maîtriser Ethan qui se débattait comme un diable.

— Mais que faites-vous ? Mais lâchez-moi !

Il tenta de résister, mais perdit la partie face aux trois hommes qui le maintinrent fermement et le traînèrent sur quelques pieds jusqu'à une basse fosse, dissimulée derrière de gros sapins.

Au moment où ils le lâchèrent pour le précipiter dans le trou, ils lui lancèrent en riant :

— Tiens, tu voulais ouvrir une trappe ! Que dis-tu de celle-ci ?

Ils laissèrent éclater leur ironie et ricanèrent bruyamment. Ethan s'affala lourdement au sol. Le choc l'étourdit un instant et la tête lui tourna. Lorsque les hommes s'éloignèrent, il tenta de se redresser et évalua sa geôle. Haute de plusieurs coudées, elle était bouclée par une lourde grille de fer. De toute évidence, il était fait comme un rat. Il essaya de s'agripper à une racine qui céda. Ethan martela la surface d'un coup de poing rageur contre ce peuple.

« Je n'aurais rien du lui dire de mes intentions ! Me voilà bien maintenant ! Et de plus, je ne pourrai pas sauver Valère ! Il ne tiendra jamais le temps que je me libère ! Je me suis comporté comme un idiot ! »

Il entendit alors la voix de la Reine, qui s'était approchée, lui dire :

— Que vouliez-vous donc faire Ethan ? Mettre en péril la sûreté de plusieurs peuples pour un sauvetage hasardeux ? Où aviez-vous donc la tête ?

Sa voix était ironique et méprisante.

— Laissez-moi sortir d'ici, je vous en prie ! Donnez-moi l'occasion de sortir du Royaume une seule fois, pour que je puisse sauver cet homme, qui est mon ami ! Savez-vous ce que représente l'amitié seulement ? Nous avons tout partagé, les joies, les moments de chagrin, les doutes aussi. Nous avons vécu les mêmes aventures, il m'a accompagné dans toutes mes difficultés ! Je ne peux pas le laisser crever comme un chien sans au moins ne rien tenter ! Aidez-moi à le sauver je vous en prie !

Constatant qu'elle ne répondait pas, il continua :

— Ils l'ont déjà torturé ! Torturé, ça vous dit quelque chose ? Comme un porc que l'on éviscère vivant ! Si vous ne voulez pas que j'y aille seul, proposez-moi une autre solution !

— Mais enfin, avez-vous perdu la tête ? Ne comprenez-vous pas ce que je vous dis ? Je vous le répète ! Quels que soient les sentiments que vous portez à cet homme, ils ne valent pas le danger dans lequel vous nous mettriez tous ! C'est sans appel !

— Laissez-moi sortir d'ici ! hurla Ethan.

Mais plus personne ne lui répondit. Il rongea son frein, malheureux et contrit de s'être laissé prendre comme un novice, tournant et se retournant comme un fauve en cage. Il évalua la solidité de la grille, inspecta les coins et les recoins pour voir par quel bout il pourrait l'attaquer pour sortir au plus vite.

Le crépuscule commençait à tomber, lorsqu'il entendit des pas approcher de son piège. Il se dressa, sur l'expectative, essayant de discerner la silhouette qui se découpa devant lui, oblitérant sa visibilité.

— Qui va là ? questionna-t-il, anxieux.

— N'aies pas peur ! C'est moi, Jonathan !

— Dieu soit loué, tu vas pouvoir me faire sortir de là ! Tu as les clefs ?

Il entendit alors un cliquetis salvateur.

— Comment as-tu fait pour les avoir ?

— Je les ai subtilisées pendant un moment d'inattention des gardes, et je les ai interverties avec un autre trousseau. Ça marchera le temps que ça marchera. Mais ils vont vite s'en apercevoir. Alors ne perdons pas de temps !

Jonathan introduisit la clef dans la serrure, puis ouvrit la lourde grille en métal et tendit la main à son frère pour l'aider à s'extirper du piège. Ils refermèrent la herse derrière eux pour ne pas éveiller les soupçons.

— Vite ! Il faut maintenant que nous réussissions à passer la barrière pour récupérer Valère et les autres ! Tu dois le savoir toi Jonathan, puisque tu as réussi !

— Mais non Ethan ! Je ne sais pas du tout comment la passer, je n'ai pas compris comment je me suis retrouvé de l'autre côté !

Ethan le regarda, surpris et perplexe.

— Mais comment allons-nous faire alors ?

— Je connais l'existence de trappes, en effet. Il suffira d'en ouvrir une et nous pourrons nous glisser à l'extérieur et récupérer Valère et les autres, affirma Jonathan.

— A supposer que les gardes ne nous remarquent pas, comment les ouvrirons-nous ? obtempéra Ethan, découragé.

Les deux frères virent alors soudain luire dans l'obscurité deux agates obliques, qui s'avançaient lentement dans la pénombre. La Reine de Jade était accompagnée de sentinelles, ainsi que de Lisa. A la vue de la jeune fille, le cœur d'Ethan se serra.

— Tiens, tiens, tiens ! Les voilà tous deux réunis ! Comme c'est touchant ! ricana la Reine de Jade d'une voix grinçante.

Les gardes se précipitèrent sur Ethan. La Reine les arrêta d'un geste de la main.

— Laissez-les donc !

Puis, tournant ses yeux de braise vers Ethan :

— Où comptez-vous donc aller maintenant que votre jumeau vous a aidé à sortir ?

— Ma Reine, je vous l'ai dit et redit ! Il y a urgence ! Vous refusez de m'entendre ! Il vous suffirait d'un geste pour que je puisse aller récupérer Valère et les autres !

Ethan trépignait sur place. Devant l'urgence de la situation, il ne supportait pas que qui que ce soit lui fasse perdre son temps, même s'il s'agissait d'une impératrice.

— Décidément, c'est une obsession !

— S'il vous plaît ! Le temps presse ! A l'heure qu'il est, il est peut-être déjà mort !

Ethan avait haussé le ton et fixa la Reine droit dans les yeux, le buste en avant, au mépris des règles de l'étiquette. Le garde s'avança à nouveau pour s'interposer. L'insistance et l'attitude d'Ethan étaient on ne peut plus offensantes vis-à-vis de la monarque.

— Je ne peux rien faire pour vous ! rétorqua-t-elle en tournant la tête de côté.

Puis sa voix se fit moins péremptoire, presque traînante. Elle expliqua :

— Cette barrière cristallise tous nos désirs, nos rêves, nos songes…

Son regard se perdit alors au loin, se tournant vers un objet inconnu, et devint subitement mélancolique et liquoreux.

— Nous sommes la roche, le marbre, mais aussi le végétal, la chlorophylle…nous venons de partout et de nulle part. Nous sommes des éléments, mais seulement des éléments…Nous avons vécu « autrefois », mais nous ne sommes plus à présent…

Ethan la ramena à la réalité :

— Pourquoi ? Que s'est-il passé ?

Elle ignora la question et poursuivit son aparté :

— Mais nous souffrons terriblement. Car nous ressentons toutes nos émotions et sommes des êtres de désir, comme tout un chacun. Nos désirs sont emprisonnés, bafoués, niés ! Pourquoi « ouvrirai-je » cette barrière ? Ce serait comme vous ouvrir la partie la plus intime de nous-mêmes ? Et d'ailleurs, ne l'avons-nous pas déjà fait en vous accueillant chez nous ? Que me demandez-vous à présent de plus ? N'en avons-nous pas déjà assez fait ?

Elle marqua un temps d'arrêt, et reprit :

— Cette barrière nous protège également des agressions extérieures.

Sa voix se fit soudain dure et cassante :

— C'est pourquoi nous ne l'ouvrirons pas ! Même…pour sauver votre ami…et les autres…Si je ne vous fais pas redescendre dans cette oubliette, c'est uniquement en considération pour votre rang ! Mais ne me forcez pas à vous y remettre par votre attitude ! Que cela soit dit !

Ethan reçut ces paroles comme un choc, qu'il accusa. La Reine condamnait Valère à une mort certaine. Toutefois, il n'en montra rien, adopta une attitude résignée, et fit la révérence. Accablé, il demanda la permission de se retirer. La Reine, pressée de finir cet entretien qui l'ennuyait, en fut au contraire soulagée. Mais aussitôt le dos tourné, Ethan sut qu'il ne renoncerait pas : Une idée venait subitement de lui traverser l'esprit. Il se dirigea à la hâte vers Egmüll, auquel il expliqua la situation.

— J'ai besoin de toi et de tes hommes. Valère gît derrière cette fichue barrière ! La Reine refuse d'ouvrir une trappe pour que nous puissions aller le récupérer ! Je ne peux pas le laisser agoniser de l'autre côté, tu comprends ?

Egmüll, qui se reposait, se redressa aussitôt, alarmé par le ton de son ami :

— Bien sûr ! Mais en quoi puis-je t'être utile ?

— Toi qui as l'habitude et qui te déplaces le plus souvent sous terre, as-tu remarqué s'il y avait une trappe souterraine, même une petite porte par laquelle je pourrai me faufiler pour aller récupérer Valère ? C'est mon dernier espoir, sans quoi je vais être obligé de l'abandonner à son triste sort…

— Oui, j'ai bien remarqué qu'il y avait une porte à vantaux, effectivement, du côté sud…C'est une petite porte dérobée, à peine visible, à l'abri des regards. Mais elle ne m'a pas échappé. En effet, ce serait possible, dit-il en remuant ses grosses lèvres glabres.

— Alors c'est par là que je passerai ! s'écria Ethan une lueur d'espoir dans les yeux.

— Mais…elle est évidemment bien fermée, nous ne pourrons pas l'ouvrir par nous-mêmes…Nous mettrions trop de temps à essayer et nous nous ferions vite remarquer d'ailleurs, objecta le petit personnage. De plus, ces vantaux doivent certainement être fortifiés et doublés !

— Alors, la seule solution est de creuser, Egmüll…Le plus vite possible. Tu as raison, ce sera beaucoup plus discret. Il le faut ! Nous allons y aller ensemble…Montre-moi le chemin !

Egmüll demanda à quelques comparses de venir les rejoindre dans quelques minutes. Usant de mille précautions, se faufilant pour ne pas se faire remarquer, il s'engouffra dans un long boyau aboutissant à la poterne de sortie. Egmüll commença à creuser, pendant qu'Ethan surveillait les alentours pour être sûr de ne pas avoir été suivis.

— Tout va bien, vous pouvez commencer !

Il fut bientôt rejoint par d'autres créatures du Petit Peuple. Tels des ouvriers terrassiers, usant de leurs dents proéminentes, ils réussirent à faire rapidement un trou assez large sous la porte à vantaux, par lequel Ethan réussit à se faufiler.

— Merci Egmüll !

CH.29 LA FRACTURE DELA MORT

Lisa avait vu Ethan et Egmüll s'éclipser discrètement. Elle jeta un coup d'œil alentour et se faufila discrètement derrière eux. Lorsqu'elle vit la brèche réalisée par Egmüll et ses amis, elle eut un petit cri d'étonnement :

— Oh ! C'est risqué ce que vous faites ! murmura-t-elle.

Ethan sursauta et roula des yeux inquiets de droite et de gauche :

— Lisa, que fais-tu là ?

La jeune fille ignora sa question :

— Faites vite, vous allez vous faire repérer !La Reine connaît ton intention d'aller récupérer Valère « de l'autre côté » !

— Je pense que c'est de cela qu'il s'agit : de seulement quelques heures, voire même quelques minutes, qu'en savons-nous exactement ! Vite, dépêchons-nous !

Lisa l'arrêta :

— Attends ! S'écria-t-elle. C'est trop dangereux ! Il nous faut du renfort ! On ne sait jamais !

— Nous n'avons pas le temps !

Ethan n'hésita pas. Il s'engagea dans l'ouverture, mais se tint plaqué contre le mur avant de se mettre à découvert et scruta attentivement les alentours. Il chercha immédiatement des yeux son ami Valère. Plusieurs corps ensanglantés étaient effectivement allongés au sol. Ethan retint sa respiration. Il devait être prudent. Il savait que les Aurochs lui tendaient un piège. Mais il ne pouvait laisser ces hommes et son compagnon de l'autre côté de l'enceinte, à la merci des monstres sanguinaires. Il lui fallait les récupérer coûte que coûte. C'est alors qu'il reconnut son ami à son épaisse tignasse brune. Celui-ci gisait face contre terre. Deux autres manants étaient couchés non loin de celui-ci, immobiles également. Ethan jeta des regards circulaires. Il épia les bruits. Tout semblait calme et serein. Les corps avaient été abandonnés là, comme un avertissement, rien de plus. Il y avait bien ces herbes hautes qui avaient poussé au pied de l'enceinte,un amas touffu de buissons de genévriers, de myrtes, qui s'entrelaçaient avec l'aubépine, et formaient une masse dense et épaisse. Il les observa à leur tour, mais aucun mouvement n'était perceptible. Alors il se précipita, du plus vite qu'il pût.Il retourna le corps de son ami Valère, et il comprit tout de suite qu'il arrivait bien tard. Il ne restait plus qu'un léger souffle de vie dans ce corps mutilé, parcouru de larges striures rougeoyantes.

— Pardonne-moi Valère ! Je voulais venir te chercher, mais je ne pouvais franchir l'enceinte ! Tiens bon mon ami ! Je suis là ! Je vais te mettre en lieu sûr, et te soigner !

Un instant, il eut l'impression que Valère le reconnut. Une petite lueur traversa son regard. Il eut un léger soubresaut et remua faiblement les lèvres pour parler. Seule une respiration sifflante et saccadée s'échappait encore de sa poitrine. Ethan ouvrit à la hâte la chemise de son compagnon et y découvrit une plaie béante et suintante au ventre, découvrant une partie des intestins. La réalité le percuta de plein fouet, mais il ne se découragea pas pour autant. Il passa une main sous la tête de son ami, et de l'autre, le souleva délicatement pour le mettre à l'abri. Lorsqu'il voulut le déposer au sol, il surprit à nouveau son regard. Mais celui-ci était à présent vide et immobile. Sa tête dodelina, puis retomba inerte en arrière. Ses yeux ne fixèrent plus rien que l'immensité glaciale de la mort. Lisa se précipita au chevet de Valère et recula, frappée de stupeur et de frayeur face au visage rigide du jeune homme. Ethan s'agenouilla et s'approcha de la bouche de son ami pour y chercher un dernier souffle de vie. Il le secoua alors :

— Non ! Valère ! Je t'en prie ! Ne pars pas mon ami !

L'effroi s'empara de lui et un sentiment de rage impuissante l'envahit soudain. Des images défilèrent aussitôt dans son esprit : l'aventure, l'entraide, les doutes, le recul. Mais au final, Valère avait toujours été là, il avait toujours vaincu ses peurs, pour accompagner Ethan dans sa propre quête. Puis défilèrent également les traits de caractère de Valère : sa nonchalance, sa poltronnerie aussi, qui l'avaient tant agacé au début, et qui l'avait amené à le secouer maintes et maintes fois. Mais Valère appartenait à son groupe, il était un membre à part entière de sa famille. Tout cela ferait désormais partie des souvenirs. Ethan secoua la tête. Il se refusait à l'accepter.

— Pardonne moi, pardonne-moi d'être arrivé si tard !

Mais Valère ne répondit pas aux suppliques de son ami. Puis l'incrédulité fit place à l'effroi :

— Dis-moi que ce n'est pas vrai ! Reviens parmi nous ! Nous avons encore tellement d'aventures à vivre ensemble !

Ethan tourna vers Lisa son visage grave, les larmes ayant creusé deux sillons sur ses joues, cherchant du réconfort face au choc brutal que lui renvoyait la mort de son ami.Au même moment arriva Jonathan. Celui-ci s'exclama, le visage radieux :

— Tu as pu récupérer Valère ! Je viens t'aider à le ramener, lui et les autres !

Jonathan regretta aussitôt ses paroles. Son frère se leva, la mine décomposée, l'air hagard. Il se dressa face à lui, et hébété, lui cria :

— C'est trop tard ! Tu ne vois donc pas qu'il est mort ! éructa-t-il, la voix métamorphosée par la colère, la bouche déformée par des plis d'amertume. Il tremblait. C'est à cause de cette… femme, qui m'a empêché d'aller le chercher !

— Mais non Ethan ! Tu es injuste ! Elle nous a tous protégés ! Valère a été pris dans cette embuscade ! Ça n'a rien à voir avec elle !

— Elle a donc aussi réussi à s'infiltrer dans ton pauvre cerveau ! Et tu t'es laissé faire !

Jonathan recula face à la brutalité des paroles énoncées par son frère. C'était la première fois qu'il s'exprimait envers lui aussi durement.

— Qui est-elle réellement ? Que sais-tu d'elle au juste ? aboya-t-il à la face de son frère.

Jonathan resta interdit, ne sachant pas quoi répondre. Ethan, dévasté par la colère, empoigna son frère par le col, et le secoua violemment :

— Mais qu'est-ce que tu fais avec cette femme ? Ne vois-tu donc pas que c'est une manipulatrice ? Qu'elle se sert de toi ? Mais ouvre donc les yeux enfin, Jonathan !!!

— Tu te trompes complètement Ethan ! Pourquoi veux-tu qu'elle se serve de moi ? C'est une femme sincère ! rétorqua Jonathan, qui désemparé, tourna le dos à son frère.

Lisa s'interposa à son tour :

— Ça suffit Ethan ! Laisse le tranquille ! Calme-toi ! Tu es sur le coup de la disparition de Valère ! Mais ne t'emporte pas après Jonathan ! C'est peut-être ce qu'elle cherche : à vous diviser ton frère et toi ! Ne tombe pas dans son piège !

Lisa exhorta le jeune homme à se calmer.

Alors Ethan prit la dépouille de son ami, et le portant à bout de bras, il se tourna dos à l'enceinte. Le visage déformé par la rage et la colère, il éructa :

— Je jure ici devant Valère de le venger ! Je vous aurais, immondes porcs que vous êtes ! Montrez-vous ! Montrez vos sales faces de charognes que vous êtes ! Je vous briserai les os jusqu'au dernier ! Je n'aurai de cesse de vous poursuivre…jusqu'à ma mort !

Épuisé et accablé de chagrin, il reposa au sol le corps de son ami, les épaules secouées de sanglots.

Jonathan mit sa main sur l'épaule de son frère :

— Ne restons pas là, je t'en prie, c'est trop dangereux !

Au moment où il chargea la dépouille de Valère sur ses épaules, et s'apprêtait à rejoindre la poterne, des craquements se firent subitement entendre, qui provenaient des bosquets situés à l'arrière, faisant face à la barrière. Légers et imperceptibles au départ, les froissements se transformèrent rapidement en fracas : une ou plusieurs masses piétinaient, arrachaient les chênes, suivis de râles et de grognements : ils les entendirent, et horrifiés, se précipitèrent vers la poterne, se glissant du plus vite qu'ils purent par l'ouverture pratiquée par Egmüll. Ils eurent à peine le temps de faire passer la dépouille de Valère.

CH.30 LA GROTTE COMME ALCÔVE

Au moment où Jonathan se faufila derrière son frère, un fracas énorme se fit entendre. La poterne explosa littéralement, les cloisons de cristal volèrent en éclats et strièrent l'air tels des projectiles propulsés par une machine de guerre implacable. Stupéfaits, Ethan et ses amis furent projetés loin en avant. Et c'est alors, qu'horrifiés, ils les virent. Des masses imposantes surgirent devant leurs yeux. Les monstres jubilaient, apparemment satisfaits que leur piège ait fonctionné. Un flot de créatures dégorgea par la poterne à présent évasée, tels les remugles déversés par une bouche d'égout. Gueules béantes, de la bave dégoulinant de leurs babines, leurs petits yeux chassieux scrutant les alentours, le mufle et les narines dilatées, happant l'air à grandes brassées, comme pour mieux évaluer le nombre de leurs prochaines victimes. La plaine retentit de leur cri de victoire qu'ils éructèrent à plusieurs reprises, se galvanisant de la promesse toute proche de la curée. Les bêtes éventrèrent la muraille de leurs pattes puissantes, libérant ainsi un large passage. Ils se précipitèrent par l'ouverture, et s'éparpillèrent en désordre dans la plaine, se fiant à leur odorat de prédateur. L'écho renvoya alors les cris de frayeur des manants surpris dans leur quiétude, qui s'enfuirent de toutes leurs jambes. Ceux-ci furent happés tels de petits fétus de paille. Ethan, Jonathan et Lisa se ressaisirent et détalèrent du plus vite qu'ils purent, courant à perdre haleine, cherchant désespérément des yeux une anfractuosité dans laquelle se glisser. Ils atteignirent un amas de rochers derrière lesquels ils se coulèrent. Ils haletaient de peur, la poitrine secouée de spasmes violents, qu'ils essayèrent de contrôler au plus vite pour ne pas se faire repérer. Ethan tenait fermement la main de Lisa. Tous leurs sens en alerte, ils scrutèrent l'horizon, écoutant d'où venaient les cris et les hurlements. Ils se recouvrirent alors à la hâte de feuilles mortes pour mieux se camoufler.

A l'arrivée des monstres, l'air environnant changea soudain, déversant les exhalaisons de l'enfer. Le soleil disparut derrière un amoncellement de nuages noirs. Des éclairs zébrèrent le ciel, accompagnés de grands roulements de tonnerre, enveloppant la vallée dans une chape de plomb gigantesque et oppressante. Aussitôt les Éphémères se recroquevillèrent sur eux-mêmes, tels des anémones de mers qu'un intrus aurait effleurées, surpris devant l'arrivée des bêtes immondes. Ils regagnèrent leur habitacle opportuniste, réintégrant qui un chêne, qui un hêtre ou un châtaignier, tels des myriades d'insectes.

Certains hurlèrent :

— La lumière, la lumière a disparu !

La brise dispersa les effluves nauséabonds des monstres. Les arbres se contorsionnèrent alors, recroquevillant leurs branches tels les bras de vieillards aux veines saillantes. Des chuintements et des sifflements de bêtes apeurées fusèrent de la canopée. Les plantes se mirent à trembler et furent parcourues de grands frissons, comme saisies par une poussée de fièvre subite et violente. Puis ce fut le silence. La forêt guettait à présent l'ennemi, retenant sa respiration. Les Aurochs avancèrent, reniflant et humant l'air, à la recherche d'êtres vivants. Le brouillard s'étendit lentement, noyant les contours de la plaine, ainsi que des frondaisons des arbres, dans un immense linceul mortuaire, qui transforma les plantes en silhouettes spectrales figées. Les monstres sentirent que la plaine regorgeait d'êtres. Certains, guidés par leur odorat, s'approchèrent alors des plantes, dont ils strièrent le tronc, le zébrant et l'éventrant, puis fouinant jusqu'à en extraire le petit être qui hurlait de peur.

Ethan, quant à lui, se tenait recroquevillé avec ses compagnons sous son amas de feuilles mortes, se cachant du mieux qu'il pouvait, lorsqu'il vit passer deux silhouettes furtivement. Elles se coulaient, recourbées en avant, ployant presque jusqu'à terre. Son cœur ne fit qu'un bond dans sa poitrine. Qui étaient ces deux êtres à l'affût ? Quelles étaient leurs intentions ? Il n'osa pas s'adresser à Jonathan ou Lisa, même en murmurant, de peur de se faire repérer par les monstres. Il se tourna vers son frère, et comprit à son regard qu'il avait vu lui aussi. Les deux ombres se rapprochèrent de leur amas de rochers, sans doute pour s'y faufiler également. Ethan fut rassuré de constater qu'il s'agissait de silhouettes humaines. Au moment où elles furent assez proches de lui, il bondit en avant, surgissant de son amas de feuilles, et empoigna la forme par le collet. L'autre eut une réaction de terreur et se rejeta en arrière. Il dégaina aussitôt son épée. Une abondante chevelure brune se déroula alors sous ses yeux. Aussitôt, il le reconnut dans la semi-obscurité :

— Sachiel... C'est toi mon ami...se contenta-t-il de murmurer.

— Mais ce que tu m'as fait peur à surgir de cette façon de ces rochers, tel un ressort de sa boîte ! Tu aurais pu m'avertir d'une manière ou d'une autre ! Mon cœur a failli lâcher ! protesta Sachiel.

— Chuuut, moins fort, tu vas nous faire repérer...Tu en as de biens bonnes toi ! Comment voulais-tu que je sache que c'était toi ? Tu as vu ce brouillard ?

Puis Sachiel ajouta, jetant des regards furtifs autour de lui :

— Erin est juste derrière moi...

— Dieu soit loué, vous êtes vivants…Nous n'allons pas rester là, c'est trop dangereux. Nous nous ferions vite repérer. Nous allons rejoindre la grotte de Boons.

Ils scrutèrent les alentours, puis se faufilèrent d'arbre en arbre, en se tapissant et se coulant, pour se fondre dans l'amas touffus de la végétation. Lorsqu'enfin ils parvinrent au seuil de la grotte, ils lâchèrent un soupir de soulagement. Le silence qui y régnait les tranquilisa aussitôt. L'entrée de la grotte était en grande partie cachée par un manteau épais d'arbustes. Au faîte d'une petite colline, elle offrait un point de vue stratégique, permettant de voir arriver les assaillants.

Erin partit aussitôt en repérage, son épée dégainée, pour s'assurer qu'aucun animal sauvage ne l'avait investie. Ils savaient qu'il était trop tôt pour que les monstres en revanche, ne l'aient repérée.

Une fois apaisés et rassurés, ils purent enfin réfléchir :

— Le temps presse ! lança Ethan. Il faudrait que nos gens puissent venir s'abriter ici. Cette grotte est assez vaste pour servir de refuge à tous.

Erin revint et s'exclama :

— Elle est vraiment très profonde ! Elle s'étale sur plusieurs paliers !

Ethan laissa errer son regard sur le spectacle grandiose qui s'offrait à lui : la roche déchiquetée crachait ses stalactites dentelées, ou par endroits au contraire elle s'écoulait en draperies amples et majestueuses. Il laissa courir la paume de sa main sur les concrétions étoilées et rugueuses. Un instant il eût l'impression que la roche vibrait sous sa caresse. Mais il chassa bien vite cette sensation. En d'autres circonstances, il aurait pu s'alanguir davantage sur la lumière diffractée et bleutée qui donnait à l'ensemble une allure onirique. Mais la réalité s'imposa rapidement à lui et le ramena à des préoccupations plus terre-à-terre.

— Il faudrait faire passer le message le plus vite possible à toutes nos gens : qu'ils viennent s'abriter ici, suggéra Ethan. Dans la plaine, ils sont trop à découvert. D'ici nous pourrons organiser notre défense.

— Oui, mais comment ? réfléchit Erin Quoique…j'ai une petite idée.

— Que vas-tu faire ? s'enquit Lisa. Surtout ne prends pas de risques !

— Je ne serai pas long !

Au dehors le vacarme faisait rage et les montagnes renvoyaient en écho les cris des victimes, tels les couinements de bêtes brusquement rattrapées et étranglées par un prédateur.

Erin jeta des regards circulaires autour de lui, puis s'assurant que la voie était libre, se dirigea vers un grand hêtre qui se trouvait face à lui. Il s'adressa à l'arbre :

— Écoute-moi. Fais passer ce message : dis à nos gens de venir s'abriter ici, dans la grotte de Boons. Pour ceux qui le peuvent du moins. Nous avons beaucoup d'armes. Nous organiserons un assaut tous ensemble !

Le hêtre agita sa ramure dans le vent, et susurra la missive annoncée par Erin. Elle s'envola, s'épandit de faîte en faîte, et parvint jusqu'aux oreilles des manants. Ceux-ci perçurent les mots qui ne s'adressaient qu'à eux et eux seuls. Les arbres indiquèrent la direction à prendre. Les manants affluèrent bientôt dans la grotte. Éreintés et apeurés, les yeux hagards, dépenaillés, ils furent heureux de pouvoir se réfugier dans cette alcôve de paix, et aussitôt le soulagement s'inscrivit sur leurs visages.

— Nous voilà bien à l'abri ici ! dit l'un d'eux en découvrant un sourire édenté.

— « Ils » vont vite nous repérer. L'accalmie sera de courte durée. Si ce n'est pas déjà fait, annonça Ethan. Mais nous allons les devancer. Saisissez-vous de ces armes !

Erin et Lisa distribuèrent des épées, des haches, des hallebardes, des fléaux aux pieux acérés, ainsi que des piques.

— Prenez aussi les arcs, ils les tiendront provisoirement à distance. Tenez, les boucliers, et les heaumes ! ordonna Ethan.

Mais il n'eut pas le temps de finir sa phrase, que des hurlements à faire glacer le sang résonnèrent au dehors de la grotte. Les soldats se turent soudain. Un mouvement de panique parcourut l'assemblée.

— « Ils » sont déjà là !

Une guerrière du peuple des Alden qui se tenait près de l'ouverture s'avança courageusement. Elle ravala sa salive, et eut un petit mouvement de recul. Une ombre gigantesque se dressa devant elle, mugissante, la gueule béante. Elle n'eut pas le temps de brandir son fléau. Un soufflet lui arracha le bras. D'autres soldats surgirent de la grotte. Un coup de hache atteignit le monstre en plein torse. Il recula, surpris, et tituba. Un archer en profita pour lui asséner des coups de hache. La bête tint bon. Seule contre une dizaine d'hommes, elle résista. Elle zébra l'air de ses pattes puissantes, que les hommes tentèrent d'esquiver. Un soldat réussit à ficher sa hallebarde en plein milieu du crâne du monstre. Vaincu, il abandonna, reculant et poussant des hurlements atroces.

Les soldats se replièrent.

— Nous avons vaincu celui-là. Mais nous ignorons combien ils sont, dit l'un d'entre eux, un jeune homme brun, grand et bien bâti.

— D'autres arriveront certainement, confirma son voisin.

— Nous avons l'avantage de pouvoir les observer de notre promontoire.

En effet, d'autres monstres apparurent, le mufle relevé, humant l'air qui les conduisit immanquablement en direction de la grotte, le rassemblement des hommes laissant des traces olfactives facilement repérables. Aussitôt les soldats se mirent en faction, genoux à terre, boucliers en avant, et défièrent les bêtes. Celles-ci ouvrirent leurs gueules, dévoilant des crocs acérés, bavant telles des hyènes affamées de sang. Les soldats les tinrent à distance par des coups de piques répétés. Tenir et résister, esquiver, frapper les parties vitales, le torse, le crâne, viser les yeux. Parfois un heaume voltigeait, la tête d'un soldat roulait en contrebas, un rictus de peur figé sur son visage.

Ethan s'était avancé au premier rang, et provoqua un Aurochs :

— Avance, bâtard ! Approche que je te plante mon essieu dans ta sale gueule de charogne puante !

Il était animé d'une soif inextinguible de vengeance : les traits crispés, les mâchoires serrées, le regard fulminant, il avait devant lui l'image du corps inanimé de Valère, pauvre marionnette inerte qu'il avait tenue à bout de bras. La rage l'habitait et le portait, décuplant sa force. Alors il frappa le monstre, lui assénant des coups d'épée sans relâche. Il visa les pieds de la bête, la lame effilée et tranchante rentra dans la chair et le membre voltigea au loin, laissant s'échapper des flots de sang rougeâtres. Celle-ci s'effondra à terre. Ethan amortit un coup qui venait sur sa droite avec son armure. Alerte et bien campé sur ses pieds, entraîné aux plus rudes combats, il faisait front, brandissant son épée, de l'autre parant les coups avec son bouclier. La bête s'avança vers lui. Il la brava et d'un geste rapide lui ficha son arme dans l'abdomen, puis la retira aussitôt, traçant une entaille profonde et fatale. Percutée, la créature recula. Mais blessée, sa rage décupla. Elle se retourna contre Ethan. Il saisit un fléau, fit voltiger les pointes acérées suspendues au bout de maillons, puis les lança à toute volée contre les flancs de l'animal. Ils lui déchiquetèrent les chairs. Le monstre blessé et affaibli abandonna la partie et s'enfuit.

Mais les molosses arrivaient toujours plus nombreux. Les soldats se battirent vaillamment. La terre absorba de longues coulées de sang rougeâtre qui nimba le sol mais infiltra également les esprits, les englant dans une gangue de découragement.

— Nous ne tiendrons pas, il y en a trop ! lança Erin qui se battait comme un diable.

— Il le faut pourtant ! L'exhorta Ethan.Ne faiblit pas, tiens bon !

Un être fragile du peuple des Alden fut attrapé par les cheveux. La bête le fit voltiger et le démembra comme un insecte auquel on arrache les ailes. Peu à peu les monstres prirent le dessus.

CH.31 L'INFAMIE

L'arrivée des Aurochs avait oblitéré la lumière dans le royaume des Éphémères, gommant le bleu du ciel pour y apposer de grands aplats de gris anthracite et plombé l'air ambiant de miasmes corrompus et viciés. Le paysage était englué dans une lourde chape de plomb. Le brouillard avait fait son entrée lente et silencieuse, serpentant dans les marais et les joncs, s'infiltrant insidieusement et recouvrant l'espace alentour d'auréoles spectrales. La forêt se calfeutra, se recroquevilla, rabattant ses branches telles des bras de vieillards ramassés sur eux-mêmes et leur passé, comme pour se protéger. Les oiseaux cessèrent leurs chants, les animaux se réfugièrent dans leur terrier. Seules les longues modulations des plaintes des loups trouèrent la densité du soir et donnèrent une emphase lugubre au paysage. La forêt se drapa dans un voile d'apesanteur et figée et silencieuse, attendit et redouta le cataclysme.

Un cri retentit soudain et déchira l'atmosphère : alanguie sur sa méridienne, la Reine de Jade tenait sa tête entre ses mains :

— Mes yeux ! je n'y vois plus rien !

Elle appela sa suivante. Celle-ci se précipita au chevet de sa reine et constata en effet le mal : à la place des émeraudes étincelantes et jaspées, deux coulées grises suintaient sur les joues de la reine de Jade. Elle supplia :

— Ramenez-moi la lumière ! J'ai mal, si mal ! Je vous en prie ! Oh, pourquoi ne puis-je plus voir ?

La suivante se précipita au chevet de sa dame, avec des pots d'onguents, mais celle-ci la repoussa.

— Ma reine ! La lumière a disparu pour une raison que j'ignore ! Mais Jonathan vous la ramènera ! J'irai le trouver et lui demanderai de vous la rapporter !

Jared, qui se tenait non loin, entendit la servante et sa voix retentit aussitôt :

— C'est moi qui ramènerai la lumière à Notre Reine !

Alors elle tourna la tête et s'arrêta de crier, comme dans l'expectative. Elle prit la posture d'une statuaire grecque, s'allongea sur sa couche. Désemparée, le coude replié sous la tête, les lèvres soudées, et fixant le néant, elle attendit.

La forêt, ainsi que les êtres qu'elle abritait, agonisait. Sans la lumière, le peuple des Éphémères était anéanti :Ils étaient des êtres aériens, qui se nourrissaient de la légèreté de l'azur, se laissant porter par le vent.La futaies'étiola lentement. Une à une, les feuilles tombèrent. Les arbres se contorsionnèrent en convulsions continues, dans un enchevêtrement touffu de lianes, comme se courbant sous l'effet d'une douleur insupportable, rabattant leurs bras noueux et nervurés sur leur tête, paupières baissées et regards tournés vers le sol, dans une attitude de prostration.

— Comment pouvons-nous nous défendre contre ces monstres ? Comment pourrions-nous combattre leur puissance ? susurraient-ils de branche en branche. Nous n'avons pas d'armes…

Quand les colosses approchèrent, annoncés par leurrespiration lourde et gutturale et leur odeur pestilentielle, les arbres se recouvrirent le visage pour ne pas recevoir la souillure de leur vision.Leurs gueules béantes et leurs yeux aux orbites creuses leur laissèrent entrevoir les prémices de l'enfer.

Les Aurochs les lacérèrent, les éventrèrent, soufflant et grognant, fouillant pour extraire les êtres qui s'y cachaient, grattant les vieilles souches pour les extirper. Sous les coups et le martèlement des pattes des monstres, sourdaient les sanglots des Éphémères, en modulations tristes et continues. Les feuilles laissèrent suinter des larmes de cristal translucide qui humectèrent la terre. Le bois trembla sous les pas des créatures qui continuèrent leur travail de sape et de destruction. La sève dégoulina sous les striures de griffes en longues traînées poisseuses et blanchâtres, telles le suc d'un insecte que l'on aurait écrasé. Les branches ployèrent jusqu'au sol comme sous le poids d'un fléau trop lourd à porter. A la place de celles arrachées, des bubons tuméfiés cicatrisèrent.

Les heures, puis les jours s'étirèrent dans une lenteur effroyable. Enveloppée dans son carcan de terreur, la campagne dépérit, se sclérosa. Le limon se recouvrit d'une épaisse couche de cendre grise. La terre elle-même qui autrefois portait tant de vie, se mourut, et devint exsangue. Les marais exhalèrent des odeurs putrescentes. La vie du bois se liquéfia, se délita dans des miasmes délétères et visqueux. Les Aurochs avaient apporté avec eux leur lot de désolation, destruction, mise à mort. Ils ne voulaient non pas dominer les Éphémères et les peuples qu'ils cachaient, mais les anéantir, les annihiler, les exterminer, dans leur soif inextinguible de vengeance.

CH.32 LA MONTAGNE IVRE DE COLÈRE

La plaine résonnait du cliquetis des armes et du fracas des combats. Les fléaux se levaient et s'abattaient, frappaient sans relâche. Les soldats assénèrent des coups mortels. Mais beaucoup d'entre eux, percutés à leur tour par des heurts puissants, ne se relevèrent pas. Des corps jonchaient le sol, yeux révulsés, bouches béantes, visages gravés dans l'éternité, un rictus aux lèvres, ou frappés d'horreur après avoir approché la hideur des monstres. Leur vue effrayante renvoyait comme un négatif les abysses du néant dans lequel les avait plongés les Aurochs. D'autres au contraire semblaient dormir, adossés au coin d'un arbre comme des pantins désarticulés. Le royaume des Éphémères s'était transformé en un champ de ruines. Les prairies étaient dévastées, les blés ruisselaient du sang des cadavres.

Le temps semblait comme aboli, suspendu à l'aune incertaine du combat, la démarcation entre le jour et la nuit étant gommée par l'oblitération de la lumière, nimbant les contours de la plaine dans une semi-obscurité permanente.

Figée dans une apparente immobilité, hiératique et sereine, la montagne observait. Spectatrice silencieuse, elle offrait des versants doux et verdoyants au premier plan, qui s'étalaient en une légère déclinaison sur la vallée. Puis elle se hissait au nord en arêtes coupantes, retenant sa nature profonde et cachée comme un avertissement tacite. Elle assista tout d'abord impuissante à l'arrivée des Aurochs, et à l'implacable désolation qu'ils infligèrent au royaume. Alors elle s'offusqua, sortit de sa torpeur en frémissant, puis elle eut un sursaut, et se mit en branle graduellement. Il y avait tant d'années que sa léthargie n'avait pas été dérangée. Les arêtes tranchantes se profilèrent, s'avançant lentement sur un socle amovible, comme dans un vaste décor cinématographique mû par les cordes d'un régisseur habile, et éclipsèrent les versants doux, relégués en arrière-plan.

La montagne éructa :

— « Ils » s'attaquent aux nôtres ! Comment ces chiens osent-ils ?

Les paroles rebondirent dans la canopée et furent porteuses d'espoir. Les arbres tendirent les oreilles et agitèrent leurs branches secouées de soubresauts, dans un ultime effort.

— Aidez-nous…suppliaient-ils.

Un grondement monta des entrailles de la terre, qui se mit à trembler. Puis la montagne fut secouée de spasmes violents, et vomit tel un chat qui régurgite une boule de poils amassée dans son estomac. Alors ils surgirent de la roche elle-même, qui se fendit dans un vacarme assourdissant : des êtres de granit, puissants et solides, expulsèrent de grandes giclures de roches tout autour d'eux. Tout d'abord apparut le poing qui avait crevé la roche. Puis peu à peu des êtres à allure humaine se dessinèrent, les bras, les torses, les jambes apparurent de plus en plus distinctement. Enfin ils quittèrent leur chrysalide rocheuse, et se dirigèrent vers les Aurochs. Surpris, les monstres se détournèrent alors des petits peuples, qui exténués, s'effondrèrent au sol, et contemplèrent le spectacle étrange qui s'opérait soudain sous leurs yeux. Les colosses de granit s'emparèrent des Aurochs et leur infligèrent des coups puissants. La bataille se transforma alors : la chair contre la roche, David contre Goliath. La roche fit gicler la chair, la broya, l'écrasa, pour la pulvériser ensuite. Ils démolirent les monstres, dont les membres strièrent l'air d'éclaboussures sanguinolentes, qui retombèrent en gerbes écarlates et aspergèrent les petits peuples. Ceux-ci reculèrent, horrifiés, secouant bien vite les salissures comme s'il se fut agi de pus, et se signèrent. D'autres êtres de granit, utilisant une autre tactique, se positionnèrent en cercle et se rapprochèrent d'un Aurochs, qui se débattit vainement. Ils l'enserrèrent peu à peu, le broyant comme sous les crans d'une poulie, jusqu'à ce qu'à ce que ses os craquent, et le crâne jaillisse tel un projectile. La montagne siffla, cracha ses êtres tels des obus. L'un d'entre eux s'avança vers un monstre en dardant son éperon rocheux et l'empala. Puis, il s'en défit en le jetant en contrebas, où il s'écrasa lourdement et fut désarticulé.

Ethan invita les manants à s'écarter :

— Attention : protégez-vous ! Rentrez dans la grotte !

Mais les Aurochs étaient puissants, et le Mal représentait une force incoercible. Des êtres de pierres gisaient à terre, percutés à leur tour par une patte puissante qui les avait envoyés valser au loin, se heurtant parfois les uns les autres dans un grand fracas d'éboulements. Allongés, leur corps était fendu tel celui d'une poupée cassée, et leur crâne brisé tel la coque vide d'une noix. Ils conservaient même dans la mort l'allure humaine, leurs bras rabattus au-dessus de leur tête, ou au contraire les mains contre le visage, dans un sentiment de déréliction. Nul doute qu'ils étaient habités par une âme, qui souffrait. Une fois allongés, leur dépouille se diluait doucement puis réintégrait à nouveau la montagne, mais cette fois-ci pour en constituer une masse inerte. Les monstres s'attaquèrent alors à ses flancs, la striant, la lacérant de longues meurtrissures, pour mieux saper sa base, et ainsi l'empêcher d'expulser à nouveau d'autres êtres de granit. Ils assénèrent des coups si puissants, que même les éperons rocheux aiguisés volèrent en éclats. Les êtres de pierre se trouvèrent en perte de vitesse. Les Aurochs gravirent lentement ses flancs abîmés, meurtris, les foulèrent comme pour mieux les soumettre, et une fois au faîte, poussèrent des hurlements jubilatoires. Du haut de leur promontoire, ils écrasèrent de leur haute stature la montagne qu'ils avaient terrassée, comme un chasseur qui prend la pose devant son trophée abattu. Ils balayèrent de leurs petits yeux enchâssés dans leurs orbites creuses l'horizon qui s'étendait devant eux, contemplant toute l'étendue de leur nouveau territoire, qui désormais leur appartenait, et laissèrent sourdre de leur gorge des ricanements de satisfaction avide.

CH.33 GRÂCE A TOI JARED !

A l'abri dans ses appartements, la Reine de Jade ne connaissait de la bataille que ce que ces émissaires lui rapportaient. D'abord alarmantes, les nouvelles prirent une autre teneur lorsqu'elle apprit l'aide des soldats de granit. Elle ne se doutait pas que ceux-ci étaient aussi sur le point de perdre la partie. Allongée, elle était toujours préoccupée par sa brusque cécité, et fixait droit devant elle un objet qu'elle ne voyait pas, se désolant et se plaignant. Une servante se tenait près d'elle et épongeait les longues striures sur ses joues. Jared arriva.

— Jonathan ? s'enquit la Reine de Jade.

— Je suis Jared, votre Majesté.

— Oh…Elle sembla déçue.

— Mais où est-il ? demanda-t-elle d'une voix plaintive.

— Il est au combat, votre Majesté.

Jared fut soudain contrarié : elle avait tout de suite pensé à Jonathan, bien avant lui. Un sentiment nouveau le transperça alors tel un aiguillon qui lui fit mal. Une douleur fulgurante, incontrôlable l'envahit : la jalousie. Si elle avait pu voir, elle aurait certainement remarqué sa mine déconfite.

Le visage de la monarque manifesta soudain une grande inquiétude.

— Est-il blessé ?

— Je ne le pense pas, répondit-il sur le ton le plus neutre qu'il put.

« Elle ne me demande même pas comment je vais moi, cela lui est bien égal apparemment… »

— Mais vous n'en êtes pas sûr, dit-elle à voix basse.

Jared perçut le brusque changement de ton. Il reçut pourtant le reproche sans ciller.

Elle soupira, lasse et oppressée, apposant les mains contre sa tête, la soutenant comme si elle était soudain devenue trop lourde.

— Ne peut-on me rendre la lumière ?

Le visage de Jared se crispa. Elle se tut un instant, puis reprit :

— Jared ! Dites-moi la vérité ! Où en sommes-nous des combats ? Nos hommes de granit sont très forts n'est-ce pas ? Ils ont forcément le dessus ? Aucun ennemi ne les a jamais vaincus !

Jared hésita à lui annoncer la réalité et la reine perçut tout de suite son embarras. Elle se redressa, inquiète.

— Jared ? Pourquoi ne répondez-vous pas ?

— Oui ma Reine, en effet, ils combattent vaillamment. Mais… « ils » sont puissants…très puissants…je crains que…

Elle ne le laissa pas finir sa phrase.

— Dans ce cas, Jared, il faut absolument que vous rameniez la lumière ! Vous savez pourquoi n'est-ce pas ?

— Oui, ma Reine, je sais pourquoi.

— Approchez !

Elle tâtonna et lui prit les mains. Il sentit qu'elle tremblait, et les traits de son visage crispé et tendu trahissaient à présent l'anxiété qui la rongeait. Elle lui dit avec un rictus des lèvres, contenant à peine son émotion :

— Jared ! C'est notre seul espoir ! Vous ne pouvez pas échouer ! Il faut ramener la lumière ! Coûte que coûte ! Vous le ferez, n'est-ce pas ?

Jared comprit parfaitement ce que la Reine attendait de lui. Il ravala sa salive, et la rassura :

— Je vais aller aux nouvelles de Jonathan, et je vous ramènerai la lumière…

Jared quitta les appartements de la Reine. Il sortit par une porte latérale, emprunta un long boyau souterrain, un passage secret. Là, il se défit de son vêtement de chlorophylle, pour libérer ses ailes, fit légèrement pivoter un bloc de pierre et il observa. Surplombant un tertre, les monstres contemplaient de leur haute stature maléfique et sombre, les êtres de granit allongés quelques pieds plus bas, qu'ils avaient anéantis. Ceux-ci avaient terminé leur course sur une plate-forme rocheuse, et étaient étendus, tels des statues brisées. Les êtres de roche étaient les milices les plus puissantes du royaume, celles qu'aucun peuple barbare n'avait jamais contrées jusque-là. Mais cette fois, des centaines d'êtres gisaient ainsi, agrégés dans une attitude de recueil intime, brisés comme de simples vases de porcelaine. Jared évalua la situation. Il restait une ultime solution, mais il fallait agir vite. Un instant le doute s'insinua en lui :

« Pourrai-je y arriver seul ? »

Pourtant, il devait ramener la lumière coûte que coûte. Non seulement pour guérir la Reine de sa cécité, mais aussi parce qu'il savait que les Aurochs détestaient le jour et épandaient aussitôt la noirceur partout où ils passaient. Confrontés à la clarté, ils en seraient ainsi fortement affaiblis, et même s'il n'avait plus beaucoup d'espoir, il comptait sur un événement ultime pour renverser la donne. Il ne voulait pas admettre la défaite.

Il jeta un petit coup d'œil vers le haut. Les monstres avaient l'air immobiles, du haut de leur promontoire, toisant avec dédain et cynisme leur œuvre, un petit rictus sardonique de satisfaction déformant leur visage abject. Ils étaient facilement venus à bout des êtres de granit. Écraser les petits peuples serait pour eux une formalité. Ils ne se pressaient pas,ils savouraient au contraire, se délectaient de l'instant présent. La victoire était proche. Ils attendraient patiemment que les soldats sortent de leur antre, et ils les écraseraient comme des fourmis.Ces derniers avaient subi de lourdes pertes, et par conséquent, ils étaient affaiblis. La conversation qu'ils échangeaient entre eux par des espèces de grognements devait tourner autour de ce constat.Jared chassa les doutes qui traversaient son esprit. Il continua son inspection et ne trouva âme qui vive qui aurait pu l'aider.

« Personne ! constata-t-il. Je suis seul…Mais ils ignorent que je suis là, à les observer…Je suis peut-être la dernière chance ! Je n'ai par conséquent pas le droit d'échouer ! »

Il hésita, il eut peur soudain, l'envie le prit alors de renoncer et de faire demi-tour. Mais il savait que toute l'issue du combat reposait sur lui et lui seul. Il réfléchit encore quelques minutes pour renforcer sa détermination. Il évalua mentalement la distance en levant les yeux au ciel. Il n'avait besoin que de deux ou trois coudées pour pouvoir prendre son élan. Il ravala sa salive, inspira profondément, et ouvrit la lourde porte. Il ramassa à la hâte quelques pierres, qui lui serviraient de projectiles en cas de besoin, s'appuya sur le plateau, et s'élança du plus fort qu'il put. Le léger roulis des rochers qu'il déclencha attira l'attention des monstres, qui s'aperçurent de sa présence. Il lui fallait à tout prix déployer ses ailes. Les monstres réagirent aussitôt et dégringolèrent lourdement la colline. Jared se retrouva face à l'un d'eux. Il lui fit face et dégaina son couteau. La bête ouvrit grand sa gueule, et se dressa de toute sa stature tel un ours sur l'esplanade pour effrayer son adversaire, hurlant, et éructant. Il frémit de tout son être en voyant la créature face à lui : de sa gueule saillirent des crocs acérés qui lui déchiquèteraient les chairs. L'espace d'une seconde, il croisa ses orbites. Il chercha en vain les pupilles, ne trouvant à la place que deux abîmes de noirceur et de cruauté insondables. Surtout ne pas lui tourner le dos. S'il touchait à ses ailes, ce serait la fin. Même avec une seule éraflure, il ne pourrait pas s'envoler. Jared, rassemblant tout son courage, donna un premier coup, qui toucha le monstre à la patte avant. La bête recula, puis revint à la charge à nouveau, sa rage décuplée.

« Il faut que j'y arrive ! Sinon, autant mourir ! Je n'ai pas d'autre choix ! »

Jared fit face au monstre une nouvelle fois. Il se servit de la pierre qu'il tenait à la main et la projeta dans la tête de la bête, qui percutéede plein fouet et déstabilisée, recula une deuxième fois. Il savait qu'il en faudrait plus que cela pour l'abattre. Mais il profita de ces quelques secondes de répit pourse tasser sur lui-même, les jambes repliées, ramasser à la hâte quelques pierres, puis prendre son élan. Cependant la bête revint à la charge et d'un grand coup de patte stria l'une des ailes de Jared. Sous la force de l'attaque, il fut déstabilisé et chuta quelques mètres en contrebas. Il avait senti l'éraflure sur son aile.

« C'en est fait ! Il m'a touché ! Je ne pourrai pas m'envoler », constata-t-il mentalement.

Un sentiment d'échec et de découragement l'envahit soudain. Abasourdi, il mit quelques secondes à se relever.

« Non, ce n'est pas possible, je ne peux pas renoncer... »

Il jeta à nouveau un coup d'œil vers les monstres : il était pour le moment hors de portée. Mais cela ne durerait pas longtemps. Ils trouveraient un passage pour l'atteindre et l'achever. Alors, il se tourna vers la roche dure, plaqua son visage et implora la montagne :

— Je t'en prie aide-moi ! Montre ta colère, ébranle-toi ! Ils ont tué tous les tiens et veulent prendre notre royaume ! Cela t'est-il indifférent ? Ne vois-tu pas toutes ces dépouilles qui gisent à tes pieds ? Ils sont en train de gagner !

En réponse à sa supplique, Jared sentit sous ses pieds des tressaillements. Il continua ses exhortations :

— Allons, toi aussi tu as été durement touchée, mais tu peux encore réagir ! Il ne reste plus que nous pour renverser la donne ! Tu dois le faire !

Il lui sembla que la montagne bougeait, ou était-ce son imagination qui lui jouait des tours ? Ou seulement ses propres désirs ? Il sentit des frémissements sous ses pieds. Puis cela s'arrêta.

— Je t'en prie, ne renonce pas ! Relève-toi ! Aide-moi ! Je n'y arriverai pas seul !

Il se plaqua contre la roche, pour se soustraire à la vue des monstres, qu'il savait mauvaise. Il était en contrevent, ce qui était excellent et lui permettrait de gagner un temps précieux contre ces bêtes qui ne le repéreraient pas tout de suite. Alors il sentit des soubresauts sous ses pieds, des mouvements de la roche de plus en plus distincts. Jared continua sa supplique :

— Allons, fouille en toi, au plus profond de toi ! Tu as certainement encore des ressources !

En guise de réponse, il ne sentit que les mêmes tressaillements, trop faibles. Il lui semblait que la montagne agonisait, qu'elle avait renoncé.

Un sentiment de solitude extrême l'envahit soudain. Il s'adossa à la roche, épuisé et anéanti. Il ne pouvait plus voler, c'en était fini. Il se prit la tête entre les mains, attendant cette fois que les monstres le rattrapent et le réduisent en charpie.

Quand tout à coup, il lui sembla ressentir à nouveau des oscillations. La montagne se soulevait, s'étirait comme un félin sortant de son sommeil. Puis soudain, le creux du ravin en contrebas se creva, et elle laissa éclater sa colère : de grandes giclures de feu rouges et incandescentes firent leur apparition. Jared se redressa. Les bêtes atteintes poussèrent des hurlements lugubres, avant de s'affaisser dans une odeur de poil roussi. Elle se mit à cracher de plus belle, projetant à présent des roches en même temps que la lave, embrasant l'espace autour d'elle, rugissant telle un fauve blessé, prête à attaquer.

Mu par un sentiment ultime, Jared s'agrippa à un gros rocher qui fut propulsé vers le ciel. Un monstre essaya de le happer au passage. Mais le lourd rocher n'irait pas assez haut. Jared eut le temps toutefois de s'y hisser. Les muscles de ses jambes contractés comme s'ils allaient soudain lâcher, il prit son élan et s'élança dans le ciel. Iltendit ses bras du plus haut qu'il put, et dans un effort suprême, propulsa alors les roches qu'il avait emportées avec lui. Sous la tension, il grimaça comme sous le coup d'une douleur intense. Les pierrescomme catapultéess'envolèrent à la verticale très haut dans le ciel jusqu'à percuter les nuages. Alors seulement, il sut qu'il avait réussi. On entendit des roulis de tonnerre. Les masses de nuages condensées s'entrechoquèrent, se convulsèrent en spasmes violents, crachant des langues de feu. Les pierres crevèrent l'épaisse voûte plombée. Puis des trombes d'eau jaillirent, qui lavèrent le sang répandu dans la plaine. Sans ses ailes, Jared retomba alors tel une poupée inerte et vint s'écraser lourdement au sol. Mais l'effort qu'il avait accompli avait seulement obtenu une trouée dans la lourde chape de nuages.Cela suffit pourtant pour que la clarté s'infiltre lentement dans la canopée et vienne réchauffer les arbres martyrisés, qui frémirent d'abord timidement, puis se relevèrent vers le cieltel un visage de femme ravagé par la douleur.

— Enfin un peu de soleil ! semblaient-ils dire, comme s'ils s'attendaient à le voir disparaître sous peu.

La Reine de Jade se redressa soudain, soulagée. Les contours du paysage se dessinèrent à nouveau sous ses yeux, les suintements cessèrent. Elle poussa un cri de soulagement. Les deux pupilles obliques absorbèrent aussitôt le bleu lapis lazuli du ciel et en reflétèrent la couleur exacte.

— Jared m'a ramené…la lumière, enfin ! L'espoir est de nouveau là !

Un sourire s'afficha sur son visage meurtri, puis soudain elle relâcha la tension accumulée pendant ces derniers jours, et ses épaules furent secouées de sanglots. Elle avait eu tellement peur, une peur viscérale, que ces monstres prennent le dessus. Mais non, ils ne vaincraient pas, Jared avait ramené la lumière, et grâce à cela, l'espoir d'inverser le cours des événements était de nouveau là. Elle parcourut chaque objet, chaque angle de la pièce comme si elle les voyait pour la première fois, en caressant les contours pour les reconnaître, sa poitrine se soulevant sous le coup du soulagement.

— J'ai cru que cela ne finirait jamais…cette cécité…soupira-t-elle.

On frappa à sa porte.

— Entrez ! cria-t-elle d'une voix claire et haute, tellement soulagée d'avoir recouvré la vue.

Des soldats entrèrent, portant un brancard.

— Mais de quoi s'agit-il ?

— Ma Reine, nous avons cru bonde vous l'amener. Il s'agit de…Jared !

Elle eut un petit cri, portant sa main fine et longue à sa bouche, puis elle se précipita à son chevet. Jared était blessé, sa tête était entourée de bandages de chlorophylle. Il semblait inconscient, son visage était figé, d'une pâleur de cire, ses paupières closes.

Elle se tourna vers les soldats, et son regard trahit l'anxiété qui la gagna soudain. Elle n'eut pas le temps de poser sa question :

— Il vit, ma Reine, rassurez-vous ! la devança un des hommes.

Elle lâcha un soupir de soulagement.

Jared ouvrit lentement les yeux, et lorsqu'il vit le visage penché de la Reine de Jade au-dessus du sien, il murmura faiblement :

— J'ai réussi…Je l'ai fait pour vous…ma Reine…

Elle lui plaqua l'index sur la bouche :

— Merci ! Merci Jared pour ce que vous avez fait ! L'avenir de notre royaume reposait sur vous, et vous y êtes parvenu ! C'est merveilleux ! Reposez-vous, à présent Jared ! Vous êtes en vie, c'est l'essentiel !

CH.34 L'ENFANT DE LUNE

Ethan s'était replié dans la grotte de Boons, ainsi que tous les soldats rescapés. Au dehors la bataille faisait rage avec une force décuplée. Les êtres de granit frappaient les colosses de chair. Chaque coup porté faisait trembler le sol et ébranlait les parois rocheuses. De petits éboulis s'étaient formés de part et d'autre de la grotte et en protégeaient l'entrée. Ethan était inquiet quant à l'issue de la bataille finale. Mais une seule pensée pourtant ne l'avait pas quittée et le hantait :

— Je veux retrouver mon fils !

Il se rapprocha de Lisa, contournant les autres soldats. Elle comprit sans même qu'il ouvrit la bouche, par un seul regard.

— Oui, mais comment ? Il se trouve à l'heure actuelle dans les appartements de la Reine, lui répondit-elle presqu'en chuchotant.

— Cet enfant est le nôtre ! Si ces monstres gagnent la partie, nous devons d'autant plus le récupérer ! Nous devons le tenir dans nos bras dans les derniers moments, expliqua-t-il, le visage grave, empreint de tristesse.

— Oui, tu as raison, soupira Lisa en baissant les yeux. Des plis d'amertume se dessinèrent à la commissure de ses lèvres. Elle porta la main à son front comme pour en démêler l'écheveau inextricable de ses pensées confuses. Oh oui ! Mais comment faire ? Au-dehors, il n'y a que chaos et destruction...

— Nous avons le choix : soit attendre de mourir ici, sans le revoir, ou au moins tenter d'aller le récupérer. Tu es d'accord ?

Ses traits étaient creusés, ses joues amaigries témoignaient de sa lassitude, physique, mais également intérieure. Des pensées sombres l'assaillaient sans relâche : ils avaient fui leur royaume, pensant trouver aide et protection parmi ce peuple, qui leur avait pris leur enfant, en échange d'une protection qu'ils n'étaient plus en mesure de leur offrir. De plus, ils avaient perdu Valère. Le prix à payer était beaucoup trop élevé. Les Aurochs étaient à présent sur le point de gagner la partie à leur tour. Un sentiment d'échec et d'impuissance l'envahit soudain, contraire à sa nature d'ordinaire si vaillante et combattive. Lisa le ressentit. Elle lui prit les mains.

— Je n'arrête pas d'y penser, je ne peux pas leur laisser notre enfant, Lisa...

— C'est évident ! Bien sûr que je suis d'accord avec toi, comment ne le serai-je pas ? Il n'y a pas un seul instant sans que je n'aie songé à notre fils ! Allons le récupérer, tout de suite !

Les soldats, hommes et femmes, exténués par les combats, étaient assoupis. Mus par une impulsion soudaine, Ethan et Lisa en profitèrent pour s'éclipser discrètement. Ils se glissèrent furtivement hors de la grotte. Au-dehors le chaos régnait en effet. La lune éclaira un paysage de désolation, où des corps allongés aux pieds d'arbres fantomatiques épousaient les courbes du terrain. Les affrontements semblaient s'être déportés un peu plus loin en contrebas, ce qui leur laissait la voie libre. Les coups sourds et répétés qui s'enchaînaient, accompagnés des cris des victimes, indiquaient aux deux jeunes gens la direction à éviter. Ethan retint Lisa par la main, inquiet :

— Oui, mais il faudra faire très attention ! Ces monstres sont partout ! Connais-tu le chemin pour nous rendre dans les appartements de la reine ? demanda Ethan.

— Oui, je pense. Ils sont bien à l'écart dans la forêt, l'entrée est dissimulée par un rideau de verdure. A moins de connaître la voie, personne ne se doute qu'il y a une demeure cachée.

Ils serpentèrent dans la forêt, se coulant tels des félins dans la pénombre, épousant les troncs d'arbres ou la moindre anfractuosité pour se fondre dans le paysage et rester inaperçus. Ils haletaient, retenant leur respiration, à l'affût du moindre bruit, tous les sens en alerte. Même s'ils se dissimulaient du mieux qu'ils pouvaient, ils étaient repérables à leur odeur, les monstres ou du moins l'un d'entre eux pouvait débouler à tout moment. Ethan précéda Lisa, la main sur la garde de son épée, prêt à s'en servir à la moindre alerte. Soudain, son pied buta contre un obstacle. Elle fit un petit écart et trébucha, retenant un cri de frayeur : ce n'était pas une racine, ni une pierre qu'elle avait heurtée. Son cœur se mit à battre la chamade, il s'agissait d'une masse inerte : était-ce la dépouille d'un animal, d'un cadavre ? Ethan se retourna et dégaina son épée. Elle perdit l'équilibre et tomba sur la chose, qui se mit à remuer. Une odeur forte lui emplit les narines :

« Je connais cette odeur…de charogne puante…Plus forte que celle d'un cheval… »

Elle sentit contre sa peau une enveloppe épaisse et rugueuse, puis une patte puissante s'éleva dans les airs, assortie d'un grognement sinistre. La panique la gagna. Son instinct lui commanda de se redresser au plus vite. Elle s'attendit à être happée, puis enserrée dans un étau de mâchoires puissantes. Mais à son grand soulagement, il n'en fut rien. Essayant de se dégager, ses mains glissèrent sur un liquide visqueux.

« Du sang sans doute », songea Lisa. Ethan avait déjà enfoncé sa dague dans les chairs. La bête lâcha un râle, puis la patte retomba lourdement au sol :

— Il s'agissait bien d'un Aurochs ! Mais celui-là ne nous fera plus de mal : il est mort à présent !

— Mon Dieu que j'ai eu peur ! s'écria Lisa, ravalant sa salive et s'écartant avec dégoût du corps inerte qui gisait à ses pieds.

Elle lâcha un soupir de soulagement et se détendit.

— Il était blessé, précisa-t-elle en s'essuyant les mains sur un tronc, refluant la nausée qui l'envahit. Heureusement que tu l'as achevé ! Continuons ! Mais c'est vraiment dangereux, on n'y voit pas grand-chose !

Au bout de quelques minutes, elle parvint à contrôler les tremblements irrépressibles qui avaient secoué son corps tout entier. Une nappe de brouillard épaisse leur rendit la tâche encore plus ardue. Lisa ne voyait pas à deux pieds devant elle, et reconnaître les alentours dans ces conditions devenait extrêmement difficile. Elle ne se découragea pourtant pas, et continua sa progression, avançant prudemment sur les roches que l'humidité rendait glissantes.

« Le brouillard a un gros avantage : il nous dissimule et l'humidité brouille notre odeur aux Aurochs ! songea Ethan pour lui-même. Ce n'est pas une mauvaise chose, bien au contraire ! »

Enfin ils parvinrent au pied d'une petite combe. Des lianes de lierre surplombaient un flanc de montagne recouvert de mousse, et tombaient en cascades drues, se mêlant à un enchevêtrement de salsepareille, le tout enserré dans un amas de végétation dense et touffue. Lisa reconnut l'endroit :

— Ça y est, nous y sommes !

Elle s'approcha de la muraille, repoussa la végétation et toucha de sa main la lourde porte en chêne massif, sertie de ferronneries. Derrière elle, des cliquetis métalliques se succédèrent. Les gardes devaient certainement les avoir déjà repérés. Ethan retint Lisa par le bras :

— Crois-tu qu'ils vont nous laisser entrer dans les appartements de la Reine ainsi ?

— Nous verrons bien, mais nous n'avons pas le choix !

Aussitôt une voix autoritaire retentit :

— Qui va là ?

— S'il vous plaît, laissez-nous entrer, nous sommes Ethan et Lisa !

— Que voulez-vous ? reprit la voix.

— Nous devons absolument voir la Reine...supplia Lisa. S'il vous plaît, c'est urgent !

— Attendez un instant !

Au bout de minutes qui leur parurent une éternité, un bruit de lourdes serrures qu'on manipule retentit, et à leur grand soulagement, Lisa et Ethan purent enfin se glisser à l'intérieur du palais de la Reine. Muni d'un torchère à la main, le garde les précéda alors dans d'immenses corridors, dont les parois étaient constituées d'un tressage de lianes sur plusieurs coudées d'épaisseur, tellement serré qu'il ne laissait apparaître le moindre interstice de lumière. L'ensemble, profondément enfoncé dans la terre, offrait des parois solides et protectrices. Ethan et Lisa arrivèrent dans la grande salle voûtée qu'ils connaissaient déjà.

La Reine elle-même s'approcha. Son visage n'exprimait aucune bienveillance. Elle était sur l'expectative et méfiante.

— Que voulez-vous ? leur demanda-t-elle sur un ton revêche.

Dans une entente tacite, Lisa prit la parole :

— Ma Reine...

Elle hésita, puis lâcha d'un trait :

— Rendez-nous notre enfant !

— Nous y voilà ! C'est donc pour cela que vous êtes venus ? lança-t-elle d'une voix dure. Ses traits se figèrent soudain pour redevenir lointaine et inaccessible, le regard fuyant. Elle redressa la tête et toisa ses interlocuteurs avec mépris pendant quelques secondes, puis elle lâcha ces paroles en soupirant :

— N'avez-vous donc pas compris que si je vous ai fait entrer, c'est encore une fois par bonté ? Pour que vous ne vous fassiez pas fracasser comme de petits oiseaux menus par ces monstres sanguinaires ?

Elle se mordit les lèvres pour contenir son agacement évident. Lisa se jeta à terre, en s'agenouillant, sa longue chevelure blonde lui recouvrant le visage. Elle s'étrangla et d'une voix étouffée par l'émotion supplia :

— Je vous en prie ma Reine ! Les Aurochs sont sur le point de gagner la partie ! Si nous devons mourir, nous voulons avoir notre enfant avec nous ! Je veux le tenir dans mes bras !

Ethan se tenait en retrait et assistait, impuissant, aux tentatives de Lisa.

La Reine tituba, comme sous l'effet d'une claque magistrale. Elle se redressa alors, le visage furibond :

— Qui te parle de mourir, petite idiote ! Relève-toi et écoute-moi attentivement ! Cet enfant n'est plus le tien ! Je te l'ai déjà dit ! Vous l'avez échangé contre notre protection ! Mais apparemment, tu as oublié le marché que tu as conclu. Alors je vais mieux t'expliquer : Il y a très très longtemps, notre Royaume était le plus puissant, le plus fort, mais aussi le plus prospère qu'on puisse trouver à des lieues à la ronde. Notre Roi Valdemar était un bon roi, juste. Un jour pourtant, notre royaume a été attaqué par des barbares. Notre peuple a lutté sans merci, pendant des lunes et des lunes. N'ayant pas réussi à nous asservir, l'envahisseur a pris les nôtres en otages, et parmi ceux-là se trouvaient la propre épouse et les enfants de Valdemar. Pour les récupérer, le barbare a obligé notre bon Roi Valdemar à conclure un étrange marché : lui ainsi que notre peuple devaient renoncer à...

La Reine se tut, comme prise d'un malaise à l'évocation de cette peine qu'ils subissaient depuis de si nombreuses années, et dont la simple énonciation semblait lui être insurmontable. Après quelques secondes qui parurent s'éterniser, elle fit une tentative, et prononça :

— Ils nous ont fait renoncer à...dit la Reine en se couvrant le visage de sa main pour cacher sa douleur.

Mais l'émotion l'étrangla et des sanglots secouèrent ses épaules. Jared s'approcha de la Reine pour la protéger. Mais celle-ci se reprit et, relevant la tête, elle annonça :

— Ils nous ont fait renoncer à...nos rêves !

— A vos rêves ? répéta Lisa, incrédule. Mais...je ne comprends pas bien : quel est le rapport avec notre enfant ?

— Mais ne comprends-tu donc rien, décidément ? s'emporta la Reine.

Alors, elle poursuivit :

— Sans nos rêves, nous n'étions et ne sommes plus rien !

Elle se mit à trembler, et déclina un chapelet de réfutations :

— Non, plus rien ! Peux-tu t'imaginer un seul instant ne plus rêver ? Nous n'avions plus d'espoir, nous ne pouvions plus nous projeter en avant, nous ne pouvions plus...créer, nous avions perdu... l'Imagination...l'inspiration...Notre vie s'était transformée en la négation de tout ce qu'ils nous avaient soustrait : l'espoir, l'envie d'aller de l'avant pour atteindre un idéal... Le lien entre le passé et le présent était également rompu. Nous étions réduits à être de simples animaux, des coquilles vides menant une existence plate et morne, sans aucune saveur, aucun relief, ancrée dans la seule réalité du moment présent...Ces barbares ont enfoui nos rêves : dans les sédiments.

Ses yeux s'embuèrent et se perdirent dans le lointain de ses souvenirs. Elle refoula ses larmes, haussant les sourcils, puis reprit :

— Sous la montagne sont entassés des années, voire des siècles de nos rêves, retenus prisonniers. Non, c'était beaucoup trop dur...Alors, petit à petit, notre peuple s'est sclérosé, ratatiné, et nous n'avons même plus été capables de nous reproduire. Notre peuple est devenu trop vieux...Nous n'avions plus d'enfant...Nous sommes devenus si fragiles et vulnérables, que nous avons été obligés d'ériger cette barrière pour nous protéger des agressions extérieures. Pour ne pas disparaître à tout jamais, tout simplement. Nous avons également investi les arbres, la roche, les éléments, pour pouvoir encore mieux nous cacher.

Elle avala sa salive et reprit :

— Par la suite, pour savoir comment annuler cette malédiction, nous sommes allés voir le druide, qui ne nous a pas clairement dit les choses, mais qui a énoncé cette phrase énigmatique :
"Parce que la lune est le rêve du soleil"...
Après cette visite au druide, j'ai trouvé dans ma chambre un berceau...un berceau d'enfant taillé dans de la pierre de lune. Aussi, quand tu es arrivée dans notre royaume, j'ai failli te renvoyer. Mais quand tu m'as dit que tu étais enceinte, c'est alors que j'ai compris. En voyant tes cheveux, et ceux de ton compagnon, ainsi que la lignée dont vous êtes issus, j'ai compris que vous étiez… le soleil. C'est la Providence qui t'a dirigée vers nous. Votre enfant est l'enfant que nous attendions...Il me suffira de le déposer dans ce berceau de lune, et alors...

L'exaltation s'afficha sur le visage de la Reine. Elle se mit à trembler, et ne put finir sa phrase. Ses yeux roulaient de haut en bas. Elle semblait prise de convulsions extatiques.

Lisa eut peur. Elle tenta de raisonner la Reine, qui semblait ne plus l'entendre :

— Mais, ma Reine ! Je comprends parfaitement votre tourment ! Mais nous ne pouvons pas vous céder notre enfant ! Ce n'est pas possible ! Vous devrez en trouver un autre !

La Reine n'entendit pas. Lisa reprit, changeant de tactique, pour espérer temporiser :

— Mais que voulez-vous lui faire ? Est-ce sans danger pour lui ?Répondez-moi, je vous en prie ! l'exhorta Lisa, rongée par l'angoisse.

Ethan prit le relais et répéta la question de Lisa. Alors seulement, elle sembla se souvenir d'eux, et répondit, d'une voix basse et rauque :

— Il peut mourir, bien sûr...En principe, nous aurions dû attendre qu'il soit plus grand ! Mais les événements nous pressent, et nous n'avons plus le temps d'attendre quoi que ce soit ! Voyez par vous-mêmes, il est déjà dans son berceau de lune ! C'est vrai qu'il est si petit...constata-t-elle en tournant la tête vers l'enfant.

En effet, dans un coin de la grande salle aux grandes arches voûtées, trônait un berceau taillé dans une pierre aux irisations bleutées. La lumière filtrait à présent à travers les larges fenêtres en baie géminées, se répandant en ombres chinoises portées au sol.

La Reine se tut un instant, fatiguée d'avoir tant parlé. Puis, tournant la tête à nouveau du côté de Lisa et Ethan, elle poursuivit, avec un grand sourire, comme si elle se parlait à elle-même, ignorant ses hôtes :

— Mais s'il survit, j'en ferai un petit prince...

Elle fut à nouveau prise d'un hoquet.

Ethan et Lisa se regardèrent, et comme mus par un même élan, se précipitèrent au chevet du nourrisson. Lisa hurla :

— Nooooooon ! Rendez-moi mon enfant ! Je ne peux pas prendre le risque qu'il meure ! Je ne peux pas accepter cela ! Pas pour un royaume !
Ethan tendit aussi les bras pour attraper le nourrisson.
La Reine s'interposa. Elle était à présent méconnaissable. Une lueur cruelle s'afficha dans ses yeux obliques de félin, et comme si une autre personne s'exprimait à sa place, elle éructa d'une voix déformée par l'exaltation :
— Rien ni personne ne pourra changer le cours des choses. Cet enfant est venu à nous dans le but de nous délivrer de notre gangue d'immobilité ! Croyez-vous un seul instant que j'y renoncerai, pour votre…pour votre…petit sentiment maternel ? Gardes ! Empêchez-les !
Des êtres de granit s'avancèrent. L'un d'eux empoigna Lisa qui résistait, et lui fit lâcher le berceau.
— Votre enfant appartient à présent à un dessein supérieur ! Vous n'y pouvez plus rien ! Vous devriez collaborer au lieu de vous opposer ! Vous vous égarez ! Si vous refusez de coopérer, ces monstres vont tous nous détruire ! Un par un !
— Nooooooon ! Je ne veux pas sacrifier mon enfant pour une cause quelle qu'elle soit ! hurlait Lisa, en proie à une crise de nerfs.
Son visage était congestionné, elle gesticulait, essayant de se délivrer de l'étreinte de l'homme de granit qui lui maintenant fermement les poignets, se contorsionnant dans tous les sens. Puis, au comble de l'angoisse, elle se mit à sangloter.
Ethan quant à lui était également retenu par plusieurs gardes qui le maintenaient de leurs bras puissants.
— Vous allez voir ! Il n'y a de toute façon plus grand chose à faire ! C'est la lumière à présent qui va faire son œuvre !
"La lune est le rêve du soleil" ! La lune bien sûr, pour le berceau en pierre de lune, et le soleil, pour la lumière ! La malédiction prend fin avec la conjonction de ces deux entités ! Il nous fallait un nourrisson, symbole de renouveau et de fertilité ! Regardez ! Les rayons du soleil vont à présent caresser le bébé !
En effet, deux rayons obliques dardèrent le berceau et illuminèrent l'enfant, qui gêné, se mit à vagir.
La terre se mit alors à trembler. Lisa, horrifiée, hurla. La Reine, quant à elle, semblait prise d'une exaltation sans borne, et regardait le haut de la coupole de la grande salle voûtée, les bras levés vers le ciel, absente à présent à tout ce qui l'entourait, le corps secoué de tremblements, prise de convulsions qu'elle ne pouvait contrôler. Elle semblait prise de visions extatiques et hurlait :
— Regardez ce qui va se passer ! Ce que vous allez vivre est unique ! Nous, les Éphémères, nous attendons cela depuis des siècles !

Des bulles apparurent, dansant dans l'atmosphère, légères et aériennes. Une, puis deux, puis dix, puis des centaines d'alvéoles voltigèrent dans l'air, emplissant peu à peu tout l'espace de la grande salle et de la coupole, magnifiant l'ambiance de leurs fines irisations multicolores et nacrées.

La Reine, étrangère au spectacle féerique qui se déroulait sous ses yeux, se tut soudain et se plia en deux, tenant son ventre à deux mains, comme sous le coup de contractions violentes. Elle grimaçait de douleur. Les formes douces et arrondies des bulles se tendirent, puis se dilatèrent, pour enfin s'allonger jusqu'à obtention de cônes de cristal, aux arêtes bien marquées.

La souveraine avait toujours les mains plaquées sur son ventre, et poussait à présent des hurlements. Son visage dégoulinait de sueur. Le nourrisson, quant à lui, poussait lui aussi des vagissements stridents. Ethan et Lisa, médusés, assistèrent impuissants au spectacle, et bien que conscients du brusque changement de décor autour d'eux, n'avaient d'yeux que pour leur fils. Lisa redoutait que son enfant ne souffrît, au vu des pleurs aigus et soutenus du bébé. Elle implorait intérieurement :

« Mon Dieu, faites qu'il survive à cette épreuve, je vous en prie mon Dieu...Prenez ma vie en échange, mais pas lui, pas mon fils... »

Soudain, le nourrisson se tut...Plus un seul son ne sortit du berceau. Le petit être ne bougeait plus.

Ethan et Lisa eurent un mouvement de panique. Ils essayèrent de s'avancer vers le couffin pour s'assurer que leur fils était vivant, mais ils ne le purent. Mais au même moment, leur attention fut détournée par un étrange spectacle qui s'offrit alors à leurs yeux. Ils restèrent bouche bée.

CH.35 LE CRISTAL DES RÊVES

La montagne tremblait toujours et la pression tellurique de plus en plus forte lui fit vomir une suite ininterrompue de cristaux, qui défilèrent sous les yeux de l'assistance médusée : de longues pierres transparentes, de forme oblongue et d'une étrange et profonde couleur bleutée, oscillant entre l'opale et le lapis-lazuli s'avancèrent lentement vers eux, surgissant de nulle part et comme mues sur des rails, s'étalant en une longue colonne silencieuse et fantomatique, dont le point focal s'amenuisait au loin. Le bleu ne pouvait être que la couleur des rêves. Un rayon de soleil percuta les cristaux qui se mirent à miroiter de mille feux, inondant l'espace alentour d'éclats diamantés dansant et donnant au décor une allure onirique. Mais le plus curieux était que ces quartz étaient remplis de formes humaines. Ethan et Lisa, ainsi que tous ceux qui assistaient à cette scène contemplèrent, médusés, ce curieux ballet de sulfures diaprés, ces hommes et femmes tendant leurs bras tels de gros insectes emprisonnés dans leurs chrysalides de verre :

« Comme c'est étrange et fascinant à la fois... » pensa Lisa.

« Ce sont des êtres humains qui sont enfermés dans ces drôles de gangues...sans doute ceux à qui appartenaient les rêves...qui ont été emprisonnés... » songea Ethan à son tour, cherchant lui aussi à comprendre.

Il vit alors défiler sous ses yeux, dans une chorégraphie ininterrompue, des êtres : des hommes et des femmes, le visage figé, comme s'ils avaient été brusquement saisis dans leur dernière expression : certains avaient le visage tourné de trois quarts, le regard pointé au loin, vers l'infini ou un objet inaccessible. D'autres au contraire dardaient leur regard droit devant eux, et lorsqu'ils défilèrent devant Ethan et Lisa, il leur sembla alors que ces prunelles les pointaient en particulier, leur laissant un malaise diffus. Quelques-uns avaient été pris avec encore un sourire aux lèvres. D'autres enfin, avaient été suspendus dans une ultime action quotidienne, qui avec un ustensile ou une arme à la main, en train de courir, ou au contraire, calmes et sereins, pensifs et extatiques.

Ethan frémit à l'idée que ces êtres dormaient ainsi dans leur gangue de cristal depuis des années, voire des siècles.

« Ils sont en parfait état, constata-t-il en son for intérieur, de plus en plus intrigué. Comment cela est-il possible ? »

« Est-ce qu'ils vont se libérer, et dans ce cas, nous seront-ils hostiles ? » songea Lisa, aussi ébahie que les autres.

La Reine quant à elle, s'était à présent calmée. Les douleurs semblaient avoir complètement disparues, et elle assistait également au spectacle, sereine. Un grand soulagement s'était emparé d'elle et un large sourire illuminait à présent son visage. Elle semblait comblée, assistant à ce qu'elle avait maintes et maintes fois appelé de tous ses vœux et auquel elle pensait avoir renoncé à tout jamais.

« Ils sont là ! Ils sont bien là cette fois-ci...Je ne peux pas encore y croire !! se disait-elle en son for intérieur. »

Les rayons du soleil s'infiltrèrent alors largement à travers la large coupole du côté est, qui telle une rosace de cathédrale gothique, signifiait la roue de la vie, la rose de lumière, aller de la mort vers la vie.

Soudain, de petites craquelures se firent entendre, d'abord discrètes, puis de plus en plus distinctes. Le cristal enfla, comme mû par une pression intérieure puissante, il se fendilla, puis se morcela pour finalement se briser complètement. Les catafalques explosèrent en des giclures de verre, libérant les entités de leur gangue minérale séculaire. L'assistance, surprise, se recula. Les êtres ainsi dégagés se tournèrent tous, tels des automates mus d'un seul mouvement vers la Reine de Jade, la reconnaissant aussitôt entre toutes.

Celle-ci se dressa fièrement devant eux, sa poitrine se soulevant sous le coup d'une émotion trop forte. Elle attendit que toutes les entités fussent libérées. Elle les contempla alors, promenant son regard tour à tour sur les uns et les autres, comme si au-delà des siècles, elle cherchait à les reconnaître. Elle fut prise de vertiges : elle n'en identifia aucun, alors que parmi eux figuraient ses ancêtres. Ils venaient du plus profond des âges et cependant ils étaient irrémédiablement beaux : de grande stature, hommes et femmes avaient des proportions parfaites. Les femmes avaient le ventre plat et les seins hauts, les hanches larges et arrondies. Les hommes n'étaient que muscles saillants et robustesse, au torse bombé. Ils étaient tous d'âge moyen, comme si la malédiction avait gommé les différentes étapes de la vie pour les fondre dans un format unique.

« Ont-ils conscience d'être libérés ? » se demanda-t-elle.

Elle se fit elle-même la réponse :

« Je ne sais pas, après tout ce ne sont que des rêves, même avec une apparence humaine. »

Une fois débarrassés de leur alcôve qui les entravait, les rêves étirèrent leurs membres ankylosés, puis baillèrent, heureux de pouvoir à nouveau se mouvoir, puis promenèrent un regard circulaire autour d'eux, découvrant un espace qui était nouveau pour eux. Pas une once d'étonnement dans leurs yeux au décor qui s'offrait à eux. Ils semblaient simplement reprendre leur existence comme si elle n'avait jamais été interrompue.

L'émotion étrangla la Reine. Elle ne put parler. Elle éleva alors son index, les yeux brouillés de larmes, les lèvres frémissantes, et ils comprirent la mission tacite qu'elle leur indiquait. Elle leur montra simplement la direction des combats. Comme par magie, les corps légèrement vêtus se parèrent alors de lourdes armures : des heaumes cylindriques se fichèrent sur leurs têtes, fléaux, haches et boucliers se rivèrent dans leurs mains. Les entités tournèrent le visage vers la cible pointée du doigt par leur dame. Tous se dirigèrent d'un pas lourd et cadencé vers les Aurochs, dans la plaine assiégée.

Lentement, mais sûrement, ils se dirigèrent alors vers l'ennemi. Les Aurochs sentirent aussitôt, que « quelque chose n'allait pas ». Leur instinct les avertit qu'une menace tacite et silencieuse se présentait. Elle n'avait pas d'odeur, et pourtant ils les sentirent. Les bêtes tournèrent leur mufle à droite, à gauche, essayant de deviner d'où venait le danger. Lorsqu'ils purent les distinguer, ils suspendirent leurs mouvements et tournèrent tous la tête vers cette curieuse armée qui se dirigeait vers eux, prêts à les affronter. Ils respiraient par saccades, le mufle haut et humide, les narines frémissantes, tentant d'évaluer la menace. Lorsque les entités furent suffisamment proches, ils battirent l'air de leurs pattes puissantes, tentant de les faucher, mais ils ne les percutèrent pas. Habitués à vaincre facilement, ils furent alors déstabilisés, ne comprenant pas à qui ou à quoi ils avaient à faire. Ils tentèrent de se défendre en assénant des coups puissants, que les rêves parèrent avec habileté. Les entités se transformèrent en guerriers puissants, un sourire carnassier fiché sur leur visage, le regard volontaire et sauvage, la mâchoire en avant, muscles saillants, torses bombés, volonté farouche de vaincre. Ils n'étaient que des soldats, les combattants intemporels qui venaient du fond des siècles, du fond de leurs siècles, ou enfouis sous les sédiments, ils avaient assisté impuissants car retenus dans leur geôle de granit, aux grandes batailles que s'étaient livrées l'humanité, dans le sang et la fureur. Des archétypes de la douleur aux chairs tuméfiées, aux membres arrachés, aux crânes fendus, poussant des hurlements lugubres, avec en toile de fond la mort, la mort sous toute ses facettes, riante et grimaçante, la mort qui figeait les émotions dans des masques aux rictus grotesques et qui les rattraperait. Si ce n'était aujourd'hui, ce serait demain. Au fond, ces rêves réincarnés, n'étaient-il pas tous ces soldats de l'humanité enfouis dans la terre, dans les sédiments, en strates successives, couches de chairs fossilisées accumulées au travers de tous les conflits au fil des siècles ? Ils racontaient tous la même histoire, celle de la douleur et de l'inutile, volonté d'un seul homme le plus souvent, Attila ou Napoléon, ou conflits mondiaux, qu'importait, mais qui ont façonné les territoires.

Barbarie, violence et destruction sont le lit de l'humanité, et le sang versé ses fleuves.

Une fois les monstres épuisés et haletant, Les hommes et les femmes en bleu les infiltrèrent alors peu à peu, sans aucune difficulté. Certains, apeurés par cette étrange armée, tentèrent de fuir, mais en vain. Ils furent aussitôt rattrapés. Les rêves les agrippèrent pour lentement s'insinuer en eux. On vit alors les bêtes porter les pattes à leur tête, la renversant de droite et de gauche, comme pour tenter d'extraire quelque chose de très douloureux. Ils se plièrent alors en deux, leurs orbites se dilatèrent, puis leur cerveau explosa tel un fruit trop mûr, éclaboussant l'espace alentour de leur chair putréfiée, giclant en grandes éclaboussures sur les végétaux qui se recroquevillèrent de dégoût. Le reste de leur corps se sclérosa rapidement tel une peau de chagrin rabougrie.

Dans leur condamnation à la hideur perpétuelle, les Aurochs ne purent recevoir le Beau. Aussi sûrement, aussi violemment qu'une arme lourde, la beauté véhiculée par les songes les tua. Les Rêves qui les avaient infiltrés s'étaient aussitôt transformés en cauchemars, qui n'étaient en vérité que le reflet de ce qu'eux-mêmes renvoyaient aux êtres qu'ils asservissaient. Des cauchemars effroyables, insensés ou absurdes, pour ensuite devenir atroces et insupportables, poussant les bêtes à se jeter au bas des falaises pour que cela s'arrête. On entendit pendant des jours et des jours les cris d'agonie des monstres résonner dans la plaine et hanter pour longtemps les esprits.

La lande à son tour se déploya comme si un magicien tirait sur des fils invisibles. Les arbres se redressèrent, la sève s'infiltra à nouveau dans chaque nervure, chaque branche, la moindre feuille fut irriguée. A découvert dans la plaine, et sentant qu'ils perdaient du terrain, certains Aurochs voulurent se réfugier dans les bois. Mais les racines trop affaiblies avaient à présent recouvré leurs forces. Elles enserrèrent ceux qui passèrent à leur portée, s'enroulèrent tels des serpents constricteurs autour de leur cou, pour les étouffer. Contre d'autres qui se croyaient à l'abri, les branches cassées et qui n'avaient pas encore cicatrisé, se transformèrent en pieux acérés sur lesquels les bêtes se retrouvèrent aussitôt empalées. Leurs dépouilles restèrent ainsi suspendues pendant des jours et pourrirent sur place. Bientôt d'autres suivirent, transformant la forêt en un gigantesque cimetière de potences lugubres. Un autre qui s'était appuyé contre un tronc se retrouva broyé, ses os craquèrent comme sous les serres d'un oiseau de proie. Le monstre eut beau frapper de puissants coups de pattes, il se retrouva asphyxié. Les Éphémères rendirent la pareille de ce qu'il leur avait été infligé, mais décuplé par la rage de la revanche.

Les soldats, comprenant le brusque revirement de situation, sortirent de la grotte. Ils lâchèrent des cris d'allégresse, saisirent leurs armes et se précipitèrent pour prêter main forte aux Éphémères.

— A mort sale charogne ! Je vais te crever comme le porc que tu es !

Armes et boucliers aux poings, ils déboulèrent du promontoire et se précipitèrent au-devant des monstres qu'ils frappèrent avec une force décuplée.

Les coups de fléaux plurent. Les épées tranchaient, enfonçaient, crevaient les gorges, les torses, des monstres sans répit, sapant leurs pattes pour les faire chanceler. Les soldats ne leur laissaient aucune rémission, les harcelant comme une armée d'insectes ravageurs.

Les monstres nombreux et puissants, mais assaillis de toutes parts, tentèrent encore de résister pourtant, opposant toute la puissance dont ils étaient capables, balayant les boucliers, envoyant voltiger les épées, démembrant les soldats qu'ils touchaient.

Jonathan lui-même n'eut de cesse de se battre avec la force du désespoir, luttant sans relâche devant cette force maléfique qu'il avait crue disparue, et qui avait refait subitement surface, comme des rats malfaisants, qui hantaient ses nuits et les peuplaient de cauchemars inextinguibles. Alors qu'il s'en était cru libéré, les monstres avaient refait surface dans sa vie, tel le Phénix qui renaît de ses cendres. Il voulait à son tour rendre la souffrance qu'ils lui avaient infligée. Les yeux exorbités, un rictus de rage fiché sur son visage, il para les coups, puis protégé de son écu s'avança vers les monstres. Il cracha pour se donner du courage. Alors qu'une bête s'acharnait sur un Alden, qui apparemment était déjà mort, Jonathan enfonça son épée plusieurs fois dans le dos d'un des monstres, qui, percuté, se retourna vers lui, prêt à le broyer. Jonathan lui fit face, et un instant, leurs yeux se croisèrent. Il se noya à nouveau dans ces orbites creuses, qu'il avait eu tant de fois l'occasion de scruter durant sa captivité. Ces globes oculaires, qui n'étaient animés d'aucune émotion, vidés de l'humanité dont ces êtres étaient pourtant issus, alors qu'ils infligeaient leurs sévices à leurs victimes, et dont les seules promesses étaient celles de l'enfer. Un court instant il vacilla. Puis il se reprit et enfonça son épée dans l'abdomen de la bête. Celle-ci essaya toutefois de le percuter. Jonathan esquiva en roulant sur le côté. Il se saisit d'un goupillon au sol, se releva et martela la tête de l'animal de toutes ses forces. Ne plus voir ces orbites ! Il voulait les briser, les effacer à tout jamais de sa vie et de sa mémoire ! Il frappa jusqu'à ce que la bête vaincue s'effondre au sol, la gueule béante. Il l'écrasa alors de son bouclier.

Devant une telle résistance, les monstres ne purent lutter. Au deuxième jour, leur nombre déclina. Au bout du troisième jour, les derniers, harcelés de tous côtés, furent abattus. Bientôt le sol fut recouvert de leurs cadavres gigantesques. Puis, lentement, le vacarme se tut. On n'entendit plus que le cliquetis des armes que les soldats rassemblaient. Ils ramassèrent leurs morts. Le bilan était lourd toutefois.

Ethan éructa, se dressant de toute sa haute stature au pied du promontoire, cheveux au vent :

— Que chacun d'entre nous prenne un pieu et s'assure que ces charognes soient bien crevées ! Ensuite nous les enverrons d'où elles viennent ! C'est-à-dire en enfer !

Ses paroles furent acclamées de vivats. Les peuples jubilaient et partirent frénétiquement s'acquitter de leur tâche. Les monstres furent éventrés, éviscérés, et on promena leurs intestins au bout de piques. D'autres tranchèrent les têtes et les promenèrent comme des trophées de chasse, les exhibant en leur jetant force imprécations, pour montrer qu'ils ne les craignaient plus à présent, et qu'au fond, ils n'étaient pas si terrifiants que cela, puisqu'ils les avaient vaincus. Les soldats crachèrent sur leurs dépouilles. Puis celles-ci furent rassemblées dans la plaine pour y être brûlées. Au moment d'allumer le brasier, la Reine se tourna vers Jared :

— C'est à toi que revient cet honneur Jared. C'est toi qui as ramené la lumière en notre royaume, c'est donc à toi d'allumer ce brasier !

Puis chaque recoin du royaume fut inspecté, pendant plusieurs jours, pour s'assurer qu'il n'en restât aucun. Les peuples coalisés des Anastasiens et des Alden les avaient crus vaincus lors de la première bataille, vaincus et définitivement éradiqués. Pour avoir commis une telle erreur, ils avaient dû fuir leur royaume. Or, il n'en était rien. Ils avaient lentement resurgi telle une vermine qu'on ne parvient pas à exterminer, semant la terreur dans tout le royaume. La traque ne serait pas terminée avant plusieurs jours. Lorsqu'enfin les troupes revinrent annoncer à la Reine que tout le royaume avait été « nettoyé » des monstres, elle organisa plusieurs jours de festivités pour célébrer la victoire.

A présent les peuples coalisés, ainsi que les Éphémères étaient à nouveau libres. Les Éphémères avaient retrouvé les leurs, entravés depuis des siècles dans des gangues minérales. Pour eux, le bonheur était total.

Pour Ethan au contraire, l'insatisfaction était à son comble et un sentiment de rancœur l'habitait. Aussitôt les combats terminés, il s'était empressé auprès de la Reine pour demander des nouvelles de son fils. Celui-ci resta suspendu aux lèvres de la Reine, attendant et redoutant à la fois la réponse :

— Il vit !

Ethan poussa un soupir de soulagement et remercia intérieurement les dieux. La question suivante fusa presque automatiquement :

— Maintenant que vous avez retrouvé les vôtres, pourquoi refusez-vous de nous le rendre ? C'est notre enfant, vous le savez très bien...

— C'est le vôtre...et le nôtre à la fois. Vous pourrez participer à son éducation bien sûr si vous le souhaitez...

— Mais les vôtres aussi, désormais, pourront avoir des enfants à partir de maintenant...Je ne vous comprends pas...insista Ethan, le regard dur, les lèvres crispées.

— Vous avez fait un marché...Vous ne pouvez plus revenir sur votre parole...Il nous faut un enfant royal, qui me succèdera. Je suis désolée, c'est sans appel !

Contrarié et amer, Ethan rapporta les paroles de la Reine à Lisa. Il se tint à l'écart de la fête et regarda les soldats et les Éphémères danser et chanter, ces êtres à la fois si différents d'eux et pourtant, emportés par la victoire, unis dans un même élan pour sauver leurs royaumes respectifs. Il ne put prendre part aux festivités.

« Pourrai-je regagner mon royaume sans mon fils ? »

Telle était la question qui le lancinait.

Les Éphémères quant à eux regagnèrent leur gangue de chlorophylle. Les peuples coalisés avaient une nouvelle fois gagné la partie contre le Mal. Mais était-il pour autant réellement éradiqué ? Cette victoire serait-elle définitive, ou seulement encore une fois provisoire ?

Ethan leva les yeux, et suivit l'envol lourd d'un aigle qui décrivit de grands orbes dans le ciel, striant l'air et emportant sur ses ailes les éclaboussures du soleil, porteur d'espoir et de renouveau. L'oiseau majestueux s'enfuit dans de grands battements d'ailes, jusqu'à devenir un petit point minuscule au firmament.

« Va, retourne dans ton royaume d'azur l'oiseau ! Quant à moi, je reviendrai d'ici peu chercher...mon fils ! lui lança tacitement Ethan, une once de nostalgie dans le regard. »

En réponse à sa supplique, les grandes ailes déployées de l'oiseau, se reflétèrent dans les yeux d'Ethan, comme la décalcomanie d'une promesse dans ses pupilles à la couleur d'ambre, y parsemant un poudroiement d'étoiles d'or. Il saisit la main de Lisa et lui sourit, et ensemble, ils prirent le chemin du retour.

Table des matières

Les Éditions du Désir
http://editionsdudesir.fr
contact@editionsdudesir.fr

Pour une lecture enrichie
http://editionsdudesir.fr/enrichi

Nouvelles et récits
http://nouvellesetrecits.com